KB238958

종만 치던 스님

초판 1쇄 인쇄 : 2009년 10월 26일
초판 1쇄 발행 : 2009년 10월 30일

지은이 : 허영수
펴낸이 : 박연
펴낸곳 : 도서출판 한결미디어

등록일자 : 2006년 7월 24일
등록번호 : 제 313-2006-000152호
주소 : 서울 마포구 용강동 469 하나빌딩 3층
대표전화 : 02 · 704 · 3331
팩스 : 02 · 704 · 3360

ISBN 978-89-93151-20-6 03810

* 잘못 만들어진 책은 구입처나 본사에서 교환해드립니다.
* 책값은 뒤표지에 있습니다.

* 이 책은 용인시 창작지원금을 받아서 출판되었습니다.

허 영수 소설집

양만 치던 소년

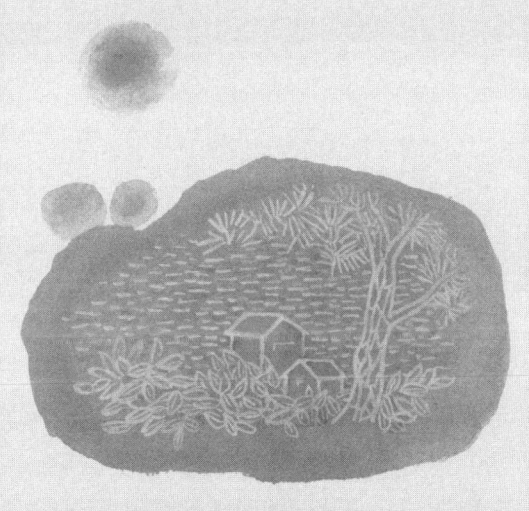

한결미디어
HANGYEOL
MEDIA

차 례

인텔리

이 선생은 피난민처럼 단봇짐을 둘러매고 S면의 다리를 건너 면소
재지와는 좀 떨어져 있는 학교로 찾아가고 있었다. 대구에서 거리로
는 가까운 곳이나 교통은 그렇게 편리한 곳이 못되었다.

얼마 전까지는 대구 시내에서 근무하는 선생은 대구시내 학교로만
이동하고, 시골 학교는 가지 않았다. 시골에서 근무하는 선생님들이
같은 교사 자격증을 갖고 이런 불평등 인사가 어디 있느냐고 일어났
다. 불합리를 비로잡아야 한다는 투쟁이 승리하였다. 대구에서 5년 이
상 근무한 선생은 무조건 시골로 발령한다는 원칙이 세워졌다. 이 선
생도 이 새로운 인사 원칙에 의하여 대구에서 그래도 비교적 가까운
이 곳 S고등학교로 발령받아 부임하게 된 것이다.

우리나라 농촌 마을은 거의 비슷하다. 동네 앞으로는 맑고 깨끗한
하천이 흐르고 머리에 구름을 인 뒷산이 솟아있다. 좌우에도 산이 병
풍처럼 둘러 쳐 있어 아늑하고 따뜻하다. 이 곳 산들은 태백산맥의 지

맥으로 면내에 이어져 팔공산, 화산, 노고산 등의 이름을 지니고 솟아 있다. 마을 앞 하천에 놓인 제법 큰 다리를 건너, 인가가 거의 없는 허 허 벌판에 이 선생이 부임하는 학교가 덩그렇게 서 있었다.

교무실을 찾아갔다. 바닥은 판자가 아니고 흙바닥이다. 찰흙을 얼 마나 정성들여 다지고 또 다졌는지 윤이 날 정도다. 키는 작달막하고 눈도 작은 데, 큰 테 안경을 쓴 40대 선생이 의자에서 벌떡 일어나 반 갑게 맞아준다. 순박한 웃음을 띤 얼굴로

"오시느라고 수고했심더."

하면서 손을 내민다. 손은 부드럽고 가냘팠다. 그리고는 태극기와 대통령 사진이 걸려 있는 벽 앞 테이블에 가더니 크고 높은 회전의자 에 앉는다. 이 선생은 이 자리는 교장이 앉는 자리라고 생각한다. 이 선생은 권하는 옆자리 의자에 앉지 않고 겸손하게 그냥 서 있었다. 용 모와 복장을 다시 한 번 살펴보았다. 우선 무어라고 불러야 할지 호칭 이 마땅하지 않았다.

"교장 선생님, 새로 발령 받아 온 이상대라고 합니다."

높이 불러 기분 나쁠 사람은 없다는 생각에 교장이라고 불렀다. 정 중히 인사를 했더니 손을 저으며

"저는 교장이 아닙니다. 교감입니다."

교감에 악센트를 넣어 힘을 준다. 하기야 대구에서는 이렇게 젊은 나이로 교감 자리에 앉기도 힘들다.

"아, 그렇습니까. 좀 안지이소."

심한 경산도 북부 방언으로 대답하면서 의자를 자기 앞으로 당기면 서 앉기를 권한다. 웬만하면 일어서서 맞이할 법도 한데 의자에 앉은

채, 풍채에 맞지 않게 허리를 뒤로 한껏 젖히면서 말한다.

"교장 선생님은 어디 계십니까."

"교장요? 교장은 다리 너머 버스 정류장 옆에 있어요."

'계십니다.'는 존대어도 모르는지 교장과 불편한 관계인지 대답을 퉁긴다.

"부임 신고를 해야 하는데…."

다음 말을 잇기도 전에

"나한테 하면 돼요."

그때야 진짜 교감이구나 생각했다. 교감인 동시에 교장 업무도 전담하고 있는 것 같다. 이 선생은 교감에게 발령장을 제출했다.

교감의 설명에 의하면 교장은 버스 타기 편한 정류장 옆에 방을 얻어 하숙하고 있다. 거기 계시는지, 안 계시는지도 잘 모른단다. 학교는 1, 2, 3학년 다 합쳐서 33명이다. 기미 독립 선언문에 서명하신 독립 열사의 수와 같았다. 그러나 33명은 기록상 숫자이고, 등교하는 학생은 20명 전후란다.

그래도 고등학교라 단위가 많은 과목 선생은 발령을 내렸다. K고등하교에 근무하던 영어과 강 선생, N상고에 근무하던 수학과 김 선생, 사대 부고에 근무하던 일반사회 유 선생, 그리고 국어과의 이 선생, 이들 네 명이 동시에 발령 받아 왔다.

학교 근처에는 여관도 여인숙도 없다. 하숙집도 물론 없다. 학교 옆에 농가가 한 채 있었다. 제법 큰 농가로 사랑채와 안채가 상당히 떨어져 있다. 이 집 주인은 도목수로 큰 도시로 일하러 나가고 할머니와 머슴 두 사람과 젊은 안주인이 집을 지키고 농사를 짓고 있다. 교감과 학교 용인이 이 집에 가서 통 사정을 하여 사랑채 방 하나에 네 명의 신임 교사가 거처하고 식사도 제공받기로 허락을 받았다. 안채 부엌에서 둥근 상에 네 사람의 밥상을 차려 놓으면 선생들이 들고 와서 먹고는 다시 부엌으로 갖다 놓아야 한다. 안주인은 바깥사랑채에 얼씬도 못한단다. 하숙을 할 때 조건이었다.

김 선생은 양반이라 절대로 밥상을 들 수 없다고 한다. 1세기 전의 사람이다. 이런 양반이 어떻게 대학에서 수학을 전공 했는지 의심스러울 정도다. 강 선생은 그럴 때마다,

"오냐, 알았다. 쌍놈인 내가 들고 올께."

하면서 나간다. 나이 제일 어린 이 선생은 안 따라 갈 수 없다. 한 사람으로는 들 수 없는 크기의 밥상이다. 양반과 유 선생은 움직이지 않는다. 유 선생은 아무 말을 안 해도 다음 식사 때는 밥상을 들고 온다. 자고 나서 요·이불을 갤 때도 문제다. 양반은 이불도 갤 수 없단다. 아랫목에 쪼그리고 앉아 요·이불을 다 개도록 기다린다. 그런데도 밉지는 않다. 어찌 보면 순진하고 양반이라고 일을 하지 않는 것 외에는 그렇게 호인일 수가 없다. 아무리 양반이라고 놀려도 웃을 뿐 화를 내는 법이 없다.

강 선생은 술의 대가로 대구에서 널리 알려진 주당 당수였다. 그런데 문제가 있다. 학교 근처에는 농가가 몇 집 있을 뿐, 가게고 주막이고 아무 것도 없다. 다리 너머 읍내로 가야 술집이 있는데 여기는 이 학교 선생은 갈 수 없는 곳이란다. 교감의 설명은 이렇다. 이곳의 법은 주먹이다. 치안도 경찰이 하는 것이 아니라 주먹이 한다. 그래서 주먹의 우두머리가 몇 년에 한 번씩 바뀌는데 역대 우두머리가 선생은

읍내 술집 출입을 금지시켰다고 한다.

현재 왕초는 작년에 새로 선출되었다고 한다. 이곳에서는 선출이라고 하는데 실은 싸움으로 결정되고, 이 결정을 자타가 공히 인정한단다. 전임 왕초는 차돌인데 늘 차돌에 머리를 박아 단련을 했다고 차돌이란 별명을 얻었다고 한다. 이렇게 강한 차돌이도 나이에는 못 이겨현 왕초에게 전권을 물려주고 은퇴했다. 새 왕초는 대학생이란 별명을 가졌다. 스스로 대학을 졸업했다고 한다. 그러나 아무도 믿는 사람은 없다. 그래도 왕초 앞에서는 모두가 그를 대학생이라고 부른다. 그렇게 불러야 만사가 편하다.

"아무리 주먹인들 선생들 술 마시는 것까지 간섭하겠나. 한번 가보자. 개척을 해야지 이래서야 어디 살맛이 나야."

역시 주신(酒神)답게 참을 수 없다는 심정을 강 선생이 토로하였다.

"아니, 우리가 귀양 온 것도 아니고 이게 뭐야, 내려가자."

평소에 말이 없는 유 선생도 찬성을 했다.

"내일 학교 가서 교감에게 물어보고 결정하자."

양반답게 김 선생이 여유 있게 한마디 했다. 세 사람은 양반 말을 따르기로 했다. 그리고 각자 다른 생각들을 하며 자리에 누웠으나 잠이 올 리가 없다.

"김 선생. 우리도 양반과 한 방에서 잠을 자니 영광인데, 양반이 쌍놈과 같이 잘 수는 없으니 우리도 양반으로 승격 시켜주면 안 되겠나."

농으로 강 선생이 한 마디 했다.

"맞다. 강 선생 자네 말이 맞네. 내 체면도 있고 하니 자네들도 양반으로 임명할게."

김 선생은 순진한 것인지 어리석은 것인지 남의 말은 액면 그대로 받아드린다. 절대로 남을 의심하지 않는다. 이런 모습을 보면 정말 양반답다. 좀 개구쟁이 기질이 있는 강 선생이 또 한 마디 한다.

"양반도 서열이 있는 법이다. 김 선생은 상등 양반이고, 유 선생과 나는 중등 양반이고 이 선생은 제일 젊었으니 하등 양반으로 임명해라."

"그래 그 말도 맞다. 강 선생 자네는 머리가 잘 돌아간다."

양반이 강 선생을 칭찬한다.

"양반으로 승격된 축하식을 해야 될 텐데 모일 장소가 있어야지."

별 말이 없는 유 선생도 한 마디 거든다.

"내일 교감이 읍에 숫막에 가도 안 맞아 죽는다고 하면 거기서 하자."

양반 김 선생의 이야기다.

"숫막은 뭐고?"

강 선생이 알면서 양반에게 질문한다.

"아이고, 이 등신아, 술집을 양반 말로 숫막이라고 한다. 강 선생 자네는 아무래도 양반하기 힘들겠다."

김 선생은 강 선생의 무식이 귀엽다는 듯이 웃으며 말했다.

"숫막은 술집의 옛말이지 무슨 양반 말이고."

이 선생이 국어 선생이라고 한 마디 했다.

"아이고, 이 선생 자네도 양반하기 힘들겠다. 고어는 다 양반 말이다."

이 선생은 아무 말도 하지 않았다. 젊은 놈이 따진다고 할 것이 뻔하다. 이렇게 하여 갈 곳도 없고, 볼거리도 없고, 술 한 잔도 마실 곳이 없는 적막한 산촌의 밤을 보냈다.

다음날 방과 후에 강 선생이 교감에게 다리 건너 술집에 한 잔 하러 가도 괜찮은지 어떤지를 확인해 봤다.

"운수지 뭐. 왕초가 매일 술집에 오는 것은 아니니까."

그 말은 왕초에게 걸리지만 않으면 무사하다는 이야기다. 양반이 된 축하도 해야 되고, 빨라도 2, 3년은 이곳에서 근무해야 하는데 이 벽촌에서 술 한 잔도 자유로이 마실 수 없다는 것은 너무 가혹했다. 특히 강 선생에게는 지옥보다 더 한 곳이다. 그리고 하숙집 아주머니에게도 미안하다.

'무슨 놈의 선생이 5시만 되면 네 명이 주르륵 따라 하숙집으로 들어온다. 한 끼도 외식이라고는 없네.' 할 것 같기도 했다.

이날은 사환을 하숙집에 보내 저녁을 먹고 들어간다고 미리 알리라고 했다. 가슴을 펴고 용감하게 다리를 넘었다. 왕초를 만날까 불안하다. 양반 김 선생은 술집이라고는 난생 처음 가 본다고 했다. 들어서면서부터 실수하면 어찌나 불안했다.

강 선생은 김 선생에게 교육을 철저히 시켰다. 지금은 술집에서 사람을 부를 때 '여봐라' 하면 물벼락 맞는다는 것과 '술상 들이라' 하면 안 된다는 것을 누누이 가르쳤다. 잘못하면 왕초에게 쫓기기 전에 술집 주인에게 몽둥이를 맞을지 모른다.

"김 선생은 술집에 들어 갈 때부터 나올 때까지 한 마디도 하면 안 된다."

유 선생이 못을 박았다. 양반이 쌍것들과 대화를 나누면 쌍스럽다는 이유를 들어 협박 아닌 협박을 했다.

시골치고는 술상이 거창했다. 음식도 번듯하다. 물론 대구 일류 요정만 못하지만 깔끔했다. 강 선생은 술상만 보고도 얼굴빛이 달라졌다. 십 년을 못 본 지기를 만난 듯 반가운 얼굴빛이다. 황홀한 듯 눈을 지그시 감기도 하였다. 주당 당수다운 늠름한 모습이다.

한 순배 술을 돌리고 나니 간이 커졌다. 목소리도 좀 커졌다. 그때 봉당에 인기척이 났다. 모두 쥐 죽은 듯이 조용해졌다. 문틈으로 이 선생이 밖을 보았다. 키가 1m80은 되어 보이는 거구가 안방을 쳐다보고 서있다. 무릎 바로 밑까지 오는 붉은 부츠를 신었다. 바지는 승마복이다. 장군들이 갖고 있는 지휘봉을 들고 있다. 옷차림이나 뒷모습은 깨끗하고 당당했다. 이 선생이 소리는 내지 못하고 손짓으로 엄지손가락을 들어 왕초가 나타났다는 신호를 보냈다. 양반 얼굴이 백지장으로 변하더니 뒷문을 열고 사라졌다. 유 선생도 신발을 들고는 줄행랑을 놓았다. 강 선생이 부어 둔 술을 얼른 한 잔 마시고 도망치려는 찰나에 문이 열렸다. 둥글고 살이 통통하게 찐 크고 앳된 얼굴이 방안으로 쑥 들어온다. 그리고는 지휘봉으로 강 선생을 가리키면서

"너희들 선생이지." 한다.

"예."

완전히 백지장이 된 강 선생이 답했다.

"처음 와서 잘 모르는 것 같아 오늘은 주의만 주겠다. 이 곳 치안은 내가 맡고 있다."

여기도 파출소가 있는데 어째서 치안을 이 무지막지한 무뢰한이 맡은 것인지 이 선생은 이해를 할 수 없었다.

"학교 선생은 이런 곳에 못 오게 돼 있다."

어떤 이유로, 어떤 법으로 오면 안 되느냐고 따지고 싶었다. 그러나 따지면 안 된다는 교육을 철저히 받아 알고 있다.

"예. 가겠습니다."

강 선생은 술을 부인보다 좋아 하지만 천리만리라도 달아나고 싶었다. 강 선생과 이 선생이 나오려는데 왕초가 지휘봉으로 이 선생을 가리키며

"가만, 너는 남아 있어." 한다.

"내 말인가?"

이 선생도 정면으로 쳐다보면서 반말로 답했다.

"우리 옆방에 가서 조용히 한 잔 하자."

상당히 부드럽다. 그러면서 먼저 나간다. 이 선생은 기왕 버린 몸, 이놈에게 힘으로는 당할 수 없다, 그러면 배짱 밖에 없다고 굳게 마음 먹었다. 설사 이놈을 힘으로 이길 수 있다손 치더라도 선생이 깡패와 싸웠다면 이유야 어떻든 선생 자격미달로 여론이 판결한다. 때리면 맞아야 한다. 대신 기가 죽으면 안 된다. 맞아도 당당하게 맞아야겠다. 뒷방으로 갔다. 아담하고 깨끗한 방이다. 왕초의 단골 방인 모양이다. 주문을 받으러 온 아가씨가 이 선생을 알아본다.

"저 쪽 방의 계산은 선생님이 하십니까?"

고개를 끄떡였다. 다들 얼마나 급했던지 계산도 하지 않고 모두 도망간 모양이다.

"아, 그 방 술값은 내가 낸다."

왕초가 말했다. 그리고 이 선생을 보면서 빙긋 웃으면서

"내가 쫓아냈으니 내가 내야지."

한다. 이 선생은 속으로

'네놈이 지불은 무슨 지불, 평생 안 갚는 외상 장부에 기록은 하려나' 라고 생각하며 이 선생은

'지금부터 이 방에서 먹는 술도 내가 지불할 각오가 돼 있다.' 고 마음먹었다.

"너 나이 몇 살이고."

"서른하나다."

무조건 너다. 처음부터 이 둘은 한 번도 존댓말을 써 본 적이 없다. 새삼스럽게 쓸 수도 없게 되었다.

"하하. 개띠구나. 나하고 동갑이다. 말 놓자."

그럼 여태까지는 존댓말을 썼나? 지금부터 말을 놓잔다. 이 선생은 좀 불쾌한 언사가 있어도 왕초를 만난 이상 읍내에 자유로이 술 마시러 내려 올 수 있게 기분을 맞추어야 한다.

"그래, 말 놓자."

하면서 또 손을 내밀어 다시 한 번 악수를 했다. 과연 힘이 세다. 악력이 대단하여 오른손이 알알하다. 술잔도 장비 잔으로 마시자고 한다. 장비 잔이란 처음 들어보는 말이다. 탈바가지 비슷하게 생긴 제법 큰 그릇이 들어왔다. 왕초가 이 바가지를 장비 잔이라고 했다. 그것으로 장비가 술을 마셨다는 이야기는 들어 본 적이 없었다. 어떻든 무조건 맞는다고 맞장구를 쳤다.

술을 마시다가 왼쪽 칼라에 술이 흘렀는지 수건으로 닦는다. 자세히 보니 S대학 배지(badge)가 왼쪽 윗주머니 위에 붙어 있었다. 이 선생은 그때야 눈치를 챘다. 술을 닦는 것이 아니라 배지를 보라는 것이다. 일찍 알았어야 하는데.

"아이고 대학을 나오셨네. S대학은 체육으로 유명한 대학이다."

알아주니 기특하다는 듯 만족한 웃음을 띤다. 그리고 술도 안 묻은 윗주머니를 또 한 번 닦는다.

이 선생은 아주 감동한 듯 표정을 지어 보였다. 그리고 얼른 다음 말이 생각나지 않았다.

"인텔리다."

'인텔리' 이 말의 효과는 지구보다 컸다. 뜻은 잘 모르나 듣기에 좋고, 영어 같기도 하여 좋았던 모양이다. 이 고을에서는 아무도 모르는 말이라 더욱 기뻤다.

"나도 대학에 다닐 때 자주 썼으나, 오래되어 잊었는데, 그 인텔리의 뜻이 뭣고?"

"우리말로 하면 양반이란 뜻인데 양반 중에도 상급 양반이다."

이 선생도 인텔리라는 말이 영언지 러시아언지도 잘 모르고 정확한 뜻도 모르고 있었다. 그러나 그 말의 효과는 컸다.

"그럼 오늘부터 나는 인텔리네."

하면서 만족한 얼굴을 감추지 못한다. 그때부터 왕초는 인텔리가 되었고, 인텔리로 인정해 준 이 선생의 지시(?)에 절대 복종해야만 했다. 그렇지 않으면 인텔리를 취소할 수 있기 때문이다. 우선 선생들이 읍내에 자유로이 술을 마시러 내려와도 좋다는 허락을 받았다. 선생도 인텔리이기 때문이다. 형제로서의 굳은 악수를 나누고 이 선생과 인텔리는 헤어졌다.

다리를 넘었다. 다리 끝 난간에 검은 그림자가 보였다. 가까이 가니 검은 그림자가 일어서서 이쪽으로 달려 와 끌어안는다. 어둠 속에서도 감격의 눈물이 글썽이는 것을 볼 수 있었다. 감격이란 '살아 왔구나.' 하는 안도감이었다. 지식인이란 이렇게 무기력하고 공허한 존재다. 특히 폭력이나 무지 앞에서는 속수무책이다. 폭력에 대항하면 무조건 지식인 쪽이 나쁘다는 것이다. 언어맞고 굴복하는 것이 배운 자가 취해야 할 도덕률이다. 또 그렇게 하는 것이 살아남는 길이란 것이 그동안 배운 교훈이다. 그래도 동료를 염려하여 초조하게 다리 난간에 앉아 기다려 준 강 선생의 바보 같은 정이 고마웠다.

"강 선생님, 내일부터는 자유롭게 한 잔 마셔도 되겠습니다."

강 선생에겐 비할 데 없는 큰 선물이다. 근심은 순간에 걷히고 숨이 가빠졌다.

"아니 어떻게 됐소?"

"밤도 늦었으니 천천히 이야기하기로 하고 들어가십시다."

하면서 이 선생이 앞장서서 걸었다.

"참, 이제부터 왕초를 보면 인텔리라고 불러 주시기만 하면 됩니다."

"그게 무슨 소리고?"

"그런 일이 있습니다."

하숙집에 도착하니 양반은 주무시고 유 선생은 책을 읽고 있다가

"이 선생, 혼났지. 도와주지 못해 미안해."

하면서 일찍 도망 온 것을 멋쩍어한다.

그 후 인텔리와 이 선생은 자주 만났다. 푸줏간에서 소를 잡는 날은 신문지에 쇠고기를 싸서 들고 온다. 그리고는 칼로 숭숭 썰어서 날로 먹자고 한다. 꺼림칙하지만 '나와 함께 하지 아니하는 자는 나를 파는 자'고 할까 두려워서 먹는다. 또 날 것을 먹어야 힘을 쓸 수 있다는 신화를 굳게 믿고 있는 인텔리라 함께 먹지 않을 수가 없다. 강 선생님 술집 출입을 위해서라도.

하루는 왕초 인태리가 자기 집에 초대를 했다. 방으로 안내되었다. 문을 열자 정면 벽에 S대학 졸업장이 걸려 있다. 감동과 선망의 눈으로 가장하여 한참을 쳐다 보았다.

"아따, 저 놈 따는데 고생 좀 했다."

이 선생이 너무 열심히 쳐다보니 그만 앉으라면서 내뱉는 인텔리의 말이다. 이 선생은 인텔리를 만나면 자신이 부끄러워진다. 비록 대학 문 앞에도 못 가보고도 졸업장을 벽에 붙인 인텔리가 순진하고 순수하게 느껴질 때가 많다. 선생을 성직(?)이라고 말한다. 성직에 종사한다는 스승이란 자가, 힘 앞에는 완전한 무력(無力)지기 된다. 마음에 있는 말은 한마디도 못한다. 두려움에 떨면서, 일시적인 안녕을 위해서 마음에도 없는 말을 해가면서 자신을 속이고 알랑거리고 있다. 이 선생은 자기 목적이 읍내 술집을 자유로이 드나들기 위해서라는 것을 생각하고 스스로를 비웃으며 가을비에 젖은 걸인처럼 초라하게 느껴졌다. 이 비열함에 비하면 인텔리는 심성이 맑고 깨끗하다.

인텔리에게도 무서운 사람이 있다. 자기 부인 앞에서는 호랑이 앞에 생쥐다. 꼼짝달싹도 못 한다. 한번은 술을 마시는데 밖에 부인의 소리가 들렸다. 그 큰 몸을 번개처럼 날려 다락에 올라가 숨는다. 염라대왕 앞에 불려나온 죄인이다. 또 하나 무서운 것은 '인텔리'다. 한번은 이 선생과 술을 마시고 있는 방에 만취가 된 행상꾼이 방문을 열었다. 순간 인텔리가 술병을 들었다. 이 선생이 인텔리의 손목을 붙잡고

"인텔리는 참을 줄 알아야 한다."고 했을 때

"아이고, 인텔리가 원수다. 저놈을 박살 내야하는데 인텔리라서 못하는구나."

하면서 분을 삭이려고 애쓰는 모습을 보았다. 마누라와 인텔리는 왕초를 꼼짝 못하게 하는 저승사자다.

이곳은 북서쪽으로는 해발 1,200m의 팔공산이 서있고, 동북쪽은 화산, 노고 산으로 둘러싸인 산지다. 고추와 마늘이 주산물이다. 대부분의 농민들은 가난에 쪼들렸다. 이 선생이 젊다고 한 반밖에 없는 학급의 담임이다. 이 학급에서 성적이 제일 좋은 학생 준호 군이 일주일이나 결석이다. 이 선생은 학급 부반장을 대동하고 가정 방문을 갔다. 봉당에 멍석을 깔고 준호군 아버지와 마주 앉았다. 준호군의 부친의 말씀은 대략 이러하다.

'작년 흉년에 나락을 장내 냈다고 했다. 되로 주고 말로 받는다는 말대로다. 빚더미에 올라앉았다. 학업을 계속해서 고등하교만 졸업하면 당장 영의정을 시켜준다고 해도 지금 당장이 급해서 학교를 보낼 수 없다고 한다.'

이 선생은 할 말을 잊었다. 겨우 한다는 소리가 학비는 면제시켜 드리겠다는 말에

"학비가 문제가 아니라 지금 준호가 머슴이라도 살아야 이자 쌀이라도 갚을 수 있심더."

라고 잘라 말한다. 이 선생은 안타까웠으나 자기 능력으로는 어찌할 도리가 없었다. 함께 간 학생을 집으로 돌려보내고 혼자 논두렁길을 걸어 읍내로 향하였다. 혹독한 36년의 수탈에서 겨우 벗어났다고 만세를 불렀는데, 농촌 사람은 무슨 이유인지도 모르는 동족상잔의 전쟁으로 굶어 죽게 되었다. 그때부터 가난은 더욱 심해졌다. 왜놈 시대보다 더욱 가난했다.

다음날 준호 자리를 보지 않으려고 애쓰며 조회를 마쳤다. 이 선생은 자기의 무능과 무기력에 현기증을 느끼며 무거운 하루를 보냈다. 퇴근 시간 1시간 전에 인텔리가 전화를 했다. 방과 후에 읍내에서 만나자고 한다. 마음이 내키지 않았으나 혼자 터덜터덜 다리를 건넜다.

"이 선생, 오래 못 만났다. 별 일 없었나?"

"별 일은 없다마는…."

뒤 끝을 흐렸다.

"얼굴 표정이 안 좋다 싶었더니 무슨 일이 생겼구나."

순간 이 선생의 머리에는 인텔리의 집을 방문했을 때, 넓은 과수원과 입구에 골기와로 격조 높게 지은 큰 사랑채가 떠올랐다.

"우리 반에 준호라는 학생이 있는데 공부도 잘 하고 심성도 착해서, 이 고을을 이끌고 갈 지도자가 되겠구나 생각하고 있었다. 그런데 가정 형편이 어려워 학교를 고만 두겠다고 한다."

한참을 야릇한 표정으로 듣고 있더니

"그 놈 학업만 계속하면 인텔리가 되겠더나?"

이 선생 머리에 희망의 빛이 스쳤다.

"물론이지."

"애 아버지 이름이 뭐더노?"

이곳은 이름만 대면 누군지 다 안다. 특히 이 마을 최고 실력자요.
치안 책임자요, 법이기도 한 인텔리의 머리에는 마을 주민등록표가 머
리 속에 입력이 되어 있다. 준호군의 아버지 이름을 말했다. 침묵이 흘
렀다. 무슨 생각을 하고 있는지 이 선생은 초조했다.

"가난 구제는 나라도 못한다는 말이 있지."

이 한마디에 이 선생은 희망을 날렸다. 아마 많은 빚이 있다는 것을
알고 있는 듯했다.

이 선생은 3개월만 근무하면 대구로 돌아갈 수 있다. 이 산간벽촌
에서의 근무도 지나고 보면 정이 들고 추억거리도 많았다. 무엇보다
주먹으로 최고인 자를 '인텔리'라는 한 마디로 유순한 양으로 만든
것은 이 선생의 머릿속에 자기는 개선장군으로 기록될 것이다. 이런
저런 일을 떠올리고 있는데 준호 군이 아버지와 함께 교무실에 들어
왔다.

"선생님 덕택에 우리 준호가 다시 학교에 다닐 수 있게 됐심더. 저
희 집도 허리를 펴게 됐심더."

이 선생은 무슨 뜻인지 알 수가 없었다. '이 선생님 덕'이라는 것을
더욱 이해할 수가 없었다. 어떻든 그렇게 반가울 수가 없다. 신문지에

감자를 싸가지고 왔다. 교무실 내 책상 위에 놓으면서 부끄러워하는 표정을 짓는다.

"읍내 사는 과수원 정 부자가 저희 집 빚을 갚아주고, 준호 학비도 대 준다고 했심더."

꿈꾸는 사람처럼 몽롱한 정신으로 말하는 듯했다.

"준호가 학비를 받는 대신에 과수원에서 일을 해야 한다고 합디다."

과수원서 일을 하라는 말에도 어지간히 감격한 모양이다. 첫째, 준호는 집에서 보다 월등히 좋은 식사를 할 수 있다. 또, 일은 공부를 다 하고 한가할 때만 하라고 했다. 집에 일이 바쁠 때는 언제든지 집으로 가도 좋다는 조건이란다. 구세주를 만난 듯 기쁨에 들떠 있는 부자를 보내고 텅 빈 교무실에 앉았다. 윤리나 도덕률에 대한 판단 능력은 배우지 못한 사람이나 배운 사람이나, 가난한 자나 부자나 다 같다는 것이란 생각이 들었다. 이 선생은 과수원 정 부자와 자기, 양반 김 선생, 영어 강 선생, 일반사회 유 선생과 비교해 보았다. 어쩐지 지식인인 선생이 가짜 인텔리보다 무기력하고 무능하다는 것을 느꼈다. 실력으로나 정신으로나 뒤바뀐 느낌이 들었다.

인텔리로부터 연락이 왔다. 이 선생의 송별회를 한다고 선생님들 전원 읍내로 내려오란다. 전원이래야 교감을 포함 5명밖에 안 된다. 모임을 언제 갖고 싶은데 시간이 어떠냐고, 사전 양해를 구하는 법을 모른다. 모든 것이 일방적이다. 그래도 오늘은 불쾌하지가 않았다. 다섯 사람이 식당으로 들어섰다. 지휘봉을 든, 어깨가 오늘따라 더욱 벌어진 인텔리가 일어서서 반갑게 맞아 준다.

"나를 인텔리로 만들어준 이 선생이 곧 떠난다는 이야기를 듣고, 오늘 송별회 자리를 마련했심더."

제법 점잖게 인사를 한다.

"아직 떠날 날이 몇 개월 남았으나, 내가 몇 달을 외유를 해야 할 일이 생겨 이렇게 날짜를 당긴 것을 이해해 주이소."

무슨 회의를 주제하는 듯 점잖은 인사말이다.

"고맙다."

답을 하는 이 선생은 오늘 따라 인텔리가 크게 보이고, 자기가 그렇게 작게 느껴지기는 처음이다. 한 순배 술잔을 돌리고 이야기꽃이 피었다. 준호 군을 도와준 선행을 자랑할 때가 되었는데 전혀 말이 없다. 견디다 못해 이 선생이 먼저 말을 꺼냈다. 준호 군이 학업을 계속할 수 있게 도와준 것, 준호군 집의 빚을 갚아 준 것을 이야기했다. 얼굴이 붉어진 인텔리가

"뭐 그런 걸 얘기라고 하노, 가진 게 많아서 가난한 놈이란 소리를 안 들으려고 한 짓인데."

하면서 멋쩍어 했다.

그때 생쥐 울음소리가 들렸다. 방문을 열었다. 마당에 크고 준엄하게 생긴 고양이 한 마리가 군왕처럼 앉아 있었다. 그 앞에 세 마리는 도망가고 한 마리 생쥐만 붙들려 발발 떨고 있다.

"이 선생, 너는 내가 대학 안 나온 줄 뻔히 알면서 대학을 졸업했다고 인정해 주었고, 순 불한당 같은 나를 인텔리로 불러준 속마음을 다 알고 있다. 그렇게 해서라도 나를 바로 잡아 줄려고 애쓴, 니 마음을 잊지 아너께."

한참 동안을 천장을 바라보던 인텔리는

　"그래서 니가 좋았다. 니는 진짜 인텔리 아이가."

　"그리고 준호를 우리 집에서 일을 시키는 것은 준호의 마음 부담을 덜어주기 위한 것이지 일을 시키려고 한 것이 아니니 안심해라"

　하면서 술잔을 들었다.

　이 선생은 지식인의 오만을 철저하게 거부한 진짜 인텔리를 바라보면서 술잔을 단숨에 마셔 버렸다.📖

돌의 미소

　서기 749년 3월, 서라벌 금성에는 폭우가 쏟아지고 강풍이 몰아쳐 천지가 개벽할 듯이 흔들렸다. 아름드리나무들이 뿌리째 뽑혀 넘어지고 민가에서는 지붕이 날아가고 집이 무너져 피해가 막심했다. 이번 폭우는 보름을 계속했다. 그리고 날씨가 갠 이른 새벽, 왕은 왕비인 만월(滿月)왕비와 시녀 셋만 따르게 하고 임해전으로 행차하였다. 당나라 무산12봉을 본떠 만든 임해전 주변의 관상수와 화초들도 큰 피해를 입었으나 봄기운은 어쩔 수가 없는 지, 요염한 자태를 나타내는 모란선자며, 여러 가지 봄꽃들이 제마다의 아름다움을 다투고 있다. 연약한 꽃들은 폭우와 강풍을 이겨내고 꽃을 피우는데, 옆에 아름드리 고목들은 강풍을 이기지 못해, 보기 흉하게 가지는 부러지고, 뿌리는 뽑혀 흉한 모습으로 아무렇게나 여기저기에 쓰러져 있다.

　경덕(景德) 왕이 왕위에 오른 지 8년, 그동안에 천재지변이 끊이지 않았다. 왕이 스스로 부덕한 소치라 여겨 치국의 포부를 마음껏 펼쳐

볼 수가 없었다. 더욱 왕의 마음에 한 시도 떠나지 않는 근심은 전제
왕권체제를 강화하려는 왕의 뜻에 노골적으로 반대하고 나서는 일부
귀족들이 패거리를 지어 세력을 모우고 있다. 이들 세력을 견제하기
위해 세손이 번창해야 될 텐데 세자도 보지 못하고 있다. 왕위에 오른
이듬해 서불한 김의충의 딸을 비(妃)로 맞았으나 세자를 보지 못했다.
그래서 새로 만월왕비를 맞이한 것이다. 왕비가 죄인인 양 묵묵히 뒤
따르고 있다.

"그대를 비로 맞은 지가 얼마나 되었소."

왕이 왕비에게 묻는다. 세자를 낳지 못한다고 왕비를 폐하고 만월
부인을 맞은 지 7년이나 되었는데, 세자가 없다는 말씀인 줄을 비도
안다.

왕은 생각한다. 고조부이신 태종무열왕께서 백제를 병합하고, 증조
부 문무왕 8년에는 고구려마저 무너뜨려 삼국통일의 성업을 이룩하였
다. 군신이 하나 되고 만백성이 군왕과 뜻을 같이하여 삼국통일을 위
해 외길을 달렸다. 대업을 이루신 후, 불과 70여 년 만에 짐이 왕위에
올랐건만 귀족들은 자기들의 세력을 키우기에 여념이 없고, 부를 축
적하기 위해 난부극을 벌리고 있나. 귀족들의 사치와 문란한 생활은
극에 달하고, 나라와 백성을 위하는 마음은 추호도 찾을 수가 없으니
장차 이 나라 사직이 어찌 될꼬. 군신이 하나 되어 오직 나라와 백성
만을 위하여 힘을 하나로 모았던 시대로 돌아 갈 수는 없는 것일까. 하
늘도 무심하여, 가물어 백성은 굶주리고, 질병은 만연된다. 10도 사방
에 사자(使者)를 보내 위무(慰撫)하나 효과가 없다.

"이 모든 것이 짐이 부덕한 소치라. 하늘은 이 몸에 죄를 내리시고

이 나라를 구하소서."

라고 빌고 또 빌었다.

"만월부인! 짐의 형인 선왕 효성(孝成)왕도 세자가 없어 이 몸이 왕위를 이었소. 그런데 짐도 여태 세자가 없으니, 태종 무열왕의 후예는 끊어질 것이 두렵소. 무슨 낯으로 죽어 선조를 뵙겠소."

"황공하옵니다. 이 몸의 죄가 태산 같아 세자를 보지 못하였습니다. 사직의 평안을 위하여 소비를 폐하여 주십시오."

"어찌 그 죄가 비(妃)에게만 있겠소. 다 나의 부덕의 소치인가 싶소."

"아니옵니다. 성자를 주시어, 이 나라 만년의 기초가 될 것을 하늘과 부처님께 수 없이 간원(懇願)하였으나, 그 뜻이 이루어 지지 않음은 제 정성의 부족함인 줄 압니다."

왕비의 목소리는 그믐밤의 장맛비처럼 처량하다.

왕은 그저 묵묵히 연못 쪽을 향하여 힘없이 발걸음을 옮긴다. 뒤를 따르던 시녀(侍女)들은 무슨 큰 죄나 지은 듯 소리 없이 따른다.

그 때 성 밖 멀리 민가에서 아스라이 향가를 부르는 소리가 들렸다. 멀어서 가사는 분명치 않으나 느린 가락이 가슴을 아련하게 한다.

"모란아. 네가 동소문으로 나가, 저 노래가 어디에서 누가 부르는 노래인지 알아 오너라. 가사도 빠트리지 말고 채록(採錄)해 오거라."

"분부 받잡아 다녀오겠습니다."

하고는 치마폭을 휘날리며 연못가 돌길을 나비처럼 가볍게 달린다.

"우리 이제 돌아갑시다. 신하들이 입궐 할 때도 되어가오."

발길을 돌리는 왕을 왕비와 시녀가 따른다. 왕은 궁 밖에서 들리는 노랫소리가 마음에 검은 그림자를 드리웠다. 노래를 발로 차버리기나

28

하듯 발을 높이 쳐든다.

궁으로 돌아온 왕이 아침 수라상을 물리고 나자, 궁 밖으로 나갔든 모란이 돌아와 아뢴다.

"새벽에 듣자온 향가는 민가에 널리 퍼져 모르는 이가 없다고 하옵니다."

"응, 모르는 이는 궁 안에 사람들뿐이더냐. 이렇게도 백성과 궁이 멀고 어두워서야 되겠느냐! 짐이 게으르고 암울(暗鬱)하였도다."

"그 노래의 반주는 무슨 악기를 사용하더냐."

"가야금을 사용하고 있사옵니다."

"그래, 우륵이 신라에 망명을 온 지가 불과 70여 년에 일반 민가에서 가야금을 연주한다니 기뻐할 일이로다. 악(樂)이 곧 낙(樂)이도다."

"대부분의 금성 민가에서도 가야금의 합사법(合絲法)을 알아 가야금을 만들어 가지고 있으며, 그 음법(音法)을 알아 웬만한 곡은 일반 민가에서도 연주한다고 합니다."

"기특한 일이로다."

왕은 몹시 만족스러운 표정이다.

"그래, 노랫말은 채록해 왔느냐?"

"예, 여기 바칩니다."

"두고 가라. 천천히 짐이 읽어 볼 것이다."

시녀를 내보내고 왕은 흥분하여 적어 온 노랫말을 펴 들었다.

황룡사의 법고(法鼓) 소리는,
모든 법이 머무르는 바가 없다고 울고.

아름다운 꽃도 삼 삭(朔)을 못 넘기고 지는구나!

훙(興)한 자도 봄밤에 덧없는 꿈과 같은 것
용맹한 자도, 바람 앞에 티끌인 것을
우주의 일체 만물이 상(常)이 없는 것.

이 세상 모든 영화도 얕은 꿈인 것을
꿈꾸지도 말며, 취하지도 말아라.

하나로 뭉쳤다간 또다시 흩어지네,
흩어졌다간 또 다시 하나 되네.

왕은 가사를 읽고, 마음에 그늘이 짙어 진다. 표훈대덕(表訓大德)에
게 수차례나 들은 금강반야경의 뜻과도 같다, 신라의 훗날을 점치는
듯 울적하고 씁쓸하다.

반월성의 정문인 귀정문은 서쪽에 있다. 동쪽을 바라보면 성으로 통
하는 큰 길이 보이고, 남쪽에는 매화나무를 심었다, 길옆에는 목단과
국화 밭이 있다. 그 옆 큰 인공호수는 연 밭이다. 그 외에도 장안성의
금원을 방불케 하는 화초와 새, 사슴도 놀았다. 왕은 9월이라 한창 피
기 시작한 국화를 완상하다 말고, 국화의 절개를 기리다가, 세상에 나
가지 않고 은둔해 있는 은사(隱士)의 고고함이 새삼 아쉬웠다.

경덕왕 8년 9월, 모처럼 하늘은 구름 한 점 없이 높고 맑다. 다락 위
에는 김대성과 왕 두 사람밖에 없다. 시종들은 모두 다락 아래에 있다.

김대성(金大城)이 5년 전에 처음으로 입궐 했을 때, 황공하옵께도 왕이 친히 귀정문 다락까지 나오셔서 맞이해 주셨다. 그때 일을 머리에 떠올린다.

"경이 시중이 되어 짐을 보필한 지가 5년이 지났구려!"

왕은 오늘따라 몹시 말하기 어려운 듯 표정이 무겁다.

"무능 무지하고 아둔한 몸이 성은만 입사옵고, 대들보는 고사하고 서까래의 역할도 하지 못한 것, 늘 가슴 아파하고 있사옵니다."

"시중은 너무 겸양치 마시오."

"황공하옵니다."

"지금 조정에서 짐의 참마음을 알고 분골쇄신 짐을 돕는 자는 그대뿐…."

시중은 이 말씀에 몸 둘 바를 몰라 '황공하옵니다.' 만 되풀이 한다.

"경을 시중으로 맞아 집사(執事)부를 강화하여 상대등(上大等)의 권한을 꺾어 왕권 강화를 꾀하겠다는 뜻은 이루었으나, 아직도 일부 귀족들의 반발이 가라앉지가 안소."

"신의 능력이 부족하여 근심만 끼친 점 한탄하고 있습니다."

"시중을 책하는 것이 아니요, 앞으로 어찌하면 좋겠는가. 경의 의견을 듣고 싶을 따름이오."

시중은 벌써부터 대책을 강구하고 있었던 바라 스스럼없이 아뢴다.

"신의 생각은 첫째, 녹읍(祿邑) 부활을 절대로 허용해서는 안 되는 줄로 압니다. 녹읍을 부활하면 귀족들의 경제력만 부강해 질 뿐 아니라 백성을 착취하여 도탄에 빠지게 합니다. 귀족들의 경제적 윤택은 사치(奢侈)를 일삼고, 생활은 문란해져 타락하게 됩니다. 백성과는 유리되어 인심을 잃게 됩니다. 이들에 대한 원성(怨聲)은 결국 나라님의 탓으로 돌아옵니다."

왕은 눈을 지그시 감고 시중의 의견을 경청하고 있다. 반(反) 왕권과 귀족 세력과 피나는 투쟁을 해야 한다. 선왕 효성왕의 갑작스런 서거도 귀족들에게 의심을 품는 사람들이 많다. 이런 귀족들과의 투쟁은 불안하기만 하다.

"그리고 당나라와의 선린(善隣) 친선외교를 더욱 강화하여, 유학을 제일의 정책으로 삼아 전제(專制)왕권의 안정을 기해야 할 것입니다."

경덕왕은 그 때까지 당나라에 하정(賀正)의 사신은 물론 조공(朝貢) 교역(交易)에도 정성을 다해 전례 없이 자주 보냈다. 당(唐)나라 현종(玄宗)도 신라왕에게 특별 예우를 한다. 강하고 큰 이웃과의 선린 관계를 맺는 것은 비굴이나 굴욕이 아니다. 특히 크고 강하며 선진화된 당나라의 문물을 받아드림은 이 나라 국력을 기르는데 도움이 되며, 부수되는 조공(朝貢)교역(交易)에서도 적지 않은 이익을 가져온다고 믿고 있는 김대성이다. 한참을 묵묵부답하던 왕은

"경의 뜻은 곧 짐의 뜻이요. 이웃나라 왜국(倭國)의 근황은 어떻소."

"늘 신라 근해에 와서 노략질을 하며, 심지어 아낙네를 납치하기도 합니다."

민가에 숨어들어 노략질을 일삼는 왜구(倭寇)들이 못마땅하였던 왕은 즉위 원년(元年)에도 일본국에서 사신을 보내 왔으나 받아드리지 않고 돌려보냈다.

"왜국 '나라'에서 돌아 온 석공 바라달의 말에 의하면, 왜는 수도 아스카(飛鳥)에서 나라로 옮겼다고 합니다. 나라(奈良)에 '동대사(東大

寺)'라는 절을 지었는데, 절 안에 대불은 머리카락이 어른 키만 하고 부처님의 손바닥에는 장정 삼십 명이 올라 설 수 있고, 콧구멍에는 아이가 왔다 갔다 한다고 합니다. 이 절을 지은 이는 백제 유민들이며, 자기들 조국을 정복한 신라를 복수하기 위해 황룡사 본존불의 십 배나 큰 부처를 만들고 광복을 기원하고 있다고 합니다."

왕은 못마땅한 표정을 지었다. 귀정문 남쪽 인공 호수로 눈길을 돌리신다. 호수위에는 한 쌍의 원앙이 새끼 여덟 마리와 한가로이 헤엄치고 있다.

"이 나라를 만고 반석 위에 올려놓기 위해서는 왕권의 확립이 시급하오. 작년에 짐이 정찰을 두어 관리를 규찰하게 한 것도 부패한 귀족들을 견제하여 왕권을 강화하기 위함이었소. 왕권 강화에 가장 요긴한 조건은 세자가 아니겠소?"

혼자 말처럼 던져놓고 마치 석불인양 굳게 입을 다문다.

대성은 왕의 애절하고 조급한 마음을 알고도 남는다. 며칠 전 왕비는 사람의 눈을 피해 왕자를 보기 위해 신라의 최고 성지(聖地)인 남산 나정(蘿井)에 가서 치성(致誠)을 올렸다고 들었다. 그 정성이 얼마인지를 시중은 알고 있다. 그뿐 아니라 표훈대덕에게 성자(聖子)를 얻게 해달라고 백일 공양을 아홉 번이나 올린 것을 시중도 잘 알고 있다.

"불은(佛恩)이 충만 하사 성자를 얻으시어 국가 만 년의 기초가 튼튼해 질 것을 빌고 또 비나이다."

왕은 지나가는 말처럼

"고맙소. 큰 불사(佛事)를 일으켜, 호국 불교의 성전(聖殿)이 될 가람을 건립하라는 건의가 들어왔소."

한다. 대성은 누가 사찰 건립을 제안했는지 짐작한다.

불력에 의지하여 왕자를 얻고 왕권을 튼튼히 하려는 절박한 심정을…. 말없이 대성의 입을 바라보고 있는 왕에게

"당연합니다. 부처님의 자비가 신라를 지켜주실 것입니다."

그제야 평온한 얼굴로 돌아온 왕은

"짐도 그 권유를 받아드리고 싶소. 누가 이 일을 감당해 내겠소."

약간의 시간을 두고 시중의 마음을 살피신다.

시중은 '대성이 자네가 맡아 주게' 하는 왕의 마음을 헤아린다.

"신이 이 세상에 태어기 전 전생에서는 가난한 사냥꾼에 지나지 않았습니다. 불은(佛恩)을 입어 김문(金門)에 환생(還生)하고 영화를 누렸으니 여생을 불도량 건립에 전념하여 불은과 성은에 보답코자 하옵니다."

왕은 크게 기뻐하였다.

"시중이야 말로 이 나라의 대들보임이 분명하오. 누가 짐의 마음을 그리 잘 헤아릴 수 있겠소. 경이 섭섭할까 차마 입이 떨어지지 않았소. 제 마음을 펴게 하니 아름답소."

"국가의 은혜를 대대로 망극하리 만치 입었으니, 나라를 위하여 불속에 들라 해도 사양치 못할 건데, 항차 불사에 참여하라는 성은에 섭섭함이 어찌 있겠습니까?"

하며 머리를 조아린다.

"머리를 드시오. 짐의 근심을 미리 헤아려 펴게 하니 경이야 말로 짐과는 하나라 하겠소, 불사를 위해 경이 집사부를 떠나면 사직을 받히던 큰 기둥이 빠진 듯 허전할 것이오."

하시며 다락에서 내려오시다.

대성의 선친인 김문량(金文亮)도 집사부 시중을 지냈다. 그 윗대도 무열왕 이후 조정의 중신으로 봉직한 가문이다. 살고 있는 집은 경주 서촌, 귀족들 집촌(集村)에 5대째 살고 있다. 집은 초라하다고는 할 수 없으나 검소하다. 시중은 퇴청하면 바로 사랑채에 들어 앉아 독서와 독경으로 시간을 보내며, 때로는 가야금 연주와 서예도 즐겼다.

이날도 집에 오니 부인과 종 떡쇠가 문에 나와 맞는다. 시중은 여느 때와 마찬가지로 사랑채로 든다. 사랑채라야 대문 옆 조고만 별채에 지나지 않는다. 책상 위에는 붓, 벼루, 종이 등 문방오우가 준비되어 있다. 붓을 든다.

'표훈대덕님께.'

오래 적조(積阻)하였소.

사찰의 그윽한 향연(香煙)을 맡은 지도 너무 오래되었습니다. 소생 대성이 대덕(大德)의 향훈(香薰)과 차향(茶香)이 그리워 찾아뵙고자 하오니 한일(閑逸)한 날을 택하여 알려주시면 산에 오르겠습니다.

이 서찰을 가져가는 떡쇠 편에 대덕의 회신을 기다리겠습니다.

김대성 합장(合掌).

간단하게 쓴 서찰(書札)을 떡쇠 편에 보냈다. 표훈대덕은 화엄종(華

嚴宗)의 조종(祖宗) 의상 대사(大師)의 수제자였다. 왕이 특히 믿고 있는 승려로, 사사로운 근심걱정은 모두 표훈대덕에게 의논하며, 부탁도 한다. 왕을 옆에서 보필하고 있는 자기보다도 왕의 생각과 마음을 더욱 잘 헤아린다. 오늘 나에게 내린 왕의 명을 표훈대덕이 모를 리 없으며 어쩌면 그의 생각인지도 모른다. 대성이 재상의 직을 물러나는 데 대한 섭섭함은 조금도 없다. 단지 신라를 대표하는 국찰(國刹) 건립이란 대역사를 어떻게 완성하느냐가 큰 근심이다. 이 막중한 임무를 완성하는 데는 여러 사람의 의견을 모으지 않으면 안 된다. 그 중 첫째로 표훈대덕의 뜻을 들어야 한다고 생각했다. 왕 못지않게 대성도 표훈대덕을 존경하고 있다.

빨리 다녀오라는 시중의 명을 따라 삼경도 되기 전에 떡쇠가 돌아왔다.

표덕대덕의 답을 펴든 시중은 얼굴에 미소를 띠운다. 읽을 것이 없었다. 그림 한 장이다. 표훈대덕이 머물고 있는 산사 앞에 표훈대덕이 서서 사람을 기다리고 있는 모습이 그려져 있었다. 표훈대덕은 서화에도 능하였다.

'언제든지 오라' 는 뜻이겠지 생각하면서 웃었다.

평화롭기만 한 산사에는 단풍이 들어 온 산이 붉다 못해 핏빛으로 물들었다.

무설전 왼쪽에 조고만 방에 표훈대사와 시중이 앉았다. 화기애애(和氣靄靄)한 분위기로 승방(僧坊)이 평화롭다.

"재상께서는 언제 물러나기로 했소?"

"아직 후임을 낙점하지 않아 연말이나 내년 초가 되어야 물러날 듯합니다."

"그동안 고생이 많았소. 왕은 경이 옆에 있어야 든든하실 텐데, 떠나보내 섭섭하시겠습니다."

"상의 뜻을 만분의 일도 받들지 못하여 초조하고 괴로웠습니다."

"국찰(國刹) 건립의 대 역사(役事)는 이 나라 천만 년 후세까지 찬란하게 빛을 발할 수 있는 그런 사찰이어야 합니다. 왕조가 수없이 바뀌고 천지가 다시 개벽한다고 해도 멸하지 않는 대자대비의 지혜처럼 그렇게 영원할 수 있는 사찰이기를 상께서 바라고 있으니 이는 한 완조를 새로 세우는 일보다 더 중차대(重且大)한 역사입니다. 경이 담당해 온 집사(執事)부의 재상자리와는 비교되지 않는 일입니다."

이 한마디에 대성은 다시 한 번 경덕왕의 성은에 감동했다. 자신을 향한 왕의 신임에 혼신을 바칠 것을 마음속에 다짐한다.

"소생은 그저 성은과 불은에 감사할 따름입니다."

표훈은 대성의 말에는 대답도 하지 않은 채 다관(茶罐)을 들어 다잔(茶盞)에 차를 반쯤 채우고는 다반(茶盤)을 대성의 앞으로 밀며

"소승은 신라가 불국(佛國)의 정토(淨土)라 생각합니다. 그러므로 이 땅에서는 참선의 불교 이상의 호국불교로서 가치가 있는 것입니다."

하고는 다호(茶壺)에서 마른 입차 한 술을 떠 다관(茶罐)에 넣고 숙우(熟盂)의 물을 붓는다.

"부처의 나라로서 백성의 평안과 국가의 번영을 위한 일입니다."

"사지(寺址)는 보아 둔 곳이 있습니까?"

대성은 표훈이 밀어 준 차(茶)로 입술을 축이고 물었다.

"그야 대성거사님이 정하실 일이지만 소승으로서는 토함산 중허리에 있는 법흥왕(法興王) 때 세워진 이 불국사를 대폭 증축(增築)하여 신라불교의 성지로 삼는 것이 좋을 듯합니다."

표훈은 스승인 의상대사가 지은 무설전(無說殿)에 거처하며 스승을 이어 화엄경을 강설(講說)하고 있다. 비로 이 무설전이 있는 불국의 중창을 권한다.

"그렇게 하는 것이 좋겠습니다. 법흥왕의 모후 영제부인(迎帝夫人)의 발원(發願)으로 창건한 이 절을 50년도 안 되어 진흥왕(眞興王)의 모후이신 지소부인(只召夫人)께서 비로자나불(毘盧遮那佛)과 아미타불(阿彌陀佛)을 주조하여 봉안하면서 새롭게 중창을 한 것인데 벌써 200년 세월이 지났습니다. 전란을 겪으면서도 잘 견뎌왔습니다만 너무 쇠락한 것 같습니다. 그러나 영제부인(迎帝夫人)이나 지소부인(只召夫人)같은 현세의 모후들을 기리는 것도 의미가 큽니다마는 영겁을 두고 윤회하는 영생에서 전세의 부모를 기리는 절도 하나쯤은 있어야할 것 같습니다."

대성의 말은 의외였다. 아직까지 어느 나라에도 전세의 부모를 기리는 사찰이 있다는 말은 들어보지 못했기 때문이다. 재상(宰相) 김문량의 아들로 환생한 대성이 전생의 어머니였던 경조(慶祖)부인을 모셔 그 효행이 천하에 널리 알려진 것을 생각하면 대성의 뜻을 알 것 같았다. 표훈은 잠시 생각에 잠긴다. 남달리 업보윤회사상(業報輪廻思想)에 뿌리를 둔 대성의 불심(佛心)이야말로 어느 고승(高僧)도 따르지 못할 선각(先覺)이라 여겨졌다. 비로자나불의 연화장세계(蓮華藏世界)가 밝힌 불국(佛國)은 바로 전세와 현세가 공존하는 융합(融合)의 세계다. 현세적으로도 삼국이 통일된 현 시점에서 융합은 가장 긴요한 과제이기도 하다.

"참으로 놀라운 깨달음을 저에게 주셨습니다. 반드시 그리 해야 되겠습니다."

"그러며 현세의 부모를 기리는 사찰은 이 불국사를 개축하여 이루고 전세의 부모를 기리는 사찰은 따로 창건하는 것으로 정하지요. 어디가 좋겠습니까?"

"이 절 뒤 토함산을 올라 동해 쪽을 바라보면 삼국 통일을 이룩하신 문무 대왕의 해중릉이 보입니다. 죽어서도 나라를 지키고자 했습니다. 전대왕의 그 높은 뜻을 받들어 토함산 산정에 건립하면 어떨지요?"

표훈은 이미 오래 전부터 새 가람 터를 염두에 두고 있었던 것처럼 즉시 의견을 낸다.

"내일 올라 둘러보기로 하지요. 이번 중건이나 새 사찰의 창건에는 목재보다도 석재를 많이 사용해야 되겠습니다."

"그것은 무슨 까닭입니까?"

"목재는 그 생명이 길지 못하나 돌은 생명이 영원하지 않습니까? 전생과 현생이 윤회히는 영겁을 통하여 길이 남을 수 있는 도량은 역시 돌로 만들어져야 할 것 같습니다."

"참으로 밝은 생각이십니다. 그러나 작업이 매우 힘들고 공사 기간이 엄청나게 소요 될 것 같습니다."

"그렇겠지요. 그러나 억만 대를 이어갈 수 있는 도량을 세우는 일이니 제 당대에 이루지 못하면 다음 대에 이루는 일이 있더라도 불멸의 성전이라야 하지 않겠습니까?"

대성도 부처의 나라를 재현하는 가람을 짓고 현세를 불국으로 승화시키려는 뜻을 이미 갖고 있었던 것 같았다.

많은 고승들과 교류해온 대성은 신심(信心)못지않게 교리에도 밝았다. 당대 불심으로나 우국의 충정으로나 가장 앞선 선사(禪師) 표훈을 대덕(大德)으로 섬긴 지가 오래다.

"시중, 차를 드시죠."

표훈은 대성의 빈 찻잔에 차를 부으며 권한다.

"이러한 현묘(玄妙)한 차향(茶香)을 우려내는 스님의 손은 신기(神技)에 닿은 듯합니다."

"과찬이십니다. 하도 오랜 세월 차향에 묻혀 살다보니…. 차향은 손맛이 아니라 도(道)의 맛입니다. 하하하."

"아. 그렇습니까? 언젠가 차 덖는 것을 뵈었지요. 아홉 번째 덖을 때의 대덕의 모습은 다신(茶神)을 뵙는 듯 했었는데 그것이 다도(茶道)의 힘인가 봅니다."

다담상(茶啖床)을 물리고 일어서는데 표훈도 함께 일어서며 권했다.

"각 사찰의 선사들은 물론 국선들의 의견도 한 번 모아보시는 것이 좋을 것 같습니다."

밤길에 들리는 계곡의 맑은 물소리는 더욱 소란하다. 세상도 어두워질수록 소란스러운 일들이 느는 것은 자연의 이치인가 싶다. 산문(山門) 밖까지 배웅하던 표덕의 마지막 말이 귓가를 맴돈다.

"중생들의 입에서 사욕의 악취가 진동하면 부처의 귀는 닫히게 마련입니다. 이번 불사에서는 영원히 닫히지 않는 부처의 귀를 만들어 주셔야겠습니다. 하하하."

그 웃음소리가 대성의 발걸음을 따라오는 것처럼 선하다.

국선(國仙)시절부터 절친했던 충담이 문밖에서 목탁소리로 주인을 부른다. 당대 보기 드문 유학자(儒學者)이면서도 선승(禪僧)의 길을 가고 있는 그를 대성은 유달리 좋아했다. 정법(正法)사상에 뿌리를 두어 악(樂)으로 조화를 추구하여 인심을 화합하고 귀신을 감동시키면 자연(自然) 재이(災異)도 막을 수 있다는 그의 사상에 공감하는 대성은 마음이 울적하거나 큰일을 도모할 때마다 그를 찾았다. 사랑채에 들자 바랑에서 다기(茶器)부터 주섬주섬 내놓는다. 소탈한 성품이면서도 차맛에 대해서만은 유례없이 까다로운 성미로 이렇게 손수 차를 덖어 가지고 다니며 즐긴다.

"상대등 김사인(金思仁)의 무리들이 왕권에 걸림돌이 되고 있습니다."

"군(君)은 아버지고, 신(臣)은 어머니가 아니겠습니까? 군신(君臣)이 화합해야 어린 백성들이 평안해지겠지요. 왕권강화의 목적은 오로지 백성을 평안하게 만드는데 있어야합니다. 군(君) 자신의 영화를 위한 것이라면 왕권은 처결(剔抉)되어야만 합니다. 지금의 군(君)은 백싱을 위하는 마음이 지극하시니 당연히 왕권은 강화되어야겠지요."

충담사는 왕을 군(君)이라고 부른다. 군은 임금이란 뜻과 동시에 아버지라는 뜻이다.

"척결이라니요? 임금을?"

"그렇지요. 군(君)은 백성의 생명을 소중하게 지켜야할 절대 책임을 지는 자리입니다. 그렇기 때문에 만백성이 그를 추앙하는 것입니다.

그러나 백성의 평안과 생명을 위협하거나 위태롭게 하는 군(君)은 이미 군이 아니라 백성의 적(敵)인 것입니다. 그러니 척결해야지요."

"그래도 임금을 척결한다는 것은…?"

"군(君)만이 아닙니다. 신(臣)도 사사로운 이익을 위하여 군(君)의 판단을 흐리게 하거나 바른 통치를 어지럽힌다면 역시 척결해야합니다."

"그렇다면 김사인(金思仁)의 무리들도…."

대성의 말이 채 끝나기도 전에 충담은 말을 이어간다.

"강한 것으로 부드러움을 지키고, 부드러움으로 강한 것을 보여주는 통치를 선정(善政)이라 합니다. 우리 화랑의 5계(戒) 중에 살생유택(殺生有擇)이 있지 않습니까? 부처의 뜻입니다. 죽일 것은 죽여야 산 것을 보호할 수 있기 때문입니다."

묻는 말에 대한 즉답을 피하고 마치 그가 지은 치국의 노래 '안민가(安民歌)'를 해설하는 듯, 한 말이지만 그 말씨가 너무 진지하고 결연하여 다음 말을 이을 수가 없다.

대성은 그의 군주론(君主論)이 자신의 견해와 다르지 않다는 것에 만족하며 초청의 뜻을 밝혔다.

"실은 제가 집사부 시중 직을 물러나기로 했으니 그 일은 후임자의 소임이 되겠고…."

"아니, 갑자기 무슨 연유라도?"

뜻밖의 말에 충담이 다급하게 묻는다.

"불국정토의 실현과 호국불교의 성전을 건립하라는 왕명을 받았습니다. 늙은 몸이라 감당하기 어려운 줄을 압니다만 스님의 지혜를 보태어 주신다면 이룰 수도 있을 것 같습니다."

"겸사의 말씀. 시중의 경륜이나 탁견, 부처님과의 연(緣)을 보아 적임 중에 적임이십니다. 소승도 미력이나마 보태겠습니다."

대성은 지난 날 표훈대덕이 제안한 불국사 중창과 부속 암자 건립에 대해 설명했다.

"극락정토(極樂淨土)가 따로 있겠습니까? 군신(君臣)과 민(民)이 하나가 되어 제 소임에 충실하며 갈등과 분쟁이 없는 나라가 되면 그게 극락이지요. 통일의 염원도 이루었으니 불국(佛國)의 염원을 이루는 일만 남았습니다. 사바(娑婆)의 모든 중생들을 교화하여 대각(大覺)할 수 있는 도량(道場)을 만들고 싶습니다."

"나무 관세음보살."

대성의 말에 충담은 일어서 합장을 하고 대성을 향하여 경배(敬拜)를 드린다. 대성도 용수철처럼 따라 일어서 합장 경배한다.

"지상의 모든 인종을 초월한 화합의 성전을 이룩하기 위해서는 이 땅의 모든 석공과 목수들이 빠짐없이 참여해야 할 것입니다."

"당연한 말씀입니다. 할 수만 있다면 인도나 당나라의 지각(知覺)들도 힘을 보태게 하는 것이…."

"아닙니다. 그들의 불신앙은 개인의 왕생극락만을 추구하는 사사로운 신앙입니다. 우리의 불국정신과는 궤를 달리합니다. 우리는 우리 정신으로 건립해야만 합니다."

대성의 뜻은 단호하다. 어디까지나 이 땅이 바로 정토라는 신념에서 한 발자국도 물러서지 않고 있다. 충담은 이러한 대성의 신념에 절로 머리가 수그러졌다.

"스님께서는 옛 삼국의 불제자들과 친분이 두터우시니 이번 불사(佛事)에 백제 출신 석공과 목수들의 뜻을 모아주시면 고맙겠습니다. 아울러 옛 고구려 출신의 불자(佛子)들도 빠짐없이 기꺼이 참여할 수 있도록 설득하는 일도 스님께서 맡아 주서야겠습니다."

"참으로 놀라운 탁견입니다. 문수보살에 비견할 만합니다. 나무 관세음보살."

충담은 다시 일어나 합장하고 경배한다.

"섬세하고 우아한 석조 예술품은 옛 백제 쪽이 뛰어난 것으로 알고 있습니다. 소승이 사비성(泗泌城)에 갔을 때 부석(扶石)이라는 석수를 만난 적이 있습니다. 현존하는 백제 최고의 석수입니다. 뿐만 아니라 불교에 대한 신심과 불경 연구에도 조예가 깊은 분이었습니다. 백여 명이 넘는 제자들이 그를 따라 배우고 있었습니다. 반드시 모셔 오겠습니다."

"예를 갖추어 모셔주십시오."

"그리 해야지요. 시중의 서찰이라도 있으면…."

"이미 준비 되었습니다. 먼 길 부탁드려 송구합니다."

대성은 임금의 친필 서한과 함께 하사하신 비단 세필 위에 자신의 간곡한 청을 밝힌 서찰을 정성껏 포장한 비단 주머니를 내어 주었다.

서찰에는 겨레의 대 화합과 유대는 단군이래의 과업이었다는 점과 김유신이 임종 때 남긴 삼한(三韓)은 한 백성이니 마음도 하나일 것이므로 부디 덕으로 다스려 달라는 유언을 치국 제일의 이념으로 삼고 있다는 뜻을 밝히고 대대손손으로 전해갈 수 있는 불국(佛國) 창건(創建)에 동참해 줄 것을 간곡하게 청하는 내용을 담았다.

충담사는 그 길로 시봉(侍奉) 재봉스님만을 거느리고 사비성으로 향하였다.

경덕왕 9년 정월, 이찬 조량(朝良)을 시중으로 임명했다.

"시중은 떠나도 항상 내 곁에 있는 것과 같소."

"황공무지로소이다. 신의 어두움이 전하를 답답하게 만든 일이 많았사온데 늘 어여삐 여겨 용서하시고 보살펴 주심은 몸을 쪼개고 뼈를 깎은들 어찌 다 갚겠습니까."

"경의 공은 백성들의 마음속에 살아남아 있을 것이요. 장차 짐이 경의 일을 직접 챙겨 갚겠소. 사찰 건립에 필요한 인력과 재정은 경의 의중대로 집행 할 것을 위임하오."

"황공하옵나이다. 부처님이 도우시고 조종(祖宗)이 음우(陰佑)하사 만수무강하시고 성자(聖子)성손(聖孫)이 계계승승하여 종국(宗國)이 억만 년 반석 같고 번성(繁盛)하여 태평하기를 축원하나이다."

대성은 마지막 인사를 드리고 궁을 떠난다. 새 시중 조량을 비롯하여 집사부 대소 관원들이 성 밖까지 나와 배웅한다.

다음날 대성은 바로 불국사 무설전 표훈대덕의 옆 승방으로 숙소를 옮겼다. 현직 시중과 상대등에게 전국의 석공과 목수들, 목도꾼의 차출을 의뢰하고, 건축 전문가. 고승들. 학자. 지식인. 예술가들을 모아 기획과 설계를 맡겼다. 금오산에는 채석을 위한 시설과 숙소를 짓고 토함산의 측량을 시작하였다.

경덕왕 10년 10월 백제 유민 아사달이 30여명의 석공들을 거느리고 불국사에 들어 부석의 서찰을 전한다.

'민족애와 불국(佛國) 창건의 충정(衷情)을 접하고 크게 감명하여 제가 직접 이르러 미력을 보태고 싶사오나 늙은 몸이라 마음만을 실어 이 시대 명장(明匠)이라 할 사람 삼십을 선발하여 보내오니 부려주시기 바랍니다. 백제국은 불법을 숭상한 면에서나 독창적 문화를 이룩한 면에서 결코 신라에 뒤지지 않았건만 국운이 다하여 패한 후 신라 사학자들에 의해서 백제왕들을 탕아로 왜곡하고 절개를 지켜 낙화암에서 산화(散華)한 장군과 학자 귀족들의 부인과 딸들까지도 희롱하는 처사에 망국민의 울분을 지우지 못하고 있었으나 이 아픔을 이해하고 화해의 자비를 베풀고자 하시는 김유신 장군이나 시중의 뜻에 감격하여 불정토(佛淨土) 건설에 동참하기로 결심한 것입니다.'

대성은 마치 그리던 임의 서한을 보듯 감격하여 곧 고맙고 감사한다는 답신을 인편에 보낸 다음날 기공식을 알리는 예불을 준비해 줄 것을 표훈에게 부탁하였다. 우두머리격인 아사달에게는 탑의 설계와 제작을 맡기고 돌의 결과 질을 꿰뚫어 보는 능력이 탁월하며 돌 다루기가 나무 다루기보다 쉽다는 유석. 유석과 같은 향리 출신으로 절친한 사이로 석물 축조의 토목기술이 뛰어나 스승 부석을 능가한다는 나석. 이 두 사람을 석불사 책임자로 삼고 그 밑에 십여 명의 석공을 배정했다.

다음 날 기공을 고하는 예불에 참여했던 경덕왕이 잔치를 베풀어 격려하고 돌아간 후 의상대사의 10대 제자와, 범체, 도신(道神), 신림스님, 향가작가 충담, 월명, 신충(信忠), 건축, 학자, 예술가, 천왕사 현령(縣令), 찬부시랑 등이 집사부 시중 조량(朝良) 등은 물론 천문과 지리에 밝은 사람들을 모아 자리를 같이 하였다. 기획과 진행을 담당할 사람들이다. 금오산을 비롯하여 신라 오악(五嶽)의 화강암을 채석하는

46

인원을 추가 배정하기로 하고 목도꾼의 장비와 숙소를 비롯하여 사고에 대비한 치료약재의 마련에도 부족함이 없도록 당부하였다. 동해안 쪽 백두대간에서 이송해온 적송과 춘향목 등을 말리고 다듬는 작업을 맡은 사람을 불러 진척사항에 대한 보고를 꼼꼼히 챙겼다.

"삼국 통일 이후 외환이 사라지고, 당나라와의 선린외교로 교역이 순조로워 고귀한 물품들이 서라벌에 넘치고, 금은보화가 가득하여 태평성대를 이루고 있으니, 여기 걸맞게 웅장 화려하게 건립해야 합니다."

라고 찬부시랑이 의지를 밝히자 서민불교의 아미타정토 신앙을 가진 의상대사의 제자 능인(能仁)이 받았다.

"종교나 정치는 인간의 안녕을 위해 존재입니다. 사자무리의 우두머리도 무리를 보호하고 번식시키는 책임을 다하기 위하여 다른 짐승의 침략을 막는 데 앞장을 선다고 합니다. 그 임무를 수행하지 못할 때는 쫓겨나 새들의 밥이 되고 마는 것입니다. 나라의 왕도 백성을 보호하지 못하면 쫓겨나는 것이 당연합니다. 군주의 절대 권한은 백성에 대한 의무를 다할 때 보장되는 것입니다. 이 일로 하여 장차 고통 받는 백싱이 생기지 않도록 배려해 주시기 바랍니다. 이것이 부저의 소망이기도 할 것입니다."

라는 말로 주의를 환기시켰다. 이에 능인의 동문 신림스님이 거들었다.

"세존께서 도를 이루시고 중생을 관찰하시며 말씀하시기를 '중생을 살펴보니 여래의 불성을 모두 갖추었다.' 하셨으니 이는 중생은 모두 부처가 될 수 있다는 뜻입니다. 불국을 세우면 만백성이 곧 부처임을 잊지 말아야지요."

모두가 대성의 신념과 멀지 않았다.

"물론 국력과 이상에 걸맞게 화려하고 웅장하게 지어야 한다는 것은 당연한 말입니다. 그러나 만백성이 곧 부처라는 신림스님의 말씀도 지극히 옳습니다. 이것은 백성들에게 정토(淨土)를 마련해 주려는 왕의 애민사상과도 일치합니다. 이 일로 해서 백성들에게 지나친 부담을 주거나 편파적인 동원으로 생업에 지장을 주는 일이 있어서는 안 됩니다. 동원되는 모든 백성들이 즐겁고 기쁜 마음으로 자발적인 참여가 이루어지도록 해야 할 것입니다. 이 점 집행부의 시중과 상대등께서는 특별히 유념해주시기 바랍니다. 또한 자연의 이법이 살아 있어야 그게 정토(淨土)입니다. 환경을 훼손하거나 자연의 순리를 거스르는 축조(築造)는 있어서 안 됩니다."

라는 말로 협의를 마치고 각자 현장으로 흩어졌다. 대성은 언제나 의견을 달리하거나 비판적인 견해라 하더라도 그 뜻이 백성의 편에 있으면 기꺼이 반기었지만 제아무리 대성의 비위를 맞춘다 해도 그 의도가 사익에 의한 것이면 가차 없이 징벌을 내렸다.

세월은 흘러 경덕왕 16년. 음력 7월 보름 이른 새벽. 토함산 석불 공사장 앞에서 은은하게 퍼져나가는 자비송(慈悲頌)을 들으며 솟아오르는 해를 향해 전세(前世)의 어머니 경조(慶祖)를 기리는 합장을 마치고 불국사를 향하여 내려온다. 돌 다듬는 소리가 멀리 남산까지 퍼져나가는 듯 남산머리의 표정이 환하다. 대웅전 앞에 들어서니 뜻밖에도 왕비 만월부인이 와 있다. 시녀 부용(芙蓉)과 몸종 둘만을 거느린 단출

48

한 행차다.

"험한 길을 납시느라 노고가 많으셨겠습니다. 미리 전갈을 주셨으면 좋았을 것입니다."

합장하여 예를 갖추는 대성에게 왕비도 합장하여 머리를 숙이며

"왕비가 아닌 불자의 몸으로 왔어요. 괘념치 마시오. 불사에 바쁘신 중에 방해나 되지는 않으려는지…."

대성은 표훈과 함께 왕비 일행을 무설전으로 모셨다.

"전생에 업보가 있어 세자를 얻지 못했으니 주상과 나라에 죄인이 되었으니 오늘 부처님께 업보를 비는 공양이나 올려 주시면…."

어느 새 왕비의 눈가에는 눈물까지 비친다.

눈을 감고 앉아 들리지 않는 소리로 염불을 외던 표훈은 시봉을 불러 법회를 마련하라 명한다. 대웅전 앞마당에 차일을 치고 왕비를 비롯하여 대중들이 늘어서고 표훈이 앞에 서서 불공을 집전한다. 표훈이 화엄경을 송하고 난 후 모든 대중들이 삼귀의례를 마치자 발원사로 이어졌다. 그 동안 왕비는 쉬지 않고 배례(拜禮)를 올린다.

법회를 마치고 점심공양을 들기 위해 무설전으로 향하는 만월부인에게

"두어 달 후에 왕자 회임을 송축하는 법회를 마련하겠습니다. 옥체를 보전하시기 바랍니다."

합장하는 표훈은 전에 없이 환한 웃음을 짓는다. 이에 놀란 만월부인도 서둘러 합장하며

"불은에 감사할 따름입니다."

눈가에 이미 감격의 눈물이 맺힌다.

"종사(宗嗣) 억만년의 반태(盤泰)지경입니다. 경하(慶賀) 올립니다."

대성의 치사에 답을 하는 둥 마는 둥 점심공양도 들지 않은 채 산을 내려간다. 만월 부인 일행이 하산하고 표훈대덕과 단 둘이 마주 앉았다.

"만월부인이 곧 잉태하신다는 말씀 사실입니까?"

대성은 추궁하듯이 묻는다.

"소승이 젊을 때 역학(易學)과 음양학의 책 몇 권을 뒤진 적이 있습니다."

"대덕스님은 신통력이 있다고들 합디다만."

표훈은 대답 대신 박장대소하며

"연(緣)으로 이루어진 삼라만상은 체(體)가 없는 것입니다. 그저 허상뿐이지요. 인과응보(因果應報), 업보(業報)윤회(輪回)입니다. 만월부인이 다음 달쯤 잉태함도 인과요, 세자를 보시게 된 것은 업보입니다. 세자가 탄생되므로 더욱 큰 화가 닥친다 해도 이는 윤회의 법칙일 뿐입니다. 우리 인간은 할 수 있는 일이 있고, 할 수 없는 일이 있습니다. 할 수 없는 일을 억지로 이루고자 하면 화를 자초하게 됩니다."

침묵이 흐른 뒤 표훈이 다시 입을 연다.

"신라가 삼국을 통일한 가장 큰 명분은 같은 민족은 한 나라를 이루어야 한다는 대의명분입니다. 이 명분도 천기가 호응하고 순리일 때 가능합니다. 같은 민족은 통일해야 한다는 이념만으로는 통일이 될 수 없으며 통일되어도 안 됩니다. 통일 된 나라가 통일 전보다 백성의 삶이 고달프고, 국란이 거듭된다면 통일이 안 된 것만 못합니다. 모든 천지만물의 조화는 때가 있는 것입니다."

아미타정토 신앙을 전수 받은 수재자로서 마땅한 말이라 생각하면서도 무열왕 이후로 혈통을 지켜온 왕조에 어떤 변란이 닥친다는 불길한 예감이 들었다.

무설전에 기거한 지도 15년이 지났다. 12칸 무설전이 32칸으로 확장 된지도 일 년이 지나고 비로전(毘盧殿) 18칸 공사가 한창이던 때다. 500여 대중들의 염불소리와 목탁소리를 들으며 아사달이 대웅전 뜰 밑에서 3,000배를 마치고 일어서 천천히 아주 천천히 낡고 헐어 빛바랜 차일을 걷어낸다. 마주 보고 서있는 두 개의 탑이 모습을 드러내는 순간이다.

원기둥 모양의 상륜(相輪)이 드러나고 그 밑으로 마치 치켜 올려진 것 같은 지붕을 이고 네모반듯한 탑신이 나타난다. 이렇게 3층의 모습이 보인다. 그 아래 네모반듯한 모양의 이중기단을 떠받들고 있는 팔방금강좌(八方金剛座)는 연화(蓮花)무늬 새겨진 8개의 둥근 돌로 되어있다. 석가여래상주설법탑(釋迦如來常住說法搭)이다. 균형 잡힌 안정감이 마음에 비치는 정신세계의 아름다움을 나타내듯 몇 천만 년이 가도 흔들리지 않을 자신감에 차있다. 소박하면서도 의젓하고 야단스럽지 않으면서도 늠름하다.

석가여래의 법화경(法華經) 강설(講說)을 들으려 솟아올라 부처의 설법을 찬탄하고 증명하는 듯 고운 자태를 들어낸 또 하나의 석탑이 바로 옆 동쪽에 섰다. 다보여래상주증명탑(多寶如來常住證明搭)이다. 상륜부(相輪部)의 보주(寶珠)를 떠받치는 옥개(屋蓋)는 찬란한 상층(裳層) 위에 올려져있다. 순백(純白)의 화강암(花崗巖)으로 만든 방형(方形)의 기단(基壇)과 사방의 계단과 난간(難竿)은 밀가루로 빚거나 나무로 다

듣어도 이보다 더 정교할 수가 없을 것 같다. 경쾌하면서도 장려하고 번잡한 듯하면서도 섬세하고 치밀한 선으로 전체의 통일감이 나타나도록 돌을 자유자재로 다룬 기법은 신공(神工)의 조화가 아니고서는 이루지 못할 놀라운 아름다움의 극치다. 전체적으로 방형과 팔각을 조화롭게 반복시킨 탑신에서는 부처의 한량없는 공덕과 무궁무진한 정신력, 그리고 깨끗하고 청정한 자비심이 물씬 배어난다.

대웅전을 중심으로 정삼각형을 이루고 선 두 탑은 하늘과 땅이 하나로 융합된 영원한 불국(佛國)이라는 석가여래의 설법을 과거불인 다보여래가 증명해 보이기 위한 것이라고 설명하는 아사달의 지친 눈동자는 이상하리만큼 솟아나는 광채를 띠고 있다. 시선은 아직도 공사가 마무리 되지 않아 돌 다듬는 소리 요란한 청운교와 백운교를 건너 영지(影池)를 향한다.

비로전(毘盧殿) 공사가 마무리 되면 극락전을 헐어야한다. 토함산 위로 돌을 실어 나르는 목도꾼들의 노래 소리가 산을 덮는다.

탑의 완공도 알려드리고 남은 공사에 대한 진척상황도 밝혀드리기 위하여 내일 입궐하겠다는 뜻을 적어 사천왕사 현령에게 들려 반월성으로 보냈다. 임금님을 뵙고자 하는 뜻을 전했다.

"내일 즉시 듭시랍니다. 주상께서는 환(患) 중이셨습니다."

돌아온 현령의 전갈(傳喝)에 놀란 대성은

"그래 환후(患候)는 어떠시던가?"

"자세히는 알 수 없사오나, 전의뿐 아니라 변방에 용하다는 의원은 다 동원되었다고 들었습니다."

분명 심상치 않다는 생각으로 밤잠을 이루지 못한 대성은 난간에 기대어 반월성 있는 하늘을 바라보았다. 무수히 많은 별들이 우뚝 솟은 소나무 가지 사이에서 졸고 있다. 그중 가장 크고 밝은 별 하나가 점점 빛을 잃어가더니 갑자기 길에 꼬리를 그으며 떨어진다. '아하, 늦었구나.' 하고 한숨짓는다.

동이 트자마자 떡쇠를 대동하고 나선다. 급한 마음에 잰걸음 질을 치건만 반월성이 멀게만 느껴진다.

"먼 길 오시느라 노고가 많았소."

대성을 가까이 불러 손을 잡으며 반기는 왕의 눈시울이 붉어진다. 바르르 떨리는 왕의 손엔 냉기가 돈다.

"아무래도 불국사 완공을 못보고 떠날 것 같소. 부디 이 땅이 불국이 되도록 해 주시오."

"어인 말씀이십니까? 서둘러 마무리 완성하겠습니다. 머지않아 주상 내외분을 모시고 석불사의 점안식(點眼式)을 올리겠사옵니다."

"공연히 서둘러 후손들에게 부끄러움을 남기지 않도록 하세요. 한백 년 걸리더라도 완벽한 것을 후손들에게 남겨주어야 합니다."

"부끄럽습니다. 소신이 두더지만도 못한 능력이라 주상의 적극적인 후원을 받으면서 15년 세월을 보내놓고도 아직…."

"경은 내 신하가 아니라 내 등불이었소. 어느 부모가 그러하며 어느 형제가 그럴 수 있겠소. 세자가 너무 어려요. 만월부인도 난국을 헤쳐 나가기에는 여린 여인이요. 경이 짐을 대신하여 세자와 만월부인의 앞길을 이끌어 국사를 보살펴 주시오."

왕의 간곡하고 지극한 당부의 말에 대성은 망극한 마음을 가눌 수 없다.

"어찌 그리 망극하신 말씀을 하십니까. 성체를 보중 하사 이 나라 사직을 더욱 굳게 다져주셔야 하옵니다."

하면서 수없이 머리를 조아린다.

그 이듬 해. 대성은 출가(出家)둔세(遁世)하여 정식으로 불제자가 되어 삭발을 했다. 표훈스님이 생전에 쓰든 방을 물려받았다. 그 며칠 후 재위 24년의 경덕왕. 유성이 심성(心星)을 범하였다. 춘추 8세인 건응 세자가 왕위를 계승하였다. 세자가 즉위하시고 만월부인이 수렴청정을 시작한 지 얼마 되지 않아 대 홍수가 나고 인심이 흉흉해지더니 귀족들은 왕의 덕을 들먹이며 만월부인을 괴롭히기 시작하였다. 천재지변은 끊이지 않았다. 민심은 날로 흉흉해지고 귀족들의 발호(跋扈)가 극심하였다. 간계한 무리들에 현혹된 어린 왕은 성장하면서 국사보다는 사치와 음탕한 생활에 젖어 궁중의 기강이 날로 문란해졌다. 결국 즉위 4년째 되던 해에 일부 귀족들의 모반이 일어났다. 정국은 날로 어지러워 갔건만 대성은 오로지 석굴사 건립에 전념하였다.

어느 날 꿈에 석불사 본존불을 다듬던 화강암의 은은한 결이 세 쪽이 났다. 대성이 놀라 '나무아미타불'을 수없이 암송하며 합장 배례하였다. 얼마를 간고(懇告)한 나머지 돌이 원상대로 되었다. 눈을 뜨니 온 몸이 땀에 젖어 물에 빠진 형국이다.

"이상하구나. 나라가 어찌되려고…. 다시는 겨레가 갈리지 말아야 할 터인데…. 왕의 마지막 유언을 잊은 채 불제자의 길로 들어 선 것이 업(業)이 되었단 말인가. 이 업보(業報)를 어이하면 좋을까?"

불길한 예감에 사로잡혀 혼자 중얼거리며 새벽예불에 들었다. 세자와 만월 부인 곁으로 가지 않고 정사를 외면한 것이 후회스럽기도 했다. 승방으로 돌아온 대성은 왕에게 고하고 싶은 말을 만월부인 앞으로 편지를 썼다.

'신(臣) 대성이 주상께 삼가 아뢰나이다. 신은 선왕께 억겁을 돌아도 못다 갚을 성은을 입은 몸으로 그 은혜의 만분의 일이나마 갚을까 하여 늙어 흔들리는 손으로 붓을 들었습니다. 선왕께서는 왕자(王者)의 도리를 깨우쳐 첫째로 백성의 생활을 윤택하게 하는 일과 둘째로 백성의 안녕을 지키는 일에 한 치의 모자람도 없으셨습니다. 물자(物資)를 공정히 관리하시어 소통에 막힘이 없었고 생산자를 우대하여 증산에 힘쓰셨습니다. 이웃나라들과 선린외교를 도모하여 국란을 막았고 선진 문물을 주체적으로 수용하여 문화 창달에 기여하셨습니다. 또한 충심어린 신하들의 말에 귀를 기울이시어 스스로 자중하셨습니다. 이순(李純)의 충언을 받아 좋아하시던 가무를 멀리 하셨고 궁중의 재정낭비를 엄히 다스렸습니다. 주상이 그러하시니 신하들 또한 양귀비에 매료되어 정사를 멀리하는 현종을 간하지 않고 오히려 찬탄하는 시를 바쳤던 이백(李白)의 우를 범하지 않으려 했습니다. 이러한 선왕의 이념을 따르면 나라가 태평할 것입니다.

백제 의자왕은 붕당을 일삼는 무리들을 다스리지 못하여 논쟁으로 지새다가 나라를 잃었습니다. 백성들은 논쟁하는 말을 먹고 사는 것이 아니라 생산과 소득으로 풍족한 삶을 누릴 뿐입니다. 신이 늙어 날로 정신이 혼미하여져 서둘러 뜻을 전하오니 감안하시기 바랍니다.'

이 편지를 반월성에 올린 지 서너 달이 지나 대성은 드러누웠다.

혜공왕 10년 2월은 몹시 추웠다. 경덕왕이 돌아가시고 16년 째 되는 해다. 대성은 여느 때와 다름없이 5경에 눈을 떠 예불에 올라가려는데 일어 설 수가 없다. 겨우 몸을 일으켜 벽에 기대고 앉는다. 떡쇠를 불러 토함산으로 보냈다. 얼마 되지 않아 석불사 창건의 실무를 맡고 있는 유석이 황급히 달려 들어온다.

"유석아, 본존불을 좌대에 앉히셨느냐?"

"예, 문무왕의 해중 능을 향하여 앉히셨더니 눈을 멀리 왜를 향하셨습니다."

"그럴 것이다. 그것은 왜를 미워하심이 아니라 그들 전세(前世)의 부모가 이 불국의 땅에 있음을 깨닫게 하시려는 자비의 눈이니라. 언젠가는 그들도 이 땅의 자비를 입게 될 것이다. 점안식은 언제나 될 것 같으냐?"

"본존불이 앉으셨고 팔부신중(八部神衆) 8구, 보살(菩薩) 3구, 나한(羅漢) 10구도 이미 자리를 잡고 앉으셨습니다. 이제 인왕(仁王) 2구, 사천왕 4구, 천부(天部) 2구, 감불(龕佛) 8구만 완성되면 점안식을 올릴 수 있겠습니다."

"그렇구나. 본존불 조각에만 십 년이 넘어 걸렸는데 아무래도 이 해를 넘기어도 힘들겠구나. 서두르지는 마라. 무엇보다 천장설치에 한 치의 오차도 없도록 해라. 바람은 통해도 물은 새지 말아야 하느니라."

숨이 차오르는지 잠시 말을 쉬고 난 후 서서히 가부좌를 틀고 꼿꼿하게 앉으며

"유석아. 부처님이 나를 부르시니 가야겠다. 불국사의 탑과 석계도

모두 불(佛)이다. 불국(佛國)에서는 삼라만상이 불 아닌 것이 없다. 불성(佛性)이 석불사 본존불의 자비로 견성성불(見性成佛)할 때 진정한 불국(佛國)이 이루어 질 것이다."

이 때 불국사의 주지스님 아상노장(阿湘老長)이 들어온다.

"대사님. 내가 멸한 후 사리가 나와도 부도를 만들지 마십시오. 남은 모든 것을 가루로 만들어 석불사 앞산에 뿌려주십시오."

말을 마치고 눈을 감은 대성은 미소를 짓고 있었다. 어느 새 그의 육신은 굳어 돌이 되어가고 있다. 바로 어제 석불중앙에 앉으신 본존불의 모습 그대로다. 유석은 놀라

"성(性)의 결합과 조화 양성(兩性)이 하나가 된 미의 극치(極致)."

라고 외치며 합장을 하고, 임종을 함께한 모든 대중들이 일제히 염송을 시작한다.

"나무아미타불"

돌처럼 굳은 몸이 되어 미소 짓는 대성, 석불사의 본존불을 향하여 각지에서 모여든 대중들. 옛 백제, 고구려의 불자들이 향을 태우며 배례하기를 49일이나 멈추지 않았다. 대성의 미소는 석불사 본존불의 미소다.

넘실거리는 동해의 일출. 물결에 반사되는 석불사 본존불의 거룩한 모습. 대성이 남긴 '돌의 미소'는 억겁의 윤회가 거듭되어도 지워지지 않을 것이다. 향년 75세에 다시 윤회의 길을 떠난 대성과 함께….🔖

사거리

솔바람 싱그럽던 대지산. 꼴 베던 언덕은 고층아파트가 점령하고, 평화롭고 고요하던 들녘은 고층 빌딩들이 차지해버렸다. 볏단 싣고 민요가락 흥얼거리며 소달구지 타고 다니던 하천 길을 버려둔 채 새로 닦은 대로 위로는 밤낮을 가리지 않고 질주하는 크고 작은 자동차소리가 여치, 메뚜기소리를 빼앗아 간지 오래다.

급하게 서둘러 마구잡이로 세워진 도시라고 하여, 한 때 '난개발' 의 대명사처럼 불명예를 안고 출발한 거리지만 제법 서울의 도심 못지않은 단장을 하고 있다. 굵고 웅장한 모습으로 하늘을 찌르듯 높이 솟은 굴뚝이 있어 이정표 구실을 하는 수지 지역 난방공사 앞 사거리. 인도 안쪽 흙 둔덕에는 각종 관상목들을 빽빽이 심어 마치 동산에 들어온 것 같은 짙은 녹음 속에 가끔 매미소리를 듣는다. 길 가던 행인들이 그늘 밑에서 더위를 식히기에 십상이다. 건널목 양 옆 인도를 오르는 입구는 차량이 올라오지 못하도록 둥글게 깍은 대리석 경계석이 두 개씩 세워져 있다. 그리고 바로 옆 나무그늘 밑에도 같은 모양의 대리석 돌이 적당한 간격으로 놓여있어 행인들이 잠시 앉아 쉬기에는 안성맞춤이다.

철 지난 두툼한 티셔츠에 바지차림이다. 머리만은 곱게 빗어 단정해 보이는 50대 여인. 넋 나간 사람처럼 멍한 눈은 질주하는 차량으로 가득 메워진 사거리에 꽂혀있다. 앉은 돌기둥의 모서리를 만지는 손등이 거칠다. 곱게 빗은 머리 결이 가끔 흔들리는 나뭇잎 따라 살짝살짝 날릴 뿐 몸은 미동도 하지 않는다. 벌써 한나절이 훨씬 지났다. 퇴근 길 지나가는 수많은 행인들이 힐끗거리며 이상한 눈빛으로 바라보건만 전혀 의식하지 못한다.

붉게 타오르는 석양빛이 핏빛처럼 붉은 물감을 뿌린 듯한 상현 고갯마루를 넘어오는 차량들이 마치 굼실거리는 작은 벌레들의 행진과도 같더니 가까이 다가올수록 시커먼 괴물의 꼬리처럼 무섭게 달려든다. 사거리 붉은 신호등 앞에 잠시 멈춘 차량의 행렬. 그 긴 괴물의 몸통을 동강내듯 그 사이를 가로지르는 오토바이들이 보이자 여인은 놀라 벌떡 일어선다. 녹색등이 켜지고 다시 차량들이 질주한다. 여인은 돌기둥에 다시 앉으며 시선은 여전히 거리의 차량들에서 떨어지지 않는다. 달리는 차량들과 경주라도 하듯 아슬아슬하게 곡예를 부리는 오토바이들이 여인의 눈을 끈다. 오토바이의 요란한 엔진소리가 들릴 때마다 여인의 온몸은 전기에 감전한 사람처럼 깜짝깜짝 놀란다. 거리를 핏빛으로 물들이던 석양빛도 힘없이 지워져가는 데 여인은 영 일어설 기색이 아니다.

"아니, 철수 어머니, 아직도 여기 있어요. 이젠 잊을 만도 한데…."

직장에서 돌아오던 영희 어머니가 앞을 막아선다. 말없이 슬픔 같은 웃음을 웃어 보이는 여인의 눈에서는 또 주르륵 눈물이 흐른다.

"철수 어머니. 이러다가 정말 병나겠어요. 벌써 5년이나 지났는데도 아직 하루도 안 거르고 이렇게 나오다니…"

그 해도 여름이 유달리 뜨거웠다. 그 흔한 과외공부나 학원 한 번 다녀보지도 못하면서도 줄곧 1, 2등을 유지하던 철수가 서울에 있는 4년제 K대학에 원서를 내라는 담임교사의 권유를 뿌리치고 2년제 기술전문대에 입학한 다음 달이다. 어느 날 풍덕천 사거리에 있는 피자가게 배달원 자리를 얻고 들어와

"저 내일부터 돈 벌어요."

하며 기쁜 듯이 자랑할 때도 철수 어머니는 돌아서 눈물을 흘렸다. 철수 아버지가 사고로 곁을 떠난 후 홀로 길러온 외동아들이다. 일찍 돈 벌어 엄마를 편하게 모시겠다며 장래가 보장되는 K대를 마다하고

"지금은 IT기술이 최고예요. 다른 공부 필요 없어요."

하며 전문대를 선택 하였을 때도 철수 어머니는 울어야 했고, 합격통지서를 받은 날도 울었었다.

그런 철수가 피자가게 일을 시작한지 서너 달 지난 그 뜨겁던 여름. 바로 앞 사거리에서 피자배달을 나갔다가 오토바이를 탄 채 달려드는 승용차에 치여 목숨을 잃었다.

흰 베일을 덮고 누운 철수의 시신 앞에서 오열하는 철수 어머니. 그때 금방이라도 실신하여 쓰러질 것만 같은 철수 어머니를 붙잡고 위로하던 사람도 소식을 듣고 뒤 따라 달려온 영희 어머니뿐이었다. 철수 어머니가 영희 어머니 집 지하 방에 세 들어 산지 10년 가까이 된

다. 서울 어느 여학교의 국어 선생이라는 영희 어머니는 철수 어머니의 유일한 이웃이다.

이름도 알 수 없는 큼지막한 외제차를 타고 파티장에서 나온 여인처럼 고급스런 옷에 알 굵은 흑진주 목걸이가 유난히 반짝거리는 가해자의 어머니가 장례식장에 들어올 때 붙잡고 늘어지는 철수어머니를 달래는 사람도 영희 어머니뿐이었다. 철수에게는 친척이 없었다. 표정 없는 얼굴로 향을 꽂고 잠시 목을 숙이는 듯하다가는 이내 돌아서 나올 때

"내 아들 살려내라."

고 흐느끼며 매달리는 철수 어머니를 무슨 벌레 털어내듯 떨치면서

"보험회사 직원이 와서 다 잘 처리할 테니 걱정 말아요."

비정하게 쏘아붙이는 화려한 여인에게

"돈이면 다냐? 목숨보다 귀한 아들 잃은 어머니에게 그게 할 말이냐?"

고 언성을 높여가며 대들어 준 것도 영희 어머니뿐이었다.

"보험회사가 내 아들 살려 내냐? 내 아들 살려달란 말이다."

땅을 치며 울부짖는 철수 어머니를 부둥켜안고 같이 울어준 것도 영희 어머니뿐이다. 그녀도 오래 전 남편을 교통사고로 잃은 여인이다. 그 화려한 가해자 어머니. 그녀의 문병은 이 두 여인에게 위로가 아니라 또 다른 분노와 슬픔을 안겨 준 폭력이었다.

사고를 낸 사람은 철수의 고등학교 일 년 선배 광수였다. 광수의 아버지는 이곳 죽전에서 가난한 집에 태어나 농사일밖에 모르던 사람이다. 천성이 부지런하여 남의집살이를 하면서 억척같이 절약하여 농토

를 상당히 많이 가지고 있었다. 이곳에 도시가 들어서면서 농사를 지을 수 없게 되자 땅을 팔아 얻은 돈으로 빌딩을 두 개나 지어 월세만 한 달에 몇 천만 원이 들어온다고 한다. 용인시장도 깍듯이 섬기는 유지이지만 지금도 좀 떨어진 곳에 농토를 가지고 농사를 지으며 십 원 한 장 쓰는 것도 벌벌 떠는 자린고비라고 한다. 그러나 가해자의 어머니는 남편과는 달리 귀부인 못지않게 차리고 다니며 죽전에서는 제일 잘나고 똑똑한 여자로 행세한다. 안하무인으로 혼자만 제일 잘 난 줄 아는 여인이다. 죽전에서는 돈 잘 쓰는 여자로 소문이 났다. 광수의 학교에 나오는 날이면 교장선생님 이하 모든 직원들이 상전 모시듯 깍듯하다. 광수도 여기 학원 선생은 질이 떨어진다고 서울로 학원을 다니고 서울에서 유명한 선생님을 집으로 불러서 공부를 했다. 작년에 졸업하고 지난 일 년 서울에서 공부를 했다. 그런데도 어느 대학에 합격했다는 말은 들리지 않았다. 그런 광수가 갑자기 우리나라 대학교는 장래 희망이 없어서 미국으로 유학을 간다고 떠들고 다니기 시작했다.

그날이 바로 광수가 미국으로 유학을 가기로 결정된 날이었다. 친구들과 더불어 송별회를 한다고 고급 술집에서 양주를 마시고 거기 아가씨들을 데리고 대천해수욕장으로 2차를 가던 중이었다. 광수도 그렇지만 그의 친구라는 청년들도 같은 학교 출신으로 해마다 대학에 원서를 내고 시험을 보았지만 입학은 하지 않았던 청년들이다.

상현 고갯마루부터 깔리기 시작하던 잿빛 땅거미가 안개처럼 아래로 흘러내리더니 거리는 어둠에 잠기었다. 화려한 네온불빛으로 치장한 빌딩들이 괴물처럼 떠받치고 있는 하늘에는 뜨문뜨문 물먹은 별빛이 구름사이로 얼굴을 내민다.

"철수 학생은 분명 저 세상에서도 모범적인 사람이 되었을 거예요."

영희 어머니가 위로하듯 혼잣말처럼 하는 말에도 철수 어머니는 또 눈물이 흐른다.

"우리 영희도 철수를 친 동생처럼 여겼는데…."

"정말 오누이 같았어요. 영희 아가씨가 워낙 철수를 귀여워했어야 지."

"그 애도 형제가 없는데다가 저의 아버지가 교통사고로 돌아가신 후에 정붙일 곳이 없다보니까…."

영희 어머니의 눈에도 눈물이 핑 돈다.

두 여인이 바라보는 하늘에 갑자기 먹장구름이 밀려온다싶더니 후드득 후드득 난데없는 소나기가 내린다. 그 날. 철수가 사고를 당하던 날 밤에도 이렇게 소나기가 퍼부었었다는 생각을 하며 두 여인은 자리에서 일어선다.

영희 어머니는 이층으로 올라가고 철수 어머니는 지하 방으로 통하는 현관을 열었다. 한 여름인데도 실내에서 찬바람이 돈다. 소나기 탓만은 아니다. 철수가 가고 나서는 언제나 찬바람이 가시지 않았다. 현관 앞에서 빗물을 털고 오른쪽 방문을 연다. 철수가 쓰던 방이다. 지난 5년 동안 밖에서 들어오면 이 방문부터 열어보는 것이 습관이다. 어느 한 구석에서 읽던 책을 들고 '엄마' 하고 뛰쳐나올 것만 같건만 언제나 방안을 지키고 있는 것은 썰렁한 냉기뿐이다. 책장이고 책상이고 컴퓨터가 그대로 놓여있다. 당장이라도 들어오면 아무 불편 없

63

이 생활할 수 있도록 놓아두었다. 꼭 살아 돌아올 것만 같은 착각 속에 골목길 발자국소리에 귀를 기울이며 살아온 5년이다.

컴퓨터 앞에 선다.

"엄마도 이젠 네티즌이야. 메일 주소를 갖고 있으니까."

"이젠 알아보고 싶은 건 여기 다 있으니까 여기서 배워요."

"인터넷에 들어가면 세계 모든 이야기가 다 있어요. 듣고 싶고 보고 싶은 것은 다 찾아서 듣고 볼 수 있고. 하고 싶은 말, 남기고 싶은 말도 여기다 남기면 세상 모든 사람들이 다 함께 듣고 읽을 수 있거든요."

"난 엄마한테 하고 싶은 말은 메일로 보낼 테니까 확인 해봐요."

한 달도 더 걸려 틈틈이 가르치더니 겨우 인터넷 검색을 할 수 있게 되자 엄마보다 더 좋아하며 흥분하던 철수의 음성이 컴퓨터 스피커에서 들려 나오는 듯하다. 철수 어머니는 책상과 책장의 먼지를 손으로 쓸어내며

"아무리 그러면 뭐하냐? 너의 아버지도 너도 아무 말이 없는 것을…. 내가 무슨 말을 한들 너나 너의 아버지에게는 들리지 않는 것을…. 너를 만나볼 수 있는 컴퓨터는 언제나 나온다더냐?"

안방 문을 열면 제일 먼저 맞아주는 것은 입가의 엷은 미소와 넓은 이마가 시원해 보이는 40대 남자다.

"몹쓸 사람. 갈려면 혼자서 가지. 온갖 고생 다 시켜놓고, 철수는 왜 데려갔담. 나쁜 사람."

또 눈에서 눈물이 주르르 흐른다. 사각의 검은 리본을 두르고 벽면 위에 걸려 있는 남자는 여전히 말없는 미소만 지을 뿐이다. 철수 어머니는 방바닥에 털썩 주저앉았다.

"당장 입원하셔야겠습니다. 이젠 하루라도 미루시면 안 되십니다. 고집부리시면 강제입원이라도 시켜야겠습니다."

지난 1년여 진료를 맡아주었던 홍박사가 몹시 당황하여 서두는 말이 병원에서는 귀에 들어오지 않더니 이제야 귓가에 맴돈다.

"간에까지 전이가 되고 있어요. 당장 수술을 해야겠습니다."

거듭 재촉하는 홍박사의 말은 들리지 않고 먼저 간 남편과 아들의 얼굴만 떠오르고 있었다. 홍박사의 말에 대답은 하지 않고 속으로 '죽으면 되지. 죽는 게 뭐 어려운가.' 하는 생각만 거듭하고 있었다. 철수 어머니는 다시 벽에 걸린 남편의 초상을 바라보며

"나쁜 사람. 다 데려가려면 나부터 먼저 데려갈 일이지. 왜 이제 불러."

울컥 눈물이 쏟아진다. 철수 아버지를 만난 것은 A 마트 구매 사원으로 근무하고 있을 때다. 기관실의 기관장으로 근무하던 남편은 마주치기만 하면 으레 주머니에서 초콜릿 한 봉지를 꺼내 내밀었다. 아마 주머니 속엔 항상 초콜릿 봉지가 들어 있었나보다. 그렇게 초콜릿 공세를 해오던 두어 달 뒤 어느 날 퇴근 무렵 매장 밖에 서있었다.

"서 여기서 한참 기다렸어요. 저녁식사 할까요?"

멈칫거리는 사람을 반 강제로 끌다시피 하여 근처 중국집에서 자장면 한 그릇 사준 것을 대가로 자주 불러내더니 결혼까지 하게 되었다.

"처음 보는 순간부터 결혼해야겠다는 생각을 했습니다."

라는 그의 고백을 듣기 전부터 철수어머니도 결혼해도 좋을 사람이라는 생각을 하고 있었다. 손재주도 뛰어나지만 부지런하기는 따를 사람이 없었다. 서글서글한 인상에 싹싹하여 여자 종업원들 사이에 인

기가 있었던 사람이다. 많은 사람들의 부러움을 사는 결혼이었다. 매장 확장 공사 때 가스통이 터지면서 화재가 일어났을 때 동료를 구하러 뛰어들었다가 숨지고 말았다. 철수가 초등학교를 입학하던 해였다. 출근하면 남편의 모습만 떠올라 괴로웠다. 매장 곳곳마다 남편의 손이 닿지 않은 곳이 없고 구석구석마다 남편의 발길이 닿지 않은 곳이 없는 직장이다. 때로는 그리움을 견디기 힘들어 직장을 옮기려고도 했지만 그래도 남편의 손길이 묻어있는 곳을 버리고 떠난다는 것은 더 큰 괴로움이 될 것 같아 계속 근무를 해왔다. 남편에 대한 그리움을 잊기 위해서라도 남보다 더 열심히 일을 했다. 다행히 철수도 아빠 없이 자라면서도 말썽 한번 피우지 않고 훌륭하게 자라주었다. 얼마나 다행인지 몰랐다. 비록 남편이 그렇게 떠났어도 서운함 뒤에 고마움을 느끼기도 했다. 아빠를 꼭 빼어 닮아 인물도 준수한 철수가 있어 든든했기 때문이다.

갑자기 가슴에 통증이 오더니 사타구니 있는 곳까지 통증이 내려간다.

"병실을 비워둘 테니 내일 당장 입원하세요."

진찰실을 나올 때 마지막 선고를 내리는 재판관처럼 준엄하게 말하던 홍박사의 말이 또 귓전을 울린다. 철수 어머니는 알약 몇 알을 먹고 자리에 눕는다.

철수 어머니는 출근버스에 몸을 싣는다. 지난 밤 비로 깨끗해진 거리에는 아침 햇살이 밝게 비추고 있다. 처녀 때부터 타고 다니던 버스다. 한 때는 남편과 나란히 앉아서 가던 버스다.

'얼마나 이 버스를 더 탈 수 있을까?' 창가에 비친 철수 어머니의 얼굴 그림자에 눈물이 흐른다. 집 앞에서 출발한 버스가 사거리에 이르러 멈춘다. 붉은 신호등이다.

'인생의 붉은 신호등은 왜 없는 것일까?' '인생의 붉은 신호등이 있었다면 걸음마 배우던 철수를 가운데 앉혀놓고 마냥 행복에 젖었던 그 시간에서 멈추게 할 수 있었을 터인데, 아니 내 어깨 너머에서 컴퓨터를 가르쳐 주던 철수의 음성이 들리던 시간에서 멈추어도 좋았을 텐데.'

오른쪽 차량과 왼쪽 차량들이 서로 마주 보고 달린다. 꼬리에 꼬리를 물고⋯. 어느 순간 그 차량들의 행렬이 멈춘다. 녹색등이 켜지자 버스가 움직인다. 사거리는 숱한 차량들이 서로 엇갈려 달린다. 제 각기 가는 길이 다르다. 아무도 제 가는 길 이외에는 관심을 갖지 않는다.

점심시간이다. 지하 매장 한 구석 직원 식당에 모여 앉은 어린 여자 종업원들의 재잘거리는 소리를 들으며 밥을 먹고 숟가락을 놓으려 하는 데 철수 어머니를 찾는 방송이 나온다.

사무실로 들렀다가 점장(店長) 방으로 들어가니 거기 영회 어머니가 점장과 마주 앉아 있었다. 심각한 얼굴이다.

"왜 아식까지 날 한마니 안 하셨습니까?"

점장의 말에 철수어머니는

"그냥 죽으면 되는데요."

라는 말이 튀어나오려는 것을 참고 입을 다물었다.

"나도 몰랐어요. 나한테라도 이야기를 하셔야지요. 어떻게 이지경이 되도록 말 한마디 안 할 수가 있어요."

영회 어머니의 말에도 대답을 하지 않았다.

"남편이 철수가 있는 곳으로 부르는 데 하루라도 빨리 가야지요."
라고 대답하고 싶었지만….

"오늘 학교 쉬는 날이라 집에 있었는데 이런 것이 와서…."

빨리 입원하라는 독촉의 내용이 담긴 병원 통지문을 내밀어 준다. 놀란 영희 어머니가 병원부터 달려가 홍 박사를 만났다.

"취장암 4기입니다. 이미 임파선에 두 군데나 전이 되어 있고 간에도 전이가 시작된 것 같습니다. 늦었습니다만 최선을 다 해보아야지요."

라는 홍박사의 말을 듣고 달려온 영희 어머니는 점장부터 만나서 의논을 한 것이다.

"지금 바로 입원하세요. 철수 아빠를 생각해서라도 우리 회사에서는 그냥 있을 수가 없습니다."

강제로 끌다시피 하여 병원에 입원수속을 마쳤다. 다음 날 바로 수술을 끝냈다. 수술 후에도 몸은 회복되지 않고 밤마다 통증에 시달렸다. 음식물을 넘기는 것도 갈수록 힘들어졌다. 홍 박사를 중심으로 모든 의사와 간호원들의 정성이 지극하였지만 철수 어머니는 일어설 기미가 보이지 않았다.

"병은 약물로 치료하는 것이 아니라 의지로 낫는 것입니다. 살려는 의지가 강하면 살아 날 수 있는 것이고 살려는 의지가 없으면 아무리 좋은 치료도 소용이 없게 됩니다. 꼭 살아날 수 있다는 자신감을 가지세요."

입원실을 찾은 홍 박사가 아무리 강조하여도 철수 어머니는 대답을 하지 않는다. 오로지 머리맡에 놓인 철수와 철수 아버지의 사진만을 바라보며 하루하루를 버티고 있다. 아니 버티는 것이 아니라 어떤 운명의 날을 기다리는 사람처럼 손가락만 꼽고 있는 것 같았다.

"305호실 철수 어머니 아니 김순자던가요. 그 환자의 입원비 중간정산하러 왔습니다. 계산 뽑아 주시지요."

원무실 여직원은 컴퓨터를 검색하더니

"예, 그 환자 입원비는 어제 회사에서 중간 정산을 했는데요. 환자분하고 어떻게 되시지요?"

"예, 아들입니다. 그러면 입원실을 특실로 옮길 수는 있습니까?"

"예. 담당의사하고 의논해 보세요. 가능할 거예요."

병원장의 방에서 홍박사와 마주 앉은 광수는

"당장 병실을 특실로 옮겨 주시고 최상의 진료를 시행해 주시면 감사하겠습니다. 반드시 살려주셔야 됩니다."

하며 의료비를 미리 공탁한다면서 두툼한 봉투를 내놓았다.

"내일 다시 오겠습니다. 어머니한테는 제가 다녀갔다는 말을 하지 말아주십시오. 서운해 하실 겁니다."

당당하고 늠름하면서도 정중하게 행동하던 광수가 서둘러 나갈 때 그의 양 어깨는 이상하게 힘없이 쳐져보였다.

병원에서 서둘러 병실을 특실로 옮기고 입원물품들을 새 것으로 바꾸는 동안 철수 어머니는 묵묵히 천장만 바라보고 있었다. 퇴근길에 들른 영희 어머니가 들어왔을 때도 철수 어머니는 말이 없었다.

"아니 왜 갑자기 병실을 옮겼어요?"

의아한 영희 어머니의 말에도 철수 어머니는 말이 없었다. 원무과

에 내려가 물으니

"아드님이 옮겨달라고 했어요."

라는 믿을 수 없는 대답을 듣고 영희 어머니의 궁금증은 더해졌지만 달리 알아볼 길이 없다. 이름이 무엇이더냐고 물어도 그것은 말하지 않고 갔다는 것이다 다만 앞으로의 진료비로 쓰라고 두툼한 봉투 하나만 두고 갔다고 하면서 내 놓을 뿐이다.

광수는 변두리 초라한 농가에서 아버지와 늦은 저녁식사를 마치고 설거지를 하면서

"아버지, 어머니를 너무 미워하지 마세요. 그래도 아버지의 아들이 이렇게 훌륭하게 되어서 돌아온 것은 어머니의 덕분이라고 여겨주세요."

"그 년은 사람이 아니다."

"미운 마음이야 저라고 없겠습니까? 그렇지만 하라는 공부는 안하고 말썽만 부리던 저를 끝까지 믿어준 것은 어머니뿐이었잖아요. 그것 하나만 가지고 용서해 주세요. 이제부터는 제가 아버님 편하게 모셔드릴 게요."

"그 년은 사람도 아니야."

광수 아버지는 같은 말만 계속한다. 미국으로 간 광수가 다행히 좋은 사람들을 만나 마음을 다잡고 열심히 공부하여 학위를 얻고 국내 연구소의 초청을 받아 귀국하였을 때 광수의 아버지는 변두리 허름한 농가에서 홀로 끓여먹고 있었다. 광수를 미국으로 보낸 후 광수 어머니는 다른 남자를 만나 재산의 상당한 부분을 빼돌리더니 끝내 거덜

을 내놓고 광수 아버지와는 이혼을 하고 떠나 버렸다.

"아버지 연구소에서 서울에 사택을 제공해 준다는데 그리로 이사 가실까요?"

"난 안 간다. 너나 가라."

"그러실 줄 알았어요. 저도 안 갑니다. 내일부터는 이 집 헐고 새로 짓도록 알아봐야겠어요."

"일 없다. 이대로 둬라. 비새는 거나 막아다오."

"제가 불편하다니까요."

"너는 그 사택인가 뭔가 하는데 가서 살려무나."

"저는 여기 살고 싶어요. 어버지랑."

"일 없다. 돈도 땅도 없는 아비가 뭐가 좋다고 붙어 사냐?"

"돈보다 땅보다 더 좋은 게 있어요."

"뭐냐?"

"사람 냄새요. 사람 사는 냄새를 맡으며 살고 싶어요."

그날 밤 광수는 광수 아버지 곁에 누웠다. 참나무 장작같이 굳은살이 된 아버지의 손을 만지며 이 세상 그 어떤 재물이나 명예보다도 더 따뜻하고 포근한 냄새가 나는 손이라는 생각이 들었다. 어린 날 그토록 정이 많고 포근했던 어머니를 악취가 진동하는 여인으로 바꾸어놓은 것은 바로 돈이나 재산이라는 것이었다. 그것이 없었으면 철수도 죽지 않았을 것이고 어머니도 떠나지 않았을 것이라는 생각에 잠겼다.

아침부터 혼수상태다. 잠깐 잠깐 정신이 들면 "철수야. 기다려."라는 말만 되풀이한다. 영희 어머니와 점장(店長)이 보낸 직원 한 명이 곁을 지키고 있었다.

"오늘 넘기기가 힘들 것 같습니다. 가족들한테 연락하세요."

비정하리만치 차가운 한 마디를 남기고 나가는 홍 박사를 따라 나가며 영희 어머니가 물었다.

"어떻게 다른 방법은 없을까요? 저러다가도 살아나는 경우가 있지 않습니까?"

애절하게 매달리는 영희 어머니의 얼굴이 희다 못해 투명한 창포 묵처럼 변한다.

"기적이 일어난다면 모르겠지만…"

과일 바구니를 든 광수가 영희 어머니를 스쳐 병실로 들어간다. 의식을 잃은 철수 어머니를 물끄러미 내려다보던 광수는 침대 곁에 무릎을 꿇는다. 그리고 철수 어머니의 손을 잡는다.

그 손에 자기의 얼굴을 묻고 한참을 앉아 있던 광수는

"어머니, 제가 이제 온 것을 용서하세요. 일 년만 먼저 왔더라도 어머니를 기쁘게 모실 수 있었을 텐데. 철수를 그렇게 보낸 저의 죄값을 갚기 위해서 저는 열심히 살았습니다. 이제 제가 철수가 되려고 찾아왔는데 이렇게 눈만 감고 저를 외면하시면 저는 어떻게 삽니까? 어머니, 어머니, 어머니."

어깨를 들먹이며 오열하는 광수의 등 뒤에서 영희 어머니도 그리고 회사 직원도 체온계를 들고 들어온 간호사도 다 함께 눈물을 흘렸다.

철수 어머니가 눈을 떴다 허공을 바라보다가 고개를 돌려 광수를 쳐다본다. 다른 한손을 겨우 들어 광수의 머리위에 얹는다. 광수의 어깨는 더 크게 흔들린다. 순간 영희 어머니도 회사 직원도 간호원도 울음을 그치고 눈을 크게 떴다. 광수의 흐느끼는 소리만 더욱 커진다.

"어머니, 어머니, 제가 이제 철수가 되겠습니다. 어머니. 일어나셔서 저를 받아주세요."

눈물로 짓무른 철수 어머니의 핏기 없는 눈가에 환한 미소가 보인다. 그 뿐. 철수어머니는 조용히 눈을 감으며 광수의 머리위에 얹었던 손을 밑으로 힘없이 떨어뜨린다.

상복을 입고 손님을 맞는 광수는 문상객이 들 때마다 흐느껴 울며 맞았다. 밤이 되어 모두 잠든 시간에도 홀로 무릎을 꿇고 궤연(几筵)을 지켰다.

킨상 위령비

　사무실 남쪽 창으로 쏟아져 들어오는 햇볕은 신비하리만치 가슴을 울렁이게 한다. 6월의 햇볕이 따뜻하고 싱그러운 것은 당연한데, 내가 이렇게 흥분하는 것은 이 지방의 풍토 탓이다. 6개월을 눈 속에 파묻혀 살아야하는 긴 겨울. 자동차가 다닐 수 있게 도로에 쌓인 눈을 불도저로 밀어 길 옆으로 붙이면 이 눈이 쌓이고 쌓여 눈 절벽이 도로 양쪽으로 생긴다. 하늘은 보이나 눈 터널 속을 달리는 착각에 사로잡힌다. 이 광경을 처음 보았을 때 놀라움과 감격은 대단했다. 지상 천국이란 여기를 두고 하는 말이구나 생각하면서 설경의 아름다움에 가슴이 고동쳤다. 어린 시절로 돌아가 눈을 뭉쳐 던져 보기도 했다. 일주일이 지나고, 이 주일이 지나니 그토록 아름답던 설경이 지겹기 시작했다. 이 눈과 혹한에서 먹고 살기 위해 설원을 헤매고 있는 무수한 노동자들의 처참한 모습이 있었다. 그들에게는 눈이란 아름다운 낭만을 안겨주는 정경이 아니라 고달픈 삶을 인식시켜주는 시련과 고통의 치명적 존재라는 것을 깨달았을 때 나는 설경을 배경으로 한 그림이나 사진조차도 외면하게 되었다.

이곳도 여름은 있었다. 그러나 이마에 땀방울 맺히는 그런 무더운 여름은 아니다. 여름과 겨울밖에 없는 것 같은 이곳에서도 연녹색의 새 잎이 돋아나는 봄도 있고, 짧으나마 단풍이 물드는 가을도 있다. 여름이라 하지만 깜박 졸다가 놀라 깨기 일쑤인 그런 봄날 같은 노곤함이 밀려든 어느 날이었다. 감청색의 싱그러운 하늘, 나는 창문을 열어 젖혔다. 창을 통해 들어오는 햇볕, 넓은 츄우오(中央) 공원의 수백 년 된 시라카바(白樺) 숲에서 뿜어내는 맑고 신선한 공기가 사무실 안으로 밀려들어온다. 해동기의 더러운 거리와 때에 찌든 건물도 6월이 되면 말끔히 새 단장을 하고 희고, 깨끗한 북국의 자태를 뽐낸다. 천금도 아깝지 않은 정경이다.

"선생님 손님이 오셨습니다."

직원의 목소리에 놀라 눈을 떴다. 직함으로 부르면 조금은 권위가 있어 보일 것만 같지만 나는 "선생"이라 불리는 것이 더 편하고 좋았다. 더구나 한국인으로서 일본인들에게 듣는 "선생"이라는 호칭은 권위 있게 들리는 것에 앞서 최대의 인격적 호칭으로 여겨져 통쾌하기까지 하다.

"좋은 날씨입니다."

하면서 한국말을 배우는 이마이(今井) 여사가 손에 조고만 과자 상자를 들고 들어 왔다. 좀 큰 것도 괜찮을 터인데 그녀는 언제나 작고 아무 맛도 없는 김으로 싼, 설탕이 하나도 들어 있지 않은 짠 과자만을 들고 왔다.

"어서 오세요."

반가운 표정을 억지로 짓지만, 속으로는 또 한·두 시간은 허비해야 하다고 생각하며 소파를 권했다. 한국말을 배우러 오는 청강생이 워낙 적어 오는 사람에게는 손님 안 놓치겠다는 차원에서 억지웃음을 웃고 애교를 떨며 친절하게 굴었다. 그럴 때마다 나라가 강해야 그 나라 말도 값이 나간다는 평범한 진리를 생각하며, 문전성시를 이루는 이웃 빌딩 영어 강습소로 눈길이 간다.

"선생님, 오늘은 좀 긴 이야기가 하고 싶어 찾아 왔습니다."

1년이나 한국어를 배운 이마이씨가 아는 한국어는 '선생님' 하고 '안녀이노 하시 모니까' 정도다. 그래도 '선생님' 하고 부를 때는 그 음성에 이상한 매력 같은 것이 풍기기도 하였다. 반면 한번 찾아오면 갈 줄을 모르고 고리타분한 이야기를 늘어놓아 멀미가 난다. '오늘은 좀 긴 이야기' 라니 인내해야 할 수난의 날이라고 단단히 마음을 먹었다.

"선생님, 제2차 세계대전이 한창일 때, 나는 어두운 청춘을 '학도 동원' 이란 이상 한 흐름 속에서 보냈습니다. 1944년 9월 중순이라고 생각하고 있습니다. 우리들 중학 2학년생 중 40명은 야행 열차를 타고 북쪽 끝, 우류우(雨龍)군 카나이(加內)村의 어두운 홈까지 운반되었습니다."

서론을 들어 보니 '오늘 내 업무는 틀렸구나.' 하는 생각이 들었다. 나는 속으로 이마이 여사와 나의 나이를 계산하고 있었다. '1944년에 중학 2학년이면 16살은 되었겠다.' 그 때 나는 초등학교 3학년, 11살이다. 그러면 나보다는 5~6세는 더 되었다. 일본인의 수명이 세계에서 제일 높다더니 역시 젊게 사는구나. 나보다 한·두 살 원 줄로만 알았는데….

"우리는 수학여행이나 소풍 등 교외 학습의 즐거움을 맛보지 못하고 학창 시절을 보냈습니다. 모든 것을 전쟁 탓으로 돌렸습니다. '지금은 전시(戰時)이니까.' 이 한 마디는 모든 관례나 법보다도 상위 개념이었으니까요."

그러면서 불행했던 전시 소녀의 자화상이 떠올랐는지 우수에 젖은 눈빛으로 창밖을 바라본다. 일본 여자란 자기감정을 얼굴에 나타내지 않는 냉혈적인 데가 있는데 이마이 여사는 좀 다른 데가 있었다.

"그래서 우리들은 학도 노력 동원에 참가하는 것을 수학여행이나 가는 듯이 어떤 흥미마저 느끼고 떠들면서 기쁘게 참가하였습니다."

그 때를 떠 올린 듯이 얼굴이 밝아졌다.

"우리가 다다른 곳은 인가라고는 한 집도 없는 깊은 산속. 계곡 가엔 낡은 긴 목조 건물 두 동이 있었습니다. 낮인데도 나무숲으로 둘러싸여 어둡고 음산했습니다. 그 중 한 동이 우리들의 숙사(宿舍)로 배정되었습니다. 숙사 인은 가운데가 복도로 되이 있으며 양 창 쪽으로 길게 마루를 깔았습니다. 한 쪽 마루는 다다미 20장 정도의 길이었습니다. 창 밑으로는 책장 같은 네모진 나무 상자가 만들어져 있고 거기에 담요와 작업복이 질서 정연하게 정돈 되어 있었습니다."

내가 한국전쟁에 참전 했을 때 막사(幕舍)를 머릿속에 떠올리고 있었다. 군화가 작아 발이 들어가지 않는다고 하소연하는 고문관에게

'발을 군화에 맞추라' 고 하던 병장님의 말이 생각나서 혼자 빙그레 웃었다. 선임 하사가 50환을 주면서 300환짜리 담배를 사오란다.

"하사님. 이 돈으로 어떻게 300환짜리 담배를 살 수 있습니까?"

"이놈아 그게 요령이야. 군대는 요령껏 사는 거야."

어떻게 발을 구두에 맞추어야 하는 지, 50환으로 300환짜리 담배를 어떻게 사야하는지를 아무도 가르쳐 주지 않으며, 질문하는 자도 없다. 그러나 발 큰 고문관은 군화를 신고 있었고, 300환짜리 담배를 사서 선임 하사관에게 바쳤다.

"우리들에게 맡겨진 작업은 노천에서 파낸 크롬(chrome)광산의 채석 작업이었습니다. 목조 건물의 긴 숙사가 두 줄로 세워져 있고, 한 숙사는 50 명 정도를 수용할 수 있는 넓이의 큰 목조 건물이었습니다."

이마이여사의 이야기를 들으면서 나는 계속 6 · 25때 막사를 떠올리고 있었다. 당신이 말하는 숙사란 것은 군의 막사와 비슷하구나 생각하며 전시의 숙사는 어느 나라나 한 가지로 비참한 것이라고 생각했다. 전쟁이란 인위적으로 인간을 지옥불 속으로 밀어 넣는 힘 센 자들의 장난으로 생각하고 있었다.

"나는 사물함 위의 뚫린 창으로 맞은편에 있는 똑같은 숙사건물에 눈이 갔습니다. 어떤 이유인지 건너 편 숙사 창에는 철제로 창살이 만들어져 있고 방안은 어두컴컴하였습니다. 겨우 8시가 조금 넘었는데도 쥐 죽은 듯이 조용해 인기척이라고는 없었습니다.

우리 학교 교사 2명이 지도교관이라는 이름으로 우리를 인솔하였습니다. 그분들의 지시로 갖고 온 물건들을 정리하고 우리들에게 배

당된 숙사에서 나왔습니다."

이마이 여사는 중 2학년 때, 학도 노력 동원에 갔던 우류우 탄광촌의 전경을 지금 바라보고 있는 듯이 머리에 떠올리고 있었다.

"숙사와 숙사 사이에 넓은 공터가 중앙 집합소였습니다. '중앙 집합소로 모여라.' 우렁찬 구령에 신속하게 모였습니다.

여러 가지 주의 사항을 듣고 나서 이곳에서의 첫 저녁 식사가 시작되었습니다. 우리들로서는 처음 보는 저녁 식사였습니다. 밥과 반찬을 한 곳에 다 담는 네모진 식판도 처음 보았습니다. 모든 것이 새롭고 신기했습니다. 그러나 우리들은 피로가 엄습해 식사는 하는 둥 마는 둥 하고, 숙사로 돌아와 첫날밤은 정신없이 골아 떨어 졌습니다.

새벽에 기상이라는 우렁찬 고함소리에 일제히 일어나 친구들과 함께 세면장으로 갔습니다. 어제 저녁 불이 꺼져있어 이상하게도 음침하고 무서웠던 건너편 숙사 쪽을 바라보았습니다. 지금도 분명히 기억하고 있는 어제 저녁, 쥐 죽은 듯이 조용하던 창에서 우리들과 동년배로 보이는 소년들이 이쪽을 바라보고 있는 것이 보이지 않겠습니까. 창에 쳐 놓은 굵은 밧줄 틈으로 보이는 눈동자들. 우리들에게 이상하게도 야릇한 연민을 느끼게 해 주는 그 소년들의 눈동자들과 시선을 맞추었습니다."

나는 이마이 여사의 이야기가 좀 지루하기도 하여 창밖을 내다보았다. 그 때까지 맑고 아름다웠던 하늘에 먹구름이 모여 들기 시작했다. 금세라도 한 줄기 쏟아 질 기세다.

"비가 내릴 것 같습니다"

이마이 여사는 그 말에는 대꾸도 하지 않고, 이야기를 잇는다.

"오전 8시 아침 식사를 마친 후 작업 설명을 듣고, 우리들은 작업복으로 갈아입었습니다, 그리고 중앙광장에 모였습니다. 손으로 밀어야 움직이는 무동력 조그만 궤도화차를 밀고 군가를 큰소리로 부르면서 채굴 현장으로 향했습니다. 이 때, 어쩐지 마음에 걸리는 한 소년을 발견했습니다. 그는 흰 자루 같은 옷을 입고 (뒤에 알았으나, 그것은 밀가루 포대를 적당히 오려 붙여 만든 옷이었습니다) 가슴에는 목찰(木札)을 달고 우리 쪽을 훔쳐보면서 광장 모퉁이에 있는 여자들 전용 우물에서 물을 퍼 올리고 있었습니다.

눈이 유달리 크고, 마른 얼굴은 거무스름하게 탔는데, 너무도 슬퍼보이는 그 소년의 표정이 내 마음에 눌어붙어서 떼려야 뗄 수가 없는 눈이었습니다. 하루 종일 작업하는 동안에 그 소년의 모습이 떠올라 안절부절 하였습니다."

감수성이 예민할 나이의 이마이 여사의 그때 심정을 이해할 듯 했다. 동정과 애틋함, 그것이 사랑으로 착각되는 사춘기였겠지 하고 생각했다.

"숙사로 돌아와 저녁 식사를 마친 후, 친구들과 함께 그 소년에 관한 이야기를 나누었습니다. 이야기를 듣고 보니, 나뿐이 아니라 많은 친구들이 나와 같이 그 소년에 대한 관심을 보이고 있었습니다.

우리들은 세탁장에서 일하는 아주머니들로부터 정보를 알아냈습니다. 맞은 편 숙사에는 조선인 소년과 중국인 소년들이 붙들려 와 있다는 것입니다.

당시 우리들은 16세였습니다. 그들도 틀림없이 우리와 같은 연배라고 멋대로 생각하였습니다.

이마이 여사는 가느다란 한숨을 내 쉬었다.

"어느 날 밤 친구와 화장실에 갔다가 돌아 올 때에 일이었습니다. 어두컴컴한 화장실을 나오는데 이상한 합창소리가 들려왔습니다. 우리는 발자국 소리를 죽여 그 소리 나는 쪽으로 갔습니다. 어두운 소년들의 숙사에서 노래 소리 같은 것이 들렸습니다.

가까이 갈수록 그 노래는 비명소리 같기도 하고 신음소리 같기도 했습니다. 간간이 한숨소리와 함께 '아이' '아─' 와 같은 주문을 외는 것 같은 그 소리에 이끌려 눈동자 넓이만한 틈 사이로 안을 들여다보았습니다. 상당히 많은 소년들이 새카맣게 한 덩어리가 되어 구석에 모여 '아이고, 아이고.' '아이고, 아이고.' 라고 외치고 있었습니다. 그것은 가슴속에서 터져 나오는 탄식이요, 한스러운 감정으로 뭉쳐진 울분의 울음소리였습니다. 나는 점점 가슴이 조이는 느낌이 들어서 견디지 못하여 방으로 도망쳐 왔습니다.

그러나, 밤새도록 어두운 방구석에서 들려 온 울음소리가 내 귀에서 떠나지 않았습니다. 그 밤 나노 온 몸이 불넝이가 뇌어 심한 오한으로 떨며 밤을 새웠습니다.

한잠도 못 잤습니다. 하는 수 없이 다음날 혼자 방에 남아 누워 있었습니다. 정오 가까이 되었을 때, 점심 먹으라는 소리를 듣고 띵한 머리를 감싸고 센들(sandal)을 끌면서 식당에 들어갔습니다. 흰 수증기가 솟아오르고 누런 단무지가 눈부셨습니다. 집에 있는 동생들에게 먹였으면 하고 엉뚱한 생각을 하였습니다. 식욕이 없는데도 눈만 급해 음식을 입에 처넣고 있었습니다.

이 때였습니다. 갑자기 출입구에 인기척이 났습니다. 돌아보니 물 퍼든 소년이 꼼짝 않고 나를 보고 있었습니다. 깡마른 몸에 목찰이 달린 자루 옷을 걸치고 유달리 큰 눈으로 나를 바라보았습니다. 나도 모르게 손짓을 했습니다. 그는 나의 의자 밑에 무릎을 부치고 내 공기의 밥을 입에 쑤셔 넣었습니다. 나는 놀랬으나 빨리 먹여야 되겠다는 생각에 공기에 밥을 수북이 담아 다시 그에게 넘겼습니다. 그 때 번개같이 그는 도망쳐 내 곁에서 사라졌습니다. 내가 처음 보는 하사 계급장을 단 군인에게 귀에서 피가 나도록 얻어맞은 것은 그 직후였습니다. 왜 맞았는지 왜 눈 큰 소년이 급히 도망쳤는지를 알 것 같았습니다.

왜? 다 같은 사람인데 우리에게는 얼마든지 먹을 수 있게 하고, 저 소년들은 굶주리게 하는가? 라고 따지고 싶었습니다. 그러나 그럴 겨를이 없었습니다. 귀에서 피가 나도록 얻어맞았으니 무슨 정신이 있었겠습니까?"

나는 귀에서 피가 나는 소녀 이마이를 머리로 그리며 한없이 청초하고 아름다운 이마이 소녀를 상상하고 있었다. 이제 이마이 여사의 너절한 긴 이야기가 부담스럽지 않았다. 나는 국민학교 3학년 때, 모심기 노력 봉사에 나갔다. 도랑을 건너기가 무서워 이웃집에 사는 6학년 선배를 불렀다.

"형. 나를 업어서 도랑을 건네줘."

그 말이 끝나자마자 억센 손에 볼때기를 얻어맞고 물구덩이에 쓰러졌다. 담임 아까기 선생의 주먹이었다. 한국말을 사용했다는 죄목이다. 그때 내 귀에서도 피가 났다.

"그 일이 있은 후부터 밀가루 포대 소년을 17번이라고 부르기로 했습니다. 그의 가슴에 붙어있는 목찰에서 17번이라는 번호를 발견했기 때문입니다.

어느 날 후카가와(深川) 부인단체가 우리 '학생 노력 봉사단'을 위문하러 왔습니다. 집에서 직접 만든 도넛(doughnut), 사탕, 빵 등 오랜만에 눈이 번쩍 떠질 것들을 갖고 왔습니다. 우리들의 방이 흥청거렸습니다. 나는 친구 세 명과 그 과자를 먹지 않고 이불 속에 감추어 두었습니다. '17번'에게 주고 싶었습니다. 다른 많은 친구들도 나와 똑같이 생각하고 이불 속에 감추고 있었습니다."

이 이야기를 들었을 때부터 소파에 앉아 있었던 나는 자세를 바로 하였다. 그리고 허리를 꼿꼿이 하고 이마이 여사를 똑바로 쳐다보면서 진지하고 겸손하게 이야기를 듣기 시작했다.

"우리들은 같은 나이에 같은 얼굴을 하고 있는데 왜 같이 취급받지 못하는지에 대한 불만과 슬픔이 우리를 그렇게 슬프게 했습니다. 그것이 우리들 방 40명 모두의 마음을 아프게 만들었던 것입니다. 그날 밤 맞은 편 건물에 기어가서 그들은 무엇을 생각하고, 무엇을 필요로 하고 있는가에 대한 사연을 들었습니다. '9번' '2번' '21번' 등이 특히 우리들과 대화상대가 되어 주었습니다."

나도 이 삿뽀로에 부임하기 전까지는 한국에서 교편을 잡았다. 선생님이 학생들을 접할 수 없는 휴식 시간 또는 방과 후에 학생들 사이에서 일어난 일들을 일일이 보고하는 학생이 있었다. 선생이 알려달라고 부탁을 안 해도 스스로 와서 보고한다. 이럴 때마다 내 마음은 언짧았다. 학급과 학생을 위해서 보고하는 학생도 있고, 개인적인 감정으로 모함하는 자도 있다. 남의 잘못을 무조건 일러바쳐야 직성이 풀리는 밀고자도 있다. 선의의 보고자든 모함하는 자든 밀고자든 나는 그들을 좋아하지 않았다.

이마이 여사의 말에 의하면 40명이 노력 동원에 차출되어 같은 숙사에 생활하며 옆 동에 있는 한국인·중국인 소년들을 교관의 눈을 피하면서 돕고 있었다는 말을 들으며 40명이나 되는 인원이라면 분명 교관에게 밀고하는 자가 있었을 것이라 생각하며 이마이 여사의 말에 귀를 기울였으나 그런 말은 없었다.

이마이 여사의 이야기는 고치에서 명주실이 뽑히듯 쉬지 않고 이어진다.

"위문단이 과자를 전달하고 간 날이었습니다. 그날 밤 우리는 할당받은 과자를 모아 그들의 숙소 창틈으로 던져 주기로 했습니다. 달이 구름 속으로 자취를 감추자 우리는 모두 교관과 감독들의 감시를 피해 풀밭으로 기었습니다. 과자 전달의 거사가 끝나고 손수건을 흔들어 성공을 알리며 자축하는 순간은 마치 점령군과 같은 승리감에 도취하였습니다. 성공했다는 안도감과 확실히는 모르지만 좋은 일을 했다는 뿌듯한 마음을 안고 우리끼리 껴안고 울기도 하였습니다. 그것이 우리들의 기쁨이요 즐거움이었습니다.

작업장에서의 점심도 마찬 가지였습니다. 그들은 나무 도시락에 옥수수와 콩과 쌀이 약간 섞인 죽 같은 것이 점심이었습니다. 이미 그들을 우리의 벗이며 이웃으로 받아들인 터라 그들 앞에서 우리에게만 주어진 특별한 도시락을 먹는 죄를 범할 수가 없었습니다."

잠시 생각에 잠긴 듯 창밖으로 시선을 돌리며

"우리만의 특별한 찬과 밥은 비록 우리들의 땀으로 더럽혀진 수건일지라도 정성스레 똘똘 뭉쳐진 수건에 감추어져 그들에게 던져지곤 했습니다. 군인과 감독의 눈을 피해 밭의 작물인 호박 감자 등을 따고 뽑아 그들과 함께 날로 씹어 먹기도 했습니다. 때로는 설사를 하고 야단법석을 떨기도 했습니다. 어느 새 우리는 눈빛만으로도 대화가 가능할 만큼 가까워지고 있었습니다. 17번 소년의 일본 이름이 가내모토(金本)란 것을 알고 나서 우리는 그를 '킨상'이란 불렀습니다. 17번은 이름이 아니니까요. 킨상이 나는 정말로 좋았습니다. 나는 이 산에서 노력 봉사를 마치고 집으로 돌아오는 날, 킨상의 17번 목찰을 잡아떼서 덤불 속으로 던져버렸습니다."

이 이야기를 할 때 아련한 옛 생각으로 게슴츠레해진 이마이 여사의 눈에는 이슬이 맺히고 있었다. 그러나 그 눈가에는 잡티가 사라진 맑고 순수한 가을하늘 같은 그리움의 미소가 자리하고 있었다. 그녀의 시선을 따라 바라본 하늘조차 구름 한 점 없이 푸르기만 했다.

"내가 교관이나 군인에게 심하게 당하고 추운 밤에 빌로 식당 청소를 하고 있을 때면, 킨상과 킨상 친구들이 몰래 찾아와서 걸레 빤 물통을 비워주기도 하고 걸레질을 하던 그 아름다운 모습들이 아직도 제 가슴속에 묻혀 있습니다. 킨상이 폐결핵 환자라 작업반에서 제외되어 물푸기 전담으로 일하고 있다는 사실을 처음 알았던 것도 그 친구들을 통해서 입니다.

암거래 상(商) 아들이었던 한 친구에게 뇌물을 주어가면 간청하여 그의 집에서 버터를 붙여오게 했습니다. 베개 속에 숨겨져 온 버터를 감춰두고 매일 제 밥을 버터에 비벼 킨상에게 먹였습니다. 어디서 들은 것인지는 기억이 없지만 폐결핵에는 버터가 약이라는 말을 믿었던 것이지요. 얼마 후 킨상이 기운을 찾았다고 하였으므로 우리 방 전체가 좋아서 뛰었습니다. 지금 생각하면 숨어서 버터를 손으로 쳐 바른 주먹밥은 어떤 맛이었을까 하고 버터를 볼 때마다 킨상을 떠올리며 열적은 웃음을 짓는답니다."

이 이야기를 할 때 이마이 여사는 얼굴에 미소를 띠웠다. 상당한 미인이란 것을 처음 알았다. 별 필요도 없는 한국어 강좌에 열심히 나오는 이유도 알 듯했다.

"1개월 반의 동원이 끝나고 우리들은 혹한의 북녘 땅, 우류우 탄광촌을 떠났습니다. 킨상을 비롯한 별동의 친구들은 어두운 아수라장에 남겨 둔 채로…"

그때 이마이 여사와 함께 탄광에 학도 봉사단으로 동원되었던 친구들은 계속 만난다고 한다. 만날 때마다 폐결핵에 걸렸던 킨상을 비롯한 별동의 동갑네기 남자 친구들의 이야기를 나눈다고 했다.

'무서운 추위를 어떻게 이기며 살아남았을까?'
'지금 그들은 어디에서 어떻게 살고 있을까?'
'지금 만나면 많은 이야기를 나눌 수 있을 텐데…'

"그들에 대한 멀고 애처로운 생각이 화제의 전부였습니다."
이마이 여사의 친구들은 여러 경로를 통하여 킨상을 비롯한 별동의 남자 친구들은 전후(戰後)에 어떻게 되었을까? 소식을 알고 싶어 백방으로 수소문을 했다고 한다. 수집한 여러 정보 가운데 가장 신빙성 있는 것은 탄광이 무너져 전원 압사했다는 것이다.

이들은 믿기 싫은 압사 설을 믿지 않을 수 없었다. 탄광이 무너질 때 천우신조로 탈출하여 살아남은 유일한 생존자, 다이너마이트 점화공(點火工) 하시모토(橋本)를 찾았기 때문이다. 하시모토의 증언에 의하면 태평양전쟁에 무조건 항복을 방송하던 8월 15일 12시, 그 세 시간 전에 원인을 알 수 없는 폭음과 함께 모든 갱도가 무너져 막혀 버렸다고 한다. 어떻게 된 영문은 모르지만 정신이 들었을 때. 하시모도는 지상에 있었으며, 뽑혀 넘어 진 큰 나무뿌리 밑에 깔려 있었다고 한다. 정신을 겨우 차려 주위를 살펴보니 갱외에 있던 숙사고 사무실, 초소와 식당도 모두 땅 밑으로 묻혀 버려 보이지 않았다고 한다. 하시모토는 자기 이외 어느 누구도 본 사람이 없다고 했다.

그 후 이마이 여사를 중심으로 한 일행들은 소라찌(空知) 지청을 수없이 방문하였다. 지금은 폐광이 되어 쓸모가 없게 된 가와개(辺毛)산 기슭의 땅을 기증받기 위해 백방으로 노력하였다. 죄 없이 매몰된 한국 중국 소년들의 원통한 혼을 위로하기 위해 위령탑을 세우기 위해서였다. 일본 관리들의 주장은 한결 같았다. 우리들의 잘못된 과거를 후세들에게 남길 필요가 있겠는가? 이마이 여사와 그의 동지들은 '우리의 잘못된 과거를 후손들에 알려 다시는 이러한 과오를 저지르지 않도록 해야 한다' 고 주장했다. 이 같은 논쟁은 비극의 역사가 존재하는 한 끊이지 않을 논쟁이라는 생각에 잠시 머물렀다.

탄원서도 제출하고 연판장도 제출했다. 백방으로 노력하여 유우바리(夕張)산맥의 끝자락에 6년 만에 200평의 땅을 기증받았다. 그곳에 이들은 작은 진혼(鎭魂)비를 세웠다. '킨상'과 그의 일행 40명의 한 맺힌 넋을 위해. 못다 피고 저버린 찌들고 멍든 꽃을 위해….

뿐만 아니다. 그들은 이들의 영혼을 위로하기 위한 위령제(慰靈祭)를 매년 올린다고 했다. 이마이 여사들이 노력 동원을 마치고 하산한 6월 20일에 모두가 간단한 음식을 싸들고 모인다고 했다. 버터는 필수품으로 싸간다고 했다.

"선생님 내일이 제20회 위령제 날입니다. 금년은 꼭 선생님을 모시고 가고 싶습니다."

창밖의 태양은 유난히도 빛났다. 이곳의 짧은 여름에도 나비는 바쁘게 날아다닌다. 창 안에 작은 화분에 제라늄 꽃이 피었다. 꽃 위에 나비들이 분주하게 발을 움직이고 있다. 이 미물도 삶의 환희를 맛보고 있다. 천명이 다하도록 살아가고 있다.

"나도 가겠습니다. 어디 가서 버터를 사야겠습니다."

하면서 자리에서 일어섰다. 이마이 여사는 무척이나 하기 힘든 이야기를 했다는 듯이 스스로 만족스런 표정이었다. 지금까지 이마이 여사는 나에게는 부담스러운 존재였다. 사무실에 오면 상대가 바쁘든 말든 별 신경을 쓰지 않는다. 자기 생각대로 행동하는 사람이다. 일본인답지 않은 데가 있었다. 한국말 공부도 지지부진이다. 벌써 일 년이 자났는데 '선생님'과 '안녀이노 하시 무니까' 정도다. 그것도 이상한 발음과 억양으로. 주책없는 아주머니, 무엇인가 좀 모자라는 여인으로 생각하고 있었다. 오늘은 그런 선입관이 얼마나 큰 오류였다는 것을 뉘우치고 있다.

다음날 약속한 시간에 한 벌밖에 없는 검은 양복과 검은 넥타이 차림으로 사무실 앞 큰 길 앞에 약속 시간보다 30분이나 미리 나가 서있었다. 세 대의 자가용차가 왔다. 나는 이마이 여사의 차에 올랐다. 함께 노력동원에 참가했던 남학생들은 자기들 끼리 먼저 떠났다고 했다. 산 밑 개울가에 차를 세우고 원시림을 헤쳐 올라갔다. 30분 정도를 오르니 계곡 옆에 제법 넓은 공간이 있었다. 잔디밭이 곱고 단정하게 정리되어 있었다. 그 북쪽 기슭에 조그만 석탑이 서 있다.

"여기 욕심 많은 어른들의 침략 근성에 희생된, 피지도 못하고 부처가 된 '긴상'을 비롯한 39명의 넋을 위로하기 위하여 이 탑을 세웠습니다."

'慰靈塔'이라는 큼지막한 글씨 석자만 새긴 비석 뒷면에 써놓은 글이다. 흔히 이러이러한 사람들이 뜻을 모아 건립했다고 건립자의 이름을 비석 옆면이나 뒷면에 새기는 것을 많이 보아 왔는데, 이 비석에는 한 사람의 이름도 새겨져 있지 않았다.

돗자리를 깔고 향과 초에 불을 붙였다. 그리고 몇 가지 과일과 버터를 차려 놓고 절을 올린다. 너무나 진지하고 엄숙하였다. 절을 올리고 묵도를 올리는 그들의 모습은 제사장(祭司長)의 품위까지 갖추었다.

위령제를 마치고 그들은 준비해 갖고 간 음식을 나누어 먹었다. 그 수다스런 이마이 여사를 비롯한 일행들은 별 말이 없었다. 너무나 조용해서 오히려 이상한 느낌이 들 정도였다. 할 말을 잊었는가? 아무 할 말이 없다는 것인가? 식사 후, 묵념을 올리고 역시 말없이 계곡을 따라 내려 왔다. 계곡 물이 모여 늪을 이룬 곳에서 발을 멈추었다. 여러 종류의 수초들이 한데 엉겨 둥근 공처럼 엉켜 있었다. 마리모(毬藻)였다. 전혀 종류가 다른 짙은 녹색의 실 같은 모양이 서로 얽혀 둥근 공 모양을 하고 살아가고 있다. 서로 엉킨 이들 수초들은 침범이라 말하지 않았다. 협조와 공생이라고 수초들이 설명하고 있었다.

오늘 나의 눈에는 이마이 여사가 성녀로 보였다. 이날 나는 '도덕률의 원형을 바라보았다. 여태껏 한 번도 불러 보지 않았던 이마이 여사의 이름을 불렀다.

"아끼꼬(晶子)상."

처음으로 이름을 불렀더니 어쩐지 쑥스럽기도 하여 멀리 서쪽 하늘을 바라보았다. 자작나무의 원시림 저 쪽으로 돌아갈 철도 아닌데 고니 때가 날아가고 있다. 사십 마리나 되어 보이는 고니 때가 날고 있었다.

흰 날개를 한껏 펴고 바쁜 듯이 서쪽하늘로 날아가고 있다.

이들의 날갯짓에는 한을 틀어버리려는 의지가 담겨 있었다.

90

울음소리조차 숨기고 조용히, 조용히 날아가고 있다.

늦은 듯이 바삐 날아가고 있다.

그리고는 한 점이 되었다가 살아져 버렸다.

늪(沼)

해인사, 왜 하필이면 해인사로 오라는 것인가?

윤독회의 모임을 해인사에서 개최하니 해인사로 오라는 통지를 받는 순간 까맣게 잊고 있었던 지나간 일들이 문득 되살아났다. 해인사로 갈 것인가 말 것인가를 놓고 심한 갈등에 빠졌다. 아니, 갈등이라기보다는 오랫동안 끙끙거리며 지고 있던 무거운 마음의 짐을 벗어 놓고 싶은 간절한 욕구라고 하는 것이 맞을지도 모른다. 해인사에서 멀지 않은 곳이다. 해인사라는 단어만 보아도, 해인사라는 소리만 들어도 떠오르는 그곳은 영원히 되돌아 갚을 길 없는 부채를 지고 떠나온 곳이다. 평생 떨쳐버리지 못할 부채를 안고 살아야했던 그는 그날 이후 단 한 번도 해인사를 찾지 못했다. 며칠을 두고 고민을 했다. 짐을 벗어 놓고 홀가분해지고 싶었다. 그리고 지난 세월 약속을 지키지 못한 부채를 갚아야겠다는 생각에 이르자 가기로 결심을 했다. 참으로 오랜만에 가보는 산골마을이었다. 막상 결심을 하고나니 그동안 왜 그

92

렇게 오랫동안 등지고 살았는지 스스로 이해가 되지 않았다. 의도적으로 기피했는지도 몰랐다. 그런데 이제는 더 미룰 수가 없었다. 숨이 막혀버릴 듯 자괴감이 그를 가위 누른 채 괴롭혀 왔기 때문이다. 그에게는 형벌이었다.

"이제 모든 것을 풀어야 한다. 그리고 정리해야 한다. 그것이 순리이다."

단죄하듯 스스로에게 외치며 그녀를 만나기로 했다.

그렇게 마음을 결정짓고 나니 미묘한 두려움이 느껴지고도 했다. 그러나 옛날처럼 비겁하게 운명으로부터 도망치지 말아야겠다고 마음을 다잡았다.

비록 고향은 아니지만 그가 한때 추억과 삶의 터전을 이루었던 곳이었다. 윤독회의 자료가 든 가방 하나만 챙겨 들고 해인사행 버스에 올랐다. 마치 고사장에 들어가는 수험생처럼 콩닥거리는 가슴을 안고. 얼마나 변했을까? 그때 살고 있던 사람들은 몇 명이나 남아 있을까? 잊고 살았던 오래 전의 기억들이 아릿한 아픔과 회환으로 재생되었다.

"난, 너무 비인간적이었어. 내가 왜 그랬을까."

아픈 기억들이 되살아나면서 괴로움에 빠졌다.

해인사가 멀지 않은 마을 입구 자갈 깔린 도로에서 차를 내렸다. 주변을 둘러보았다. 그동안 많이 변했을 거라는 상상과는 다르게 그때와 전혀 변하지 않은 먼짓길과 풍경이 마음을 달래준다. 포장이 되지 않은 자갈길, 자동차가 달릴 때마다 연기처럼 부옇게 피어오르는 먼지도 예전 그대로다. 영악한 표정이란 전혀 찾아볼 수 없는 순박한 얼굴들. 가난으로 찌들고 주름 잡힌 그 얼굴들이 바쁘게 또는 한가로이 거리를 지나가는 모습도 여전하다. 숨 가쁘게 변해가는 바깥세상과는 단절하고 살아가는 이 깊은 산속마을은 마치 시계바늘이 멈추어버린 동화의 세계같이 평화롭다. 그는 천천히 길을 따라 걸었다. 주변은 온통 울창한 숲으로 덮여 있었다.

그 숲 속을 휘돌아 흐르는 계곡의 물은 수정처럼 맑다. 해인사에서 내려오는 이 개울은 밑으로 내려오면서 더욱 폭이 넓어지고 수심은 얕았다. 도로에서 건너편 마을이나 산으로 가려면 징검다리를 건너야 한다. 징검다리도 그때 그대로다. 그는 의식을 집행하기 직전의 제사장처럼 엄숙하고 숙연한 표정으로 천천히 징검다리를 건너 강 저쪽 산기슭을 향해 올라갔다. 경사가 느슨한 작은 언덕에 가늘고 길게 자란 한 그루의 소나무가 외롭게 서있다. 그 아래 다 쓸어져 가는 낡은 초가 한 채가 있었다. 모두가 눈에 익은 풍경들이었다. 그 옆에는 꽤나 넓은 콩 밭이 있다. 그때와 다른 것은 하나도 없었다. 다만 그 외딴 집에 지금은 아무도 살고 있지 않은 듯 문짝이 떨어져 나가고 마당에는 잡초가 무성하게 자라 있었다. 벌레 먹어 기우뚱하게 기울어진 기둥에 힘겹게 매달린 부엌문 아래쪽 돌쩌귀는 암돌쩌귀는 간 곳이 없고 수짝만 남아 덜렁거린다. 수북한 먼지와 모래에 묻혀 나뭇결마저 희뿌옇게 변해버린 낡은 마루에는 쥐새끼들의 발자국조차 지워져가고 있었다. 그는 우악스런 대들보에 매달려 겨우 버티고 있는 서까래. 그 것을 받치다 지쳐 한쪽으로 비스듬히 기울어진 기둥을 손으로 쓸어본다. 이내 손바닥이 잿빛으로 멍이 든다. 그는 먼지 가득한 마루에 털썩 주저앉아 담배를 피워 물었다. 길게 내뱉는 연기가 추녀 밑에서 맴돈다.

지금도 그 해 여름의 일이 생생하다. 그때 그는 대구에 살고 있었다. 6 · 25전쟁이 일어났다. 전쟁이 일어난 3일 후에는 서울이 함락되었다. 그리고 한 달 후에는 파죽지세로 밀고 내려오는 적의 기세에 미 8군사령관이 모든 병력을 낙동강 방어선으로 철수 명령을 내릴 정도로 밀리고 또 밀렸다. 그때 대구에서 글깨나 하는 사람들은 정감록에 기록되어 있는 십승지지중의 하나인 지리산이나, 가야산으로 가야 살아남는다고 모두들 그곳을 향해 피난을 떠나고 있었다. 부산으로 가야 산다고 우기는 사람도 있었다. 그러나 그의 아버지는 정감록의 신봉자였다. 그는 아버지를 따라 가야산 줄기 깊은 산속 외딴 이집으로 피난을 왔다. 그를 데려다 준 아버지는 다른 가족들과 짐을 챙겨 내일 들어오겠다고 약속하고 그날로 대구로 다시 나갔다. 그러나 바로 다음 날 인민군이 이 마을 읍내에 들어왔다는 소식이 들려오고 가족들은 끝내 대구에서 들어오지 못한 채 혼자 머물게 되었다. 9월에 서울을 수복했다는 소식을 듣고서야 찾아온 그의 아버지를 따라 대구로 나올 때까지 3개월을 머물렀다. 이듬해 복학하여 학교를 다니고, 고등학교 교사 발령을 받아 몇 해가 지난 오늘까지도 까마득하게 잊고 있었다. 마침 여름 방학을 맞아 교지 원고 1차 윤독회를 위해 편집위원들이 해인사로 모이기로 결정했다. 참석할 것인가 말 것인가를 놓고 며칠을 고민하던 그는 정리할 것은 정리하자는 쪽으로 가닥을 잡고 하루 전날 출발하여 이곳을 찾았다.

해인사는 내일까지 가면 된다. 여기서 해인사까지는 걸어서도 2시간이면 충분한 거리다. 아직 해가 질 때까지는 서너 시간은 남았다.

지난 회한을 지워버리기라도 하듯 피우던 담배를 구둣발로 모질게 비벼 *끄고*는 일어섰다. 초가에서 나왔다. 소나무 숲 언덕을 넘어 조금만 가면 넓은 콩밭이 있다. 그때와 다름없이 한여름의 무거운 햇볕을 받아 푸르다 못해 검은빛을 띤 콩 이삭들이 널려있다. 개울을 건너 온 바람에 콩잎의 물결이 언덕 밑으로 흘러내린다.

순간 6년이란 세월이 허공 속으로 날아가 버리고, 어느 새 '열여섯 살의 여름'으로 돌아온다. 우리의 독립을 찾아 준 정의의 나라요, 세계에서 가장 강한 나라라고 굳게 믿고 있었던 미군이 북한군과의 첫 교전에서 150명의 전사자를 내고 패퇴하고 말았다는 절망적인 소식을 마을 사람들의 입에서 들은 그 다음 날 기다리던 가족은 오지 않고 처음 보는 낯선 군인들이 마을에 들어왔다. 마을 사람들이 인민군이라고 부르는 그들은 스스로 해방군이라며 우리를 해방시켜주겠다고 했다. 언덕 위 느티나무 뒤에 숨어서 내려다본 그들은 군인이라고 하지만 늠름하고 씩씩한 청년들이 아니라 깡마르고 야윈 소년들이었다. 그도 붙잡혀 갈 것만 같은 불안감에 그 굵은 느티나무만 힘껏 끌어안고 대구가 있을 듯한 하늘만 쳐다보며 아버지를 원망하였다. 정감록을 신봉하는 아버지 때문에 그 무시무시한 해방군에게 벌벌 떨며 지내는 고아 아닌 고아가 되어버린 것이다. 부모님이 계시는 대구로 들어가는 모든 길은 낙동강에서 막혀버렸다. 먹을 것도 입을 것도 챙겨 오지 못한 그는 외톨이가 되었다. 쉽게 대화를 나눌 사람도 없었다. 배가 고파도 밥 달라고 말할 데가 없었고 무서워도 기댈 사람이 없었다.
밤만 되면 인민군들의 군화 발소리가 여기까지 들려왔다. 낙동강 전선으로 가는 것이다. 가끔 고령군 쪽에서 들리는 폭격소리가 집을 흔들 때면 이불을 쓰고 숨소리를 죽였다. 이 산골 마을 사람들도 많이 사라졌다. 부자라는 말을 듣던 사람도, 군이나 면에서 일하던 사람들도 보이지 않았다. 더러는 안전한 곳을 찾아 더 깊은 산 속을 찾아가기도 했다. 이 마을에는 남자라고는 거의 볼 수 없었다. 전쟁 전에는 먹고 살기 위해 이 마을을 떠났고, 전시에는 살기 위해 떠났고, 젊은이들은 군에 입대한다고 떠나고 없었다. 떠난 사람보다는 새로 들어오는 사람이 더 많았다. 대구를 비롯하여 서울 등 전국 각지에서 좁쌀만큼이라도 피가 섞였거나 살이 섞인 사람은 친척입네 하고 다 밀려드는 것 같았다. 열세 살 된 말순이와 그의 어머니, 그리고 말순이의 할머니, 세 사람이 사는, 마을에서도 가장 외딴 이 집에도 아래 마을 친척들을 비롯하여 낯선 피난민까지 들어와 스무 명 가까이 모였다. 이들 중에는 자기들이 먹을 양식을 갖고 온 사람도 있으나 거의 대부분의 사람들이 빈손으로 왔다. 식량을 갖고 온 사람이나, 빈손으로 온 사람이나 모두 한 식구가 되어 차별 없이 먹고 지냈다. 역시 가지고 온 게 하나도 없는 어린 그에게만은 대우가 남달랐다.

집주인인 말순이네 식구들이 마치 귀공자 모시듯 하니 이곳에 와 있는 다른 사람들도 각별하게 위해주었다. 남과 나른 신분인 것도 아니다. 그렇다고 혈연관계가 있는 것도 아니요, 집안일을 거들어 주는 것도 아니다. 딴 사람과 다른 점이 있다면 그들의 동경의 땅인 대구에서 왔다는 것과 당시 시골에서는 부농이 아니면 갈 수 없는 중학교 교복을 입었다는 것 말고는 다른 것이 없다. 더 있다면 피부색이 희고 키가 훤칠하며 이마가 넓어 호남(好男)형으로 생긴 외모가 다른 점일 수도 있다. 어쨌든 그는 그들에게는 언제나 다른 세계에서 온 귀공자의 대우를 받았다.

　그 집에 살고 있는 또 한 사람, 말순이의 친구 은혜도 없어서는 안 될 귀한 존재였다. 스무 명에 가까운 식구들의 세끼 밥은 말순이와 은혜 그 두 사람이 모두 해냈다. 그리고 말순 이와 은혜는 밥뿐만 아니라 빨래, 청소, 가축 기르기, 방아 찧기, 밭에 가서 반찬거리 장만하기, 그 많은 일들을 해냈다. 그렇게 많은 일을 하고도 시간이 남아서 두 사람은 뒷산에 가서 부지런히 나물을 뜯어 오기도 했다. 그녀들을 보고 있노라면 든든하게 여겨져 기대고 싶은 충동이 일곤 했다. 도회지의 하얀 얼굴을 갖고 맵시만 다듬는 여학생쯤이야 열 명이 덤벼도 이기지 못할 것 같은 건강미 넘치는 검은 얼굴에 피어나는 미소의 순박함이 그의 마음을 사로잡았다. 말순이와 은혜야 말로 그 누구의 손도 닿지 않은 고귀한 원석 같은 아름다움이 숨어 있을 것이라는 생각이 들곤 했다.

　"오빠, 밥은 이 거대이."

　스무 그릇이나 되는 밥그릇은 모양이나 크기가 다 비슷하다. 굳이 누구의 밥이라고 이름 붙일 일도 없다. 둘러 앉아 밥을 먹을 때면 맛있어 보이는 반찬은 그가 앉은 쪽에서 가깝게 올려놓을 뿐 아니라 유독 그의 밥그릇만은 따로 챙겼다가 올려놓는다. 얼른 보아 보리쌀이 많이 섞인 다른 밥그릇보다 흰 쌀이 더 많다. 몇 숟갈 뜨다보면 밑에 물컹한 계란 노른자가 보인다. 이곳에서 계란은 몹시 귀한 것이다. 마당에 놓아기르는 닭은 계란을 한 달에 스무 알도 낳지 못했다. 한 사람이 한 달에 한 알을 먹기도 힘들다. 가끔은 늦은 시간까지 불을 끄지 않고 있는 밤이면 군것질 감을 몰래 방에 디밀어 주고 가기도 한다.

그런 군것질이나 계란을 아무도 눈치 채지 못하게 얻어먹은 날은 은혜가 더없이 착해 보였다. 아니, 그런 날의 은혜는 얼굴도 더 곱고 예뻤다. 그런 날이면 천장에 은혜 얼굴을 수없이 그리다가 잠들곤 했다.

한여름의 시골 햇볕은 유달리 뜨겁다. 가만히 앉아있어도 흐르는 땀을 주체할 수 없어 그날도 골짜기 냇가에 올라가 멱을 감고 내려오는데 멀리 콩밭이랑에서 날아드는 새떼를 쫓고 있는 은혜가 보였다. 질러가는 길도 있건만 일부러 도랑 밑으로 내려가 빙 둘러서 콩밭위로 올라섰다. 은혜와 눈이 마주쳤다고 느껴지는 순간 고개를 돌려 못 본 척하고 천천히 콩밭 옆 소나무 있는 곳으로 걸었다. 그 곳에서는 징검다리와 도로가 훤하게 보이면서도 개울 건너 큰 길에서는 보이지 않고, 등 너머 마을은 언덕에 가려져 남의 눈에 잘 뜨이지 않는 곳이다.

"오빠, 어디 갔다오능교?"

뒤 따라오며 부르는 은혜의 목소리를 듣고 돌아보았다. 가까이 다가서자 그는 소나무 그늘 아래 앉으며

"멱 감고 오는 거야. 은혜는 집에 누가 살고 있지?"

"엄마와 할미가 살고 있어예"

"집에도 농사일이 많을 텐데. 왜 여기 와 있지?"

"어디예, 안 많아예. 엄마가 여서 말순이 도우라 캤어예"

은혜와 말순이는 초등학교를 함께 다닌 단짝이다.

"일이 많아 피곤할 텐데, 힘들지 않아?"

"아이라예. 집보다 여가 더 편하고 좋아예."

그런 은혜의 마음을 모르겠다는 듯 눈을 크게 뜨고 쳐다보는 그의 시선을 피하며

"오빠가 있어 좋아 예, 오빠를 보면 불쌍하기도 한데 좋아예."

수줍어 붉어진 볼이 막 피어난 꽃망울에 이슬이 맺힌 듯 아름다웠다. 오빠가 불쌍하다고 말하는 은혜를 그는 가엽고 애처로운 눈으로 보았다. 그는 진주알보다 더 아름다운 은혜가 흙속에 묻혀있는 것 같아 전에 없이 은혜가 아깝다는 생각이 들었다.

농토라야 비탈밭과 다랑논밖에 없는 가야산 산줄기에 자리한 이 마을은 예로부터 헐벗고 굶주려온 마을이라고 이곳에 처음 들어오던 날 아버지께 들었다. 해방 후 농지개혁으로 지주가 사라지고 소작제도가 철폐되었다 해도 이 마을은 원래부터 소작 줄 지주도 없었던 마을이라 더 나아질 것이 없었다고 한다.

"아버지는 내가 조맨 할 때 돈 번다고 일본으로 갔다 캅디다. 오빠는 지난달에 군대 갔어예."

"그럼 아빠 소식은 듣나?"

"어디예. 없어예. 죽은 줄도 몰라예."

고개를 푹 숙인 채 깔고 앉은 바위의 귀퉁이를 만지며 말하는 은혜의 목덜미가 발그레하게 물들었다. 단발머리 밑으로 보송보송 피어나는 하얀 솜털이 새삼 애처롭고 여리다. 워낙 가난한 마을이라 해방이 된 후에도 새로운 기대를 가지고 마을을 떠난 장정들이 꽤 많다는 것은 이미 들은 말이기도 하지만 다 큰 처녀들도 큰 도시로 식모살이 나가는 것을 행운으로 여긴다는 것이다.

"오빠도 어디로 나갈 궁리만 하다가 전쟁이 났다 카니까 좋다 카고 나가데예."

"은혜도 도시로 나가고 싶겠네."

"별로라예. 할메랑 어무이랑 여서 살아야지에. 여도 부지런하면 밥은 안 굶어예."

"은혜는 아빠나 오빠가 원망스럽겠구나?"

무심코 한 그의 말에 은혜는 펄쩍 뛴다.

"와예? 아이라예. 여자들도 기회만 있으면 대처로 나가려하는데 남자들이 여 있으면 어쩝니꺼?"

불만이 무엇인지 원망이 어떤 것인지도 전혀 모르는 것 같은 그녀의 순박함이 바람결을 타고 그의 가슴에 전해오는 듯 상쾌하다.

그는 다락방에만 종일 숨어 있기가 무료하기도 하고, 아무 일도 하지 않은 채 밥만 얻어먹는 것도 미안하여 가끔 마당을 쓸기도 하고 닭모이 주는 일을 돕거나 때로는 땔감을 구하러 산에 가는 사람을 따라가 삭정이를 줍기도 했다. 하루는 텃밭머리에 앉아서 저녁 반찬거리를 준비하고 있는 말순이와 은혜를 발견하고 그녀들과 멀지 않은 이랑에서 고추를 따는 척하며 가까이 다가갔다.

"은혜야. 고추 저래 따마 가지 다 베린다 아이가. 니 좀 갈쳐줘라."

속삭이듯 작게 말하는 소리가 그의 귀에는 또렷하게 들렸다. 원래 말순이의 음성이 큰 편이기도 하지만 그의 모든 신경이 그녀들에게 집중된 탓일 것이다.

"야는? 와 내보고 하라 카노? 니가 캐라."

별 의미 없이 던진 말순 이의 말에 속마음을 들킨 듯 당황하여 쏘아붙인 은혜를 보고 깔깔대는 말순이를 따라 같이 웃는 은혜의 웃음소리가 때 묻지 않은 새 옷처럼 신선하다. 고추를 따보기는커녕 고추밭 구경도 처음 해 본 그는 그녀들의 웃음에 부끄러움을 느껴 잠시 손을 멈추고 그 자리에 서버렸다.

"저 손 좀 보레이. 머시마 손이 가시네 손보다 더 곱고 희제."

그리고는 또 웃음소리가 들려온다. 하루 종일 깔깔대고 희희덕거린다. 계곡의 바위를 맴돌며 노래하는 물소리처럼 시원스러운 말순이의 웃음소리와 하늘을 나는 종달이의 노래 소리보다 더 맑고 푸른 은혜의 웃음소리가 이루는 아름다운 화음에는 텃밭의 고춧잎들도 춤을 춘다. 그 웃음 속에는 전쟁이나 죽음의 공포 같은 흔적은 끼어들 수가 없다. 현실에 대한 원망도 미래에 대한 불안도 다 삼켜버리는 것 같았다. 마치 속세를 버린 은사의 달관한 웃음과도 같았다. 처음 당한 전쟁의 공포 속에 역시 처음으로 부모를 떠나 낯선 곳에서 고아 아닌 고아가 되어버린 불안 속에 떨고 있던 열여섯 살의 중학생이던 그에게는 두 소녀의 웃음소리가 가장 큰 위안이었다. 그는 머쓱해져서 그녀들을 바라보고 있었다.

"오빠, 고운 손 다칠까 겁난데이. 광주리만 들고 우리 따라와!"

라고 말하며 텃밭 이랑으로 들어간다. 그는 고추광주리를 들고 뒤를 따른다. 짙은 풀 향기와 싱그러운 햇살에 취하여 가슴에서 벅찬 환희가 솟아오르는 것처럼 온 몸이 가벼워지더니 마치 공중을 날 것만 같은 흥분을 느꼈다.

그는 고추 따는 법과 상추와 쑥갓 다듬는 법도 배웠다. 사람을 풍덩 빠트릴 듯 남달리 크고 맑은 눈동자만큼 아름다운 마음씨를 가진 은혜는 일을 하면서도 짬짬이, 말순이와 수다를 떤다. 중간 중간 대화가 끊어질 때마다 은혜는 마을로 연결되는 징검다리를 주시하고 있었다. 그가 얼마 전 아버지를 따라 건너온 징검다리다. 이 외딴 집에 오려면 그 누구도 징검다리를 건너지 않고는 올 수가 없다. 혹시나 집을 나간 아버지와 오빠가 돌아오지 않을까 하는 기대감 때문에 은혜의 눈은 징검다리를 향하는가보다. 일손을 잠시 멈춘 은혜는 그를 한 번 힐끗 쳐다보고는 다시 징검다리를 향한다. 아버지와 오빠를 떠나게 만든 서운한 징검다리였던 것이 이제는 새로이 오빠라고 부를 수 있는 그를 만나게 만들어준 행운의 징검다리가 된 것이다.

그날도 하늘은 눈부시게 맑고 깨끗했다. 그는 은혜와 둘이서만 개울가 상추밭으로 가고 있었다. 가늘고 긴 가지들이 그늘을 짓고 있는 소나무 숲을 지날 때, 바로 앞 언덕위에서 큰 돌덩이가 날아 온 것 같은 느낌이 드는 순간 무서운 폭음과 함께 철판을 쥐어뜯는 듯한 연속음을 내면서 순식간에 새떼 같은 세이버 제트기 편대가 은빛 찬란한 날개를 흔들며 하늘을 덮는다. 하늘을 한 바퀴 도는가 싶더니 갑자기 쌀알만 한 빨간 불덩이들을 물 뿌리듯 뿌려댄다. 엉겁결에 콩밭으로 몸을 던졌다. 겁에 질려 고개를 들 수가 없다. 엉덩이는 하늘을 향한 채 머리만 밭고랑에 쑤셔 박았다. 폭음소리가 터질 때마다 머리만 콩뿌리 사이 흙을 향해 더 깊숙이 쑤셔 넣었다. 숨 쉬는 것도 겁이 났다. 의식이 몽롱해졌나. 잠시 후 비행기 소리는 사라지고 냇물소리만 들렸다. 주변이 조용해 졌다. 살며시 눈을 뜨니 화약 냄새가 코를 찌른다. 몸을 일으키려 했다. 그때 하얀 천이 어깨위에서 날렸다. 은혜의 치맛자락이다. 그제야 등에서 부드러운 체온이 무겁게 느껴졌다. 은혜다. 그녀는 겁에 질린 그의 몸을 감싸고 있었던 것이다. 몸을 일으켜 옆으로 비켜 앉으며

"오빠. 괜찮재?"

하며 부드럽게 웃는 그녀의 발그레한 볼에 입이라도 맞추어주고 싶을 정도로 고맙고 귀엽고 또 부끄러웠다. 총알이 날아오는 위험한 순간. 은혜를 의식하지 못하고 혼자 겁을 먹고 콩밭에 몸을 묻은 자신의 나약함을 들킨 것 같아 창피했다. 그런 그를 미워하지 않고 등을 덮어 가려주고 그가 무사한 것만을 다행으로 여겨 웃어주는 은혜의 마음에 빨려드는 감정을 누를 수 없었다.

대구에서 본 열세 살 여중생들은 어리광이 남아있는 어린 소녀였다. 그러나 은혜와 말순이는 매일같이 아침 6시에 일어나 20명에 가까운 피난민 가족들의 아침 식사를 챙겼다. 그리고 숨 돌릴 시간도 없이 다시 점심 준비, 치우고 나면 저녁을 차려 내었다. 그것만이 아니었다. 틈틈이 청소도 하고 빨래도 했다. 그렇게 억척스럽게 일을 하면서도 피곤한 기색이 없다. 그는 어쩌다 야산에 땔감 주어오는 날이면 지게의 반도 채우지 못했으면서도 솜처럼 풀어진 몸뚱이가 되어 숨을 할딱거리기 일쑤였다. 일 할 줄도 모르고 기운도 없어 아무 일도 도와주지 못한다는 생각에 밥 먹는 것도 미안하고 부끄러웠다. 그런 그를 알뜰히 챙겨주는 나이 어린 은혜가 누나처럼 어머니처럼 든든하기도 했다.

가난으로 멍들었을 가슴에 무엇이 남아 푸근한 정이 넘치게 하는지 신기하기도 했다. 가을걷이하기 전 7, 8월이면 식량 사정이 가장 어려울 시기다. 친척이든 아니든, 양식을 가지고 오든, 빈손으로 오든, 처음으로 온 사람이든, 자주 오던 사람이든, 똑같은 대접이다. 때가 되면 밥을 주고, 술독에 술이 익으면 술도 퍼 주었다. 후한 마음이 앞 내의 흐르는 물과 같이 넘쳐흐른다.

은혜와 말순이는 늘 바빴다. 왜 밥을 해 주어야하는지. 왜 잠을 재워 줘야하는지에 대해서는 전혀 생각하지 않는 그들을 처음에는 몹시 고마워하던 피난민들도 차츰 당연하게 여기며 때로는 서운한 감정도 드러내기도 한다.

그는 툇마루에 둘러 앉아 고추장에 보리밥을 비벼 상추에 쌈 싸먹은 후 부른 배를 안고 마루기둥에 기대앉았다. 징검다리 건너 큰 길에는 한낮인데도 오가는 사람이 보이지 않는다. 마당가운데서 설거지를 하며 힐끗거리던 은혜가 앞치마 자락에 손을 닦으며 일어선다.

"오빠, 늪(沼)에 가자. 거가서 애기부들 따와야겠다."

"애기부들이 뭐지?"

"것도 모르나? 오빠 방에 있는 그 방석이 부들로 만든 거 아이가. 대구는 그런 거 없나? 여서는 그걸로 자리도 만들고 부채도 만들고, 옛날엔 신발도 만들었다 카드라."

마치 수용소 노역에 끌려온 포로처럼 일밖에 모르는 은혜와 말순이지만 아는 것도 중학교를 다닌 그보다도 훨씬 많은 것 같았다. 그들의 유일한 휴식은 뒷밭에 가는 일, 인민군이 보이지 않을 때를 틈 타 산 아래에 있는 개울까지 내려오는 일이 고작이었다. 그는 그런 은혜나 말순이의 청을 감히 거절 한 적이 없었다. 아니 어디든지 같이 가는 것이 즐거움이었다.

마치 아이스케이크처럼 둥글고 긴 열매가 고운 꽃가루를 날리는 애기부들이 지천으로 깔려있는 야트막한 늪. 부들 잎을 바구니에 뜯어 담으며 은혜는

"이걸로 오빠 돗자리 만들어 주께. 대구 나갈 때 가져가서 아부지 드려봐라. 엄청 좋아할 끼다."

라고 말하며 그이 곁을 맴돌았다.

나무그늘에 덮인 펑퍼짐한 바위위에 나란히 드러누웠다. 은혜가 먼저 머뭇거리며 조심스럽게 입을 열었다.

"오빠, 어제 마실 가서 들었는데, 대구 사람들은 도망 못 가게 미군들이 호열자 균을 퍼뜨려서 거의 다 죽었다 카더라."

말순이도 알고 있었다는 듯한 표정이다.

"괘안타. 오빠 부모님은 높은 분이라 미군들이 다 보호하고 있을 끼다. 우리 어메가 카는데 오빠 부모님은 괘않다 카더라."

순간 그의 눈앞에 검은 장막이 펼쳐지는 듯한 어둠을 느꼈다. 여기 그를 남겨두고 나가며

"내일 짐들을 챙겨서 모두 들어올 테니 여기 있어라."

라는 말 한 마디 던지고 나간 아버지와 가족들을 못 본지 벌써 두어 달이 되었다. 그 날 인민군이 들어오고 낙동강 다리가 끊어졌다. 대구에서 한 발자국도 움직일 수가 없었다. 그런 사정을 잘 아는 말순이는 은혜에게 엉뚱한 말을 한다고 핀잔을 주었다. 열세 살 어린 나이이면서도 대구 여학생들보다 훨씬 생각이 깊어 어른스럽다.

그는 8 · 15 해방과 더불어 상륙한 미국병사에게 난생 처음으로 껌과 초콜릿이란 것도 얻어먹어 보았다. 우리나라를 독립시켜준 미군이다. 세계에서 제일 위대하다고 굳게 믿고 있던 미군이다. 그들이 호열자 균을 퍼뜨렸다는 것이 너무도 뜻밖이지만 누구보다 믿는 은혜의 말이기에 사실로만 여겨졌다.

그는 이제 이 세상에서 정말 혼자가 된 느낌이었다. 부모는 물론 집도 땅도 없는 외톨이가 된 것이다. 그래도 집이 있고 어머니와 친척이 있는 은혜가 갑자기 부럽다는 생각이 들자 공중에서 커다란 바위가 내려와 가슴을 짓누르는 것 같이 답답해진다. 그렇게 그의 슬프고 괴로운 마음을 알아차린 은혜가 화제를 바꾸었다.

"오빠, 이 늪의 깊이가 얼만지 모르제."

그가 대답 없이 옆으로 일어나 앉으며 멀리 징검다리 건너를 바라보자

"오빠, 이 늪 아래는 세상에서 가장 불쌍하고 의지할 곳 없는 착한 사람이 빠지면 걱정과 슬픔이 없는 아름다운 극락세계로 인도해 주는 이무기가 살고 있다 카더라."

무슨 귀신 떡 갈라 먹는 소리냐고 면박하고 싶었으나, 너무나 굳게 믿고 있는 것 같아서 잠자코 있었다. 마음속에서는 누구를 향한 분노인지 모를 화만 끓어오르고 있었다.

이 일대에서는 술도가 집이 가장 부자다. 그 집에만 면장 집에도 없는 미제 제니스 라디오가 있다. 마을 사람들은 그 집을 통해서 세상 소식을 듣는다. 미군들이 호열자의 균을 뿌렸다는 소문도 그 집 일꾼의 입에서 나온 말이기 때문에 모두가 믿었다. 그는 인민군들 하고도 친해서 인민위원회와 민청에도 자주 드나든다. 그게 사실이라면 대구의 가족들이 모두 희생되었었을 지도 모르는데 나만 여기서 밥만 먹고 세월을 보내야 하는지? 은혜를 통해 그 이야기를 전해들은 순간부터 대구에 있는 가족들 곁으로 달려갈 수 없는 현실이 너무도 답답하였다. 앞날의 운명에 대한 불안으로 그 누구의 말도 귀에 들리지 않았다. 총

이 있다면 어느 쪽으로라도 쏘아야할 것 같은 생각이 들었다.

술도가 집을 제외하고는 모두가 문명과는 거리가 먼 사람들이다. 일제 강점기 때나 해방된 후나 그저 흙을 파는 일만 계속 했을 뿐. 달라진 것은 아무것도 없는 여기 사람들은 오로지 이곳을 떠나는 길만이 사는 길이라고 믿고 있다. 은혜의 아버지도, 오빠도 집을 팽개치고 떠나 버렸다. 그는 이런 생각에 젖어 그저 멍청한 시선으로 먼 산만 바라보고 있었다. 마치 포수에게 쫓겨 달아나다가 갑자기 걸음을 멈추고 우뚝 서서 먼 산을 바라보며 포수의 총알을 기다리는 사슴과 같다는 자괴심에 빠져 들었다.

누구를 향한 분노인지 모를 울분과 공포와 불안이 뒤섞인 나날을 지새운 지 며칠이 지났다. 그날도 그는 고추밭 밭둑에서 죄 없는 땅바닥만 사정없이 후벼 파내고 있었다. 씩씩거리며 거친 숨을 몰아쉬는 그의 곁에 언제 왔는지 은혜가 빨래바구니를 들고 서있었다.

"오빠, 어제 밤에는 인민군들이 김천 쪽으로 다 갔다 카더라. 아마 미군이 낙동강을 건너 왔는가 봐."

그의 유일한 정보통인 은혜가 그를 흘끔 쳐다보며 말을 한다. 그는 호미를 둑 위에 놓으며 고추밭 이랑사이로 들어섰다. 은혜의 빛바랜 흰 무명치마자락이 뒤따라온다. 그는 돌아서 마주 보았다. 그녀의 빨래바구니 안에 들어있는 새하얀 옷들은 그의 옷이었다. 은혜의 낡은 저고리 섶이 볼록하다. 따뜻한 봄날. 갓 피어난 조그만 꽃봉오리가 금방이라도 터질 것 같은 모습이다. 그의 시선이 부담스러운 듯 몸을 옆으로 돌리며 옷섶을 여미는 손이 작고 귀엽다. 저렇게 어린 손으로 그 많은 식구들을 뒷바라지 하면서도 힘들어하거나 싫증을 내는 일이 없었다. 은혜의 귀밑 솜털이 햇볕에 반짝인다.

"은혜야, 네가 정말 내 누이였으면 좋겠다."

그는 이렇게 말하고는 얼른 돌아서 이랑을 걸었다. 해서는 안 될 말을 한 것 같은 당혹감에 뒤를 돌아보지 못한 채 쪼그리고 앉아 고추를 땄다. 파란 풋고추의 매끄러운 감촉에 은혜의 손마디가 떠올랐다. 바로 옆 이랑에서 빨간 고추를 따기 시작한 은혜의 말소리가 슬픈 연극의 대사처럼 촉촉하다.

"오빠는 곧 대구 집으로 돌아 갈 수 있겠네."

그는 이별을 아쉬워하는 은혜의 마음속에 희망의 씨앗을 심어두고 싶었다.

"내가 은혜를 잊으면 사람이 아니지…"

그는 자신의 말이 진심이라는 것을 은혜가 믿어주기 바랐다. 은혜를 영원히 지켜주고 미래를 책임지겠다는 말도 하고 싶었지만 차마 입 밖에 내지를 못했다.

며칠 후였다. 수복지구 치안을 담당하는 경찰 선발대를 따라, 호열자로 죽은 줄만 알았던 그의 아버지가 민간인으로는 제일 먼저 그곳을 찾아 왔다. 그의 아버지는 말순이 어머님과 힐미니에게 감사히다는 말을 거듭하며 사례금으로 도톰한 봉투를 내놓았다. 한사코 뿌리치는 그들의 손에 던지다시피 하고 그날로 길을 나섰다. 언덕 아래로 내려오며 뒤를 돌아보니 은혜가 내려다보고 있었다. 한 손을 들어 흔들어 보이고는 아버지의 빠른 걸음을 뒤 쫓았다. 하루 밤쯤은 이 집에서 자고 가도 좋았을 텐데 말이다. 그리고는 아버지와 그간의 이야기를 나누며 서둘러 걷느라 다시 뒤를 돌아보지 않았다. 징검다리를 다

건널 무렵에야 뒤를 한 번 돌아보았다. 그때 은혜는 집 뒤의 콩밭으로 올라가고 있었다. 무명 치마를 바람에 날리면서 그녀는 도망치는 병사처럼 허겁지겁 올라가고 있었다. 그는 시야에서 점점 멀어지는 은혜의 모습을 보면서 스스로에게 다시 한 번 다짐했다.

"내가 아무리 힘들더라도 은혜 너만은 꼭 지켜 주마!"

"너는 이 풍토에서 홀로 서기에는 너무 깨끗해 힘들 거야."

"너는 면역성이 없어, 감염되면 바로 죽는다."

"너는 어떤 일이 있어도 내가 너를 지켜 줄 거야."

그렇게 수없이 맹세하면서 마음속으로 되뇌었다. 이렇게라도 해야 그녀와 헤어지는 아픔과 아쉬움이 조금은 가라앉을 것만 같았다. 그는 그렇게 그곳을 떠났다.

그리고 그는 2년 후에 대학에 진학을 하였고 그 후에도 가끔씩 은혜가 생각났다. 아니, 은혜의 모습이 마음을 헤집고 들어왔다. 그녀의 여린 몸에서 피어나던 강한 전류가 그의 가슴에 파문을 그리며 흘러가곤 했다. 날이 갈수록 그녀의 모습은 환상 속에서 성장하고 있었다. 보고 싶었다. 잊으려고도 했다. 그러면 그럴수록 그의 의식 안에서 은혜는 더 아름다운 모습으로 자라고 있었다. 그럴 때마다 혼자 다짐했다.

"은혜. 너는 흙 속에 숨어있는 보석 같은 여자야. 내가 닦고 다듬어서 금강석보다 더 찬란한 여자로 만들 거야. 기다려."

그런 은혜가 어느 날 홀연히 학교로 찾아 왔다. 그토록 마음속에 아름다운 환상으로 그려지던 은혜가 아니라 추레한 차림에 검게 그을린 촌스러운 시골여자였다. 행여 다른 학생들의 눈에 뜨일까 염려되어 얼른 학교 뒷골목 빵집으로 데리고 갔다. 그는 앞에 서서 빠른 걸음으로 걷고 은혜는 대여섯 발자국 떨어져서 따라왔다. 아니 그가 그렇게 떨어뜨려 놓았다.

은혜의 입에서 어떤 말이 나오려는지 두려운 생각에 그는 아무 말도 하지 않고 있었다. 그렇게 아무 말 없이 한참을 마주 보던 그녀가 그의 어두운 마음을 다 읽었다는 듯이

"부산 친척 집에 가는 길에 오빠 얼굴만 한 번 보려고 왔어 예."

웃는 그녀의 눈가에는 쓸쓸하고 슬픈 그늘이 드리워졌다. 그도 무슨 말이든 해야만 될 것 같아

"말순네는 다들 편안하시지?"

겨우 말순네 안부만 물었다. 그리고는 더 이상 무슨 말을 할 수가 없었다. 2년 후 대학을 마치면 존경받는 고등학교 교사가 되어야한다. 그리고 부모님이 자랑스럽게 여길 수 있는 집안의 여자를 아내로 맞아야하는 것은 이미 정해진 길이다. 그리고 모든 주변사람들로부터 부러움과 존경을 받아야만 하는 것은 지극히 당연한 일이다. 너무 어릴 때 철없이 뱉은 말 때문에 이런 정해진 길을 벗어날 수는 없는 것이다. 은혜에게는 다른 방법으로 신세를 갚을 수도 있을 것이란 생각이 들자 서서히 마음의 안정이 찾아왔다.

"은혜도 공부를 했으면 훌륭한 여자가 될 수 있었을 텐데…"

안타깝다는 표정으로 애써 웃음을 짓는 그의 변명에 은혜는 대답이 없었다.

"오빠, 기차시간이 다 돼서 지금 갈게."

그렇게 길게만 느껴지는 몇 분이 지난 후 멋쩍은 표정으로 일어서

며 말하는 은혜가 비로소 고마웠다.

"내가 대구역까지 데려다 주고 싶은 데 강의 시간이 돼서…."

거짓말이다. 서너 시간 후에 있는 문학동아리 모임까지는 할 일이 없었다.

"내가 눈치 없이 와서 공부하는 사람 방해만 했제. 오빠 미안타. 공부 열심히 하소."

돌아서 힘없이 걷던 그녀가 골목입구에 이르자 뒤를 돌아본다. 눈이 마주치자 몸을 획 돌려 뛰기 시작한다. 대구로 돌아오던 그 날 뒷밭으로 황망히 올라가던 그때 그 모습과 너무나 흡사했다. 그제야

"조심해 잘 가"

그의 목소리는 작고 떨려 밖으로 나오지도 못하고 입안에서 사라졌다. 그렇게도 보고 싶었던 은혜였다. 그렇게도 아름다운 환상으로 남았던 은혜였다. 그런데도 만나는 그 순간 반가움보다는 부끄러움이, 기쁨보다는 두려움이 앞서 당황했던 자신을 비겁한 배신자라고 실망했을 것이다. 양의 탈을 쓴 늑대라고 여겼을 지도 모른다. 비겁한 자신이 싫었다. 괴로웠다. 늦었지만 지금이라도 그녀에게로 달려가 사죄하면서 따뜻하게 대해 주고 싶었다. 그러나 그는 그 자리에 선 채 꼼짝도 하지 않았다. 마치 강력한 자석에 단단히 붙어 있는 쇠붙이처럼 말이다. 어쩌면 착하기만 한 은혜이기 때문에 살아가는 세상이 다른 그를 이해하고 용서했을 거라는 믿음도 없지 않았다.

은혜가 떠난 한참 뒤에야 그는 도서관이 있는 언덕위로 천천히 걸었다.

그 후 교단에서 학생들을 가르치면서부터 은혜의 환상은 다시 그를

괴롭히기 시작했다. 그렇게 매정하게 떠나보낸 죄책감이 엄습해올 때면 스스로 죄어드는 가슴에 고통을 느꼈다.

전에는 없던 88고속도로 위로 달리는 자동차의 모습이 간간이 보인다. 그 밖에는 달라진 것이 거의 없다. 그는 마루에서 일어났다. 앉았던 자리에 엉덩이 자국이 크게 그려져 있다. 바지 뒤를 털었다. 먼지가 뿌옇게 날아오른다. 더 세게 엉덩이를 두들겼다. 먼지가 안 나올 때까지…. 은혜에게 지은 죄를 벌주기라도 하듯, 부끄럽고 미안한 추억을 털어버리기라도 하듯, 엉덩이를 두들겼다. 뿌연 먼지가 그를 맴돈다. 그는 이곳으로 오기로 마음을 정했을 때부터 가슴이 뛰고 긴장했다. 조금도 변하지 않은 주변의 풍경들. 외나무다리, 뒷밭으로 가는 길목에 서있는 굽은 소나무, 모두가 친근하게 다가 왔다. 그러나 사람의 흔적은 없었다. 이곳을 찾는다고 해도 은혜를 만날 수 있으리라고는 생각하지 않았지만 그래도 은혜의 소식이라도 들을 수 있지 않을까하는 기대감을 가지고 왔다.

그는 하루에도 수없이 오르내리던 그 언덕길을 천천히 오르면서 옛날을 생각했다.

그해 여름, 기총 사격을 피해 콩밭에 숨었을 때, 자기 몸을 덮어 보호 해 준 은혜의 따뜻하고, 가냘픈 숨소리가 들려온다. 그는 자기에게는 여름 이외의 계절은 없다는 느낌이 들었다.

은혜가 무사하기를 빌고 빌었다. 결혼을 하지 않았다면, 어쩜 아직 하지 않았을지도 모른다. 만약 그렇다면 이제는 떳떳이 내 동반자가 되어 줄 것을 무릎 꿇고 빌어야지. 만약 결혼을 했다면 그녀의 행복을 위하여 무엇이든 한몫을 하지 않을 수 없다는 숙명 같은 의식도 일었다. 이런 저런 생각을 하면서 산을 내려오다가 나무 짐을 받쳐놓고 쉬는 노인을 만났다. 깡마른 체구, 휑한 눈, 여러 군데 헝겊을 대어 기운 옷은 그 옛날 보던 이곳 노인들의 모습 그대로다. 곁에 앉으며 인사를 건네고 마을 안부를 물었다. 은혜의 할머니는 돌아가시고 은혜도 소식을 모른다는 것이다. 말순이만 전쟁 때에 흩어진 아버지와 오빠는 그예 돌아오지 않았고 어머니도 병으로 돌아가시고 말순이만 한길 가 버스 정류장 버드나무 밑 토담집에서 담배 가게를 하고 있다는 것이다. 지게를 다시 지는 노인의 뒤를 받쳐주고는 인사도 하는 둥 마는 둥 뛰다시피 산을 내려 와 담배 가게 문을 두드렸다.

오랫동안 배신자라는 생각이 자신을 무겁게 짓누르며 떠나지 않던 악몽에서 이제는 깨어 날 수가 있다는 희망에 어쩜 은혜를 만날 수 있다는 생각에 몸이 푸른 하늘에 둥실 떠오르는 기쁨이 솟았다. 그러한 기쁨은 온 몸이 새털처럼 가벼워지게 했다. 그가 갔을 때 말순이는 집에 없었다.

나무 상자를 뜯어 만든 마루이지만 하도 닦고 닦아서 반지르르하게 윤이 난다. 말순이가 돌아오기를 기다리는 동안, 은혜를 만나면 어떻게 할까 하는 상상에 빠졌다. 지난 날 뜻밖의 만남으로 당황하여 실수했다고 용서를 빌까? 아니면 그 때 나한테는 그럴 수밖에 없는 고통스러운 사정이 있었다고 변명을 할까? 어쩌면 은혜는 그 모든 것을 이해하고 용서했을지도 모른다. 그렇다면 구질구질한 말은 하지 말고 덥석 안아 줄까? 멋대로 생각하며 자신의 마음을 달래고 있었다.

말순이가 들어오면 분명 이렇게 말할 것 같다.

"은혜는 저 건너 마을 큰 감나무 집에 살고 있어 예."

그 말을 듣는 순간 자신은 쏜살같이 은혜를 찾아갈 것이고 그리고 그녀를 덥석 안고 말할 것이다.

"은혜야, 너를 지키기 위해 이렇게 달려 왔다."

"오빠, 고마워요, 오빠가 꼭 올 줄 알고 있었어. 예."

그렇게 말하면서 자신의 품에 안겨 뜨거운 눈물을 흘리는 은혜의 어깨를 쓰다듬어 줄 것이다. 회한의 눈물을 쏟으며 바르르 떠는 은혜의 손을 꼭 잡아 줄 것이다. 꿈같은 환영에 빠져 들었다.

밭에서 저녁 반찬을 뜯어 온 말순이는 그를 보자 잠시 멈칫할 뿐 아무 표정이 없다. 처음 만난 사람을 보듯 담담한 표정이다. 아니 보고 싶지 않은 사람을 대하듯 냉랭하다. 반가워 죽겠다는 호들갑까지는 기대하지 않았으나, 너무나 반가울 때 이곳 사람들이 하는 버릇, 돌아서서 눈물을 흘리는 정도는 할 줄 알았다. 불안함을 예감했다. 말순이가 냉담한 목소리로 말했다.

"선생님이 이곳을 떠나신 1년 후에 은혜의 홀어머니가 장질부사로 가셨어 예."

오빠가 아니고 선생님이다. 그 얼마나 싸늘한 호칭이냐, 그것도 처음 만난 사람에게 하는 말투다.

"그 길로 은혜도 이곳을 떠났으예."

"그 후 대구 어떤 식당에서 식모살이 하면서 밥은 얻어먹었다고 하데예."

"부산에 친척이 있다고 했는데…"

그의 말에 말순이는 펄쩍 뛴다.

"부산이라고예? 거는 친척은커녕 아는 사람도 없임더. 거 갈 차비도 없었고예. 딱 대구 나갈 여비만 갖고 갔는데예."

여태 까지 담담하던 말순이의 말소리가 갑자기 떨리기 시작했다.

"두 달 전에 은혜가 돌아 왔는데, 살짝 미쳤어예."

이곳에서는 정신 이상이 아니고 행동이 평소 때와 좀 달라도 미쳤다고 했다.

"여기 나하고 같이 있었으면, 아무 일 없었을 낀데, 그년이 대구는 미친 지랄한다고 기 나가서 그 지경이 되어 왔지 뭡니꺼."

드디어 말순이의 눈에는 분노인지 동정인지 알 수 없는 눈물이 고였다. 흥분하고 있었다.

"그때 선생님과 잘 가던 늪 있지 예, 거기 가서 빠져 죽었어예."

자살을 했는지 실족사를 했는지는 모른단다.

"아이고 지금쯤은 지말 맞드나 용궁에나 가 있으마 좋겠지마는…."

그 늪에는 착한 이무기가 있어 불쌍한 넋을 용궁으로 안내해 준다고 믿었던 은혜다. 그는 온 몸이 얼어붙는 것 같았다. 은혜를 그렇게 돌려보냈다는 자책감이 엄습해 왔다. 절망했다. 울부짖고 싶었다. 세상이 갑자기 암흑으로 바뀌는 것 같았다. 아픔과 슬픔이 가슴을 찢고 분출할 것만 같다. 아 이게 뭔가? 왜 이렇게 되어야만 하는가? 그는 절규하고 싶었다. 미친 듯이 절규하고 싶었다.

전쟁으로 피난 간 '열여섯 살 때의 여름' 거기서 출발한 배신과 비굴함으로 괴로워했던 그. 이제는 '살인자'가 되어 버렸다. 어둡고 괴로웠던 기억을 모두 버리고, 자신과 그녀 사이에 있었던 그 오랜 구속으로부터 자유가 되기 위해 이곳을 찾아 왔는데 모든 것이 그렇게 끝

116

나고 무너져 버렸다. 허탈했다. 그리고 그는 괴로웠다.

그는 버스 정류소 쪽을 향해 천천히 걸었다. 해인사 방향과 반대 방향으로. 외딴 집 뒤 콩밭에서 불어오는 바람에 콩잎의 싱그러운 냄새가 실려 왔다. 늪을 휘돌아 치고 돌아 나오는 개천 물소리가 귀를 때렸다.

그는 자꾸만 깊은 생각으로 빠져 들었다. 자신을 향해 이렇게 말하고 있었다. '비굴함과 배신이란 더러운 멍에를 지고 살아야하는 살인자.' 라고 그리고 '그 여름날의 추억은 더러운 어혈이 되어 몸속에 흐를 것이다.' 라고

그는 대구행 막차 맨 뒷좌석에 앉아 수없이 되뇌었다.

'나는 학생들 앞에 설 수 없다. 서서는 안 된다.'

'다시는 학교로 돌아가지 않을 것이다.'

잠시 서쪽하늘을 붉게 물들였던 태양을 삼키고 괴물처럼 으스스한 어둠속으로 숨어드는 가야산을 등지고 달리는 버스가 몹시도 덜커덩거린다.

117

의족과 목발

　이름은 정민호, 가까운 친구들은 그를 당나귀라고 불렀다. 민호라는 이름은 민첩한 호랑이라는 뜻이라고 할아버지는 설명해 주셨는데, 동물의 왕 호랑이로 불리지 못하고 당나귀로 불리는데 대해서 민호는 별 불만이 없다. 힘으로 다른 동물을 제압하는 호랑이보다는 주인의 명령에 순종하는 유순한—사실은 그리 유순하지는 않다—성격이 좀 대라진 모습의 당나귀, 고달픈 일생과 괴로움을 숙명으로 받아 드릴 줄 아는 당나귀의 덕과 지혜를 좋아 했다. 그리고 발굽이 단단하여 바위가 많은 곳에서도 빠르게 잘 달리는 것이 민호는 무엇보다 좋았다.

　민호도 달리는 것을 좋아 했다. 미아리 고개를 넘어 내리막길을 달릴 때는 당나귀 어깨에 날개가 돋아난 듯 날았다.

　그런데 일 년 전, 미아리 고개 내리막길을 마구 달려 날개 달린 당나귀가 되었을 때, 큰 집채만 한 그림자가 눈초리에 갑자기 나타났다. 다음 순간 민호는 몸이 풍선처럼 날랐다가 캄캄한 어둠 속으로 몸이 빨려 들어가고 있다는 어렴풋한 생각과 함께 힘없이 내 동당이 쳐졌다.

　얼마가 지났는지도 모르고 눈을 떴을 때는 흰 벽과 흰 이불, 흰 천장. 온통 흰색 하나였다. 침대 왼쪽 위에 매달려 있는 링거 병에서 물이 한두 방울 떨어지고 있었다.

　의사 선생님은

　"이전처럼 달릴 수는 없다고 말했다. 부러진 팔은 잘 치료하면 5~6개월 지나면 나아 깁스도 풀 수가 있겠으나, 왼쪽 다리는 어떻게 진행될지 지금으로서는 알 수가 없다"

　는 실망적인 진단을 내렸다.

　햇빛이 유난히도 눈부시던 오후에 병실 문이 열리드니 여드름투성이나 명랑하고 귀여운 내 짝 혜원이가 나타났다. 혜원이에게 이런 꼴을 보이기 싫었던 민호는

　"왜 왔어!"

　"너 커서는 군인이 된다더니 그 꼴로 무슨 군인이 되겠니."

　입을 삐쭉거리며 비쏜다.

　"……."

　"빨리 타는 초가 빨리 꺼진단다. 너는 무엇이 그렇게 급해서 항상 달리니?"

　화가 난 목소리로 얼굴을 붉히면서 혜원이가 말했다.

　"너는 나를 위로하려고 왔니, 욕이 하고 싶어서 왔니?"

　민호는 약간 기분 나쁜 표정을 지우면서 말했다.

"두 가지 다. 왜?"

라고 퉁명스레 말하는 혜원이의 음성은 정성이 가득했으나. 표정은 울상이다.

"방과 후 너랑 둘이서 함께 걸어서 집에 가든 일은 이제 추억으로만 남겠네."

싸움인지, 문병인지를 마치고 돌아가는 혜원이의 어깨가 흔들리고 있었다.

민호는 목발을 겨드랑이에 끼고 걸어야 하는 처지가 되었다. 지금도 걸을 때 마다 왼쪽 목덜미부터 발뒤꿈치까지가 저리고 쑤실 때가 한 두 번이 아니다.

민호는 다리가 아픈 이상으로 마음이 아팠다. 군인이 되겠다는 희망은 물거품이 되었고, 친구들과 어울려 노는 것도 힘들게 되었다. 어쩐지 짝 혜원이와도 서먹서먹한 사이가 되었다. 퇴원 한 후로 민호는 늘 우울했고, 성격도 어두워 졌다. 말도 별로 하지 않았다. 쉬는 시간에는 혼자 교문 근처 나무 밑에서 교문에서 직선으로 뚫려있는 있는 도로를 물끄러미 바라보는 것이 버릇이 되었다.

여름방학이 가까워 진 어느 날 쉬는 시간이었다. 민호는 늘 하던 버릇 데로 운동장에 서서 교문 앞 도로를 바라보고 있었다. 그때 몸이 근육질이고, 눈이 유난히 빛나는 건장한 한 사나이가 교문을 향해 걸어오고 있었다. 왼쪽 바짓가랑이가 헐렁헐렁해 보인다. 마치 바지 속에는 가는 나무막대만 꽂혀 있는 듯이 보였다. 삼십 중반쯤으로 보이는 이 사나이는 민호를 보고 가까이 다가왔다.

"학생!"

하면서 민호를 부르는 그 사나이의 목소리는 힘이 있고 당당했으나, 정이 쏠리는 다정함도 있었다.

"예!"

민호는 그 남자의 왼쪽 발이 어쩐지 이상해 보여 보지 않으려고 애를 쓰면서 대답 했다.

"학생 이름이 무엇이지?"

"정민호입니다."

민호는 처음 만난 사람이 자기 이름을 묻는데도 별로 저항감 같은 것을 느끼지 않고 순순히 대답했다.

"너희 학교에 미술선생님은 계시니?"

"미술선생님이 계시기는 한데, 다른 학교와 겸무를 하셔서 저희 학교에는 일주일에 두 번만 오십니다."

민호는 친절하게도 자세히 대답했다.

"그럼 여름방학 특별활동 때 미술시간은 없겠구나."

"그것은 잘 모르겠는데요."

"교장실은 어디 있지?"

"현관으로 들어가시면 행정실이 있고, 그 옆이 교장실입니다."

"응, 고마워. 그런데 너 다리는 어떻게 된 거지?"

"자동차를 피하려다, 길 아래 절벽으로 떨어져 다쳤습니다. 제 잘못으로요."

그렇게 답하면서 민호는 그 사나이에게 당신의 왼쪽 다리도 이상한데, 왜? 그렇게 되었는지 그 이유를 묻고 싶은 것을 억지로 참았다.

"아저씨!"

하고 민호가 불렀다.

"내 이름은 박호원 이란다."

부드러운 웃음을 띠우면서 말했다. 이름을 불러 주기를 원하는 듯
하다.

"박 선생님, 저희 학교 교장선생님은 참 좋으신 분이에요"

묻지도 않은 말을 하면서, 민호는 박호원 이란 분 앞으로 다가 가서

"저를 따라 오세요."

하면서 앞장서서, 현관까지 박 선생님을 안내하였다. 박 선생님은

"고마워!"

하시면서 또 한 번 웃고는 현관으로 들어갔다. 민호는 내가 왜 박 선
생님이라고 선생이란 칭호를 붙인 것인지 이상했다.

다음 시간은 교장선생님 수업 시간이었다. 1주일에 한 시간, 우리
반에서만 수업을 하셨다. 시간표에는 '윤리' 시간이라고 적혀 있으나,
우리는 '이야기' 시간이라고 했다. 민호는 다리를 다치기 전까지는 교
장실 청소를 자진해서 열심히 했다. 교장선생님과는 아버지와 아들의
사이처럼 끈끈한 정이 있었다.

그래서 민호는 교장실의 정보통으로도 통했다. 대부분이 틀린 정보
였으나…. 민호뿐만 아니라, 민호 반의 학생 대부분이 교장선생님께
어리광도 부리고, 괜히 몸도 부딪혀 보기도 한다.

"조금 급한 일이 생겨서 늦었구나, 미안하다."

하시면서 수업 시작시간 보다 10분이나 늦게 교장선생님이 들어오

셨다. 교실 출입문을 닫자말자 넥타이 끝을 만졌다. 한 번하고 바를 正자의 한 획을 긋는 학생도 있다. 교장선생님은 한 말씀하시고는 넥타이 끝을 한 번 만지시는 버릇이 있었다. 한 시간에 몇 번을 만지는지 체크하는 학생이 많았다. 좀 흥분하시면 더욱 자주 만지신다. 한 시간에 서른세 번 만지신 기록이 있다. 일 년 내내 똑같은 넥타이만 매신다. 넥타이 끝은 때에 찌들어 검은 윤기가 난다. 오늘도 무엇인가 흥분이나 감격을 하신 모양이다. 벌써 여러 번을 만졌다. 민호 반 학생들은 졸업할 때에 교장선생님께 넥타이를 선물하기로 가결했다.

"오늘은 학생들이 최근에 직접 경험한 것 중에서, 깊이 감동한 것, 특별히 마음에 새겨진 것들을 발표하는 시간을 갖겠다."

그러시면서 민호를 바라보신다.

"민호 군이 한 번 이야기 해 보겠느냐?"

하신다. 민호는 일어섰다. 그리고 오늘 등교해서 본 참새의 죽음에 대한 이야기를 했다.

"아침 일찍 등교하여 교실에 들어서니 참새 한 마리가 교실에 갇혀있었습니다. 참새 눈으로는 유리창을 볼 수 없는지 닫혀있는 유리창으로 탈출을 시도, 유리창에 부딪히고는 떨어지고, 다시 탈출을 시도하다가는 유리창에 부딪혀 떨어지기를 반복하고 있었습니다. 나는 급히 창문을 열어 주었습니다. 참새는 열린 창으로 나갈 줄을 몰라 줄곧 닫힌 창으로 탈출을 시도, 결국은 유리창에 머리를 너무 많이 부딪쳐 죽고 말았습니다. 불쌍한 참새의 시체를 은행나무 밑에 묻어 주었습니다. 작은 막대기로 참새의 묻음이란 표시를 해 두었습니다. 우리 인간도 참새처럼 진실을 보지 못하는 일이 많지 않을까 생각되었습니다."

이야기를 마치고 의자에 앉아 마자

"너는 언제나 슬픈 이야기만 하니? 인생을 그렇게 어둡게만 봐야 하니?"

여드름투성인 민호의 짝 혜원이가 잔소리를 널어놓는다.

"남이야…."

민호는 짜증스럽게 대꾸했다.

수업을 마치고 운동장에 나오니 박호원 선생님이 서 계신다.

"민호군, 또 만났군."

박호원 선생님이 웃으면서 말했다.

"실은 너를 기다리고 있었다. 교장선생님을 만나게 되어 참 잘 되었다. 민호군은 미술에 취미가 있느냐?"

"미술 시간에 그림을 그린 적은 있습니다만, 소질도 취미도 없습니다."

"생각이 있으면 내 미술 시간에 참석해 다오. 여름방학 특별활동에 미술을 담당하게 되었다."

그렇게 말하고는 손가방에서 줄이 없는 백지 노트와 팬을 꺼내시더니 창틀 밑 넓은 문틀에 놓고는 왼발을 약간 들고 무척 빠른 속도로 그림을 그리신다. 그때 왼발 바짓가랑이가 빨래 줄에 널린 것처럼 힘없이 흔들린다.

"이제 다 되었다."

하시면서 노트를 찢어 민호에게 건넨다. 민호의 얼굴 스케치다. 엷은 입술, 우뚝한 코, 슬픈 눈매. 꽉 다문 입, 굵고 늠름한 턱 영락없는 민호다. 그림 오른쪽에

"친절한 민호군, 고마웠다."

밑에는 박호원이라는 서명이 있다.

"선생님 모든 친구들은 나를 당나귀라고 부릅니다."

민호는 자기도 모르게 선생님이라고 불렀다. 박 선생은 놀란 듯이 뒤돌아보았다.

"친구들은 저를 당나귀라고 부릅니다. 저는 당나귀라는 내 별명을 싫어하지 안 합니다."

설명을 덧붙였다.

"그럼 그 그림을 되돌려 주겠니?"

하시고는 주머니에서 연필과 메모 받침을 꺼내시더니 그림을 메모 받침에 놓았다. 그리고는 무엇인가를 새로 그리시고는 그것을 민호에게 전하고는 떠나가셨다.

민호란 이름이 지워지고 그 위에 당나귀 한 마리가 그려져 있었다. 뛰어가는 당나귀는 낭상이라도 종이 밖으로 달려 나올 것 같다. 민호는 그 그림을 몇 번이나 꺼내 보았다. 그날 방과 후에 다시 보니 이상하게도 당나귀가 움직이고 있는 것 같은 느낌이 들었다.

다음날 조회가 끝나고 민호는 담임선생님께 가서 여름방학 미술 특별활동에 참가하겠다는 신청서를 작성하여 제출 했다.

"아니, 민호 군이 미술 강좌를 듣겠다고?"

담임선생님은 이외라는 듯이 말씀하시면서 기뻐하셨다.

"선생님 저는 그림은 잘 못 그리지만…."

말도 채 끝나기도 전에

"아니야, 무엇이던 배우고 노력하면 안 되는 것이 없단다."

담임선생님은 힘을 불어넣어 주셨다.

민호는 다리를 다친 후로는 교장실에 청소하러 한 번도 가지 않았다. 그런 그가 오늘은 방과 후에 교장실에 청소를 하겠다고 갔다. 교장선생님은 민호를 반가이 맞아주셨다.

"민호군은 다리가 온전하지도 않은데 청소를 하겠니. 아, 그렇지 청소가 아니고 나랑 이야기가 하고 싶어 왔지?"

하신다. 교장 선생님은 우리 얼굴만 보아도 마음속까지를 훤히 아신다. 그래서 우리들은 교장선생님을 '하늘 박사' 라고 별명을 붙여 부른다. 민호는 하늘 박사 옆에 가까이 앉았다. 변함없는 교장선생님의 따뜻함을 느꼈다.

"교장선생님, 여름방학에 미술을 지도해 주실 박 선생님은 어디서 다리를 다쳤습니까?"

너무도 궁금했던 것을 단도직입적으로 물었다.

"야, 민호군은 정보도 빠르구나, 미술선생님 존함도 알고. 왜, 미술 강좌에 참가하고 싶으냐?"

교장선생님은 민호가 궁금해 하는 것은 아랑곳도 않고, 딴 전만 펴신다.

"예, 박 선생님 강좌에 참가할 생각입니다. 그런데 선생님의 다리가 마음에 걸려서 수업이 잘 안 될 것 같습니다."

민호는 때를 쓴다.

"알았다. 참, 민호 군과 같이 왼쪽 다리가 불편하시지. 서해 연평도 근해에서 다치셨단다."

그리고는 화제를 바꾸신다.

"미술도 예술의 중요한 한 부분이다. 예술이란 상상력이 중요하다는 것을 알게 될 것이다. 민호군도 상상력을 마음껏 발휘해 보도록 하라."

한참을 교장실에 걸려있는 우리나라 지도를 보고 계시다가. 갑자기 생각이 나셨는지

"아, 참, 줄이 없는 노트와 연필을 준비해 오도록"

"그것만 갖고 오면 됩니까?"

"그것과 상상력도…."

교장선생님은 웃으면서 말씀하셨다.

여름방학이 시작되고 미술 특활 수업도 시작되었다. 수업 첫 날 아침에 미술실에 들어가니 20명이나 와 있었다. 내 짝 여드름 대장 혜원이도 와 있다. 민호는 혜원이 옆 자리에 앉았다.

"음침하고 어두운 그림을 그리려고 참가 했니?"

혜원이가 듣기 싫은 소리를 퉁명스럽게 말하였다. 그때 박호원선생님이 교실에 들어 오셨다. 밝은 푸른 색 긴 소매 남방에 청바지 차림이다. 머리에는 짙은 감색 모자를 써셨다.

"안녕, 여러분!"

부끄러운 듯이 엷은 미소를 띠우면서 인사 한다.

"내 강좌를 청강해 주어 고맙다. 내 강좌는 이론보다는 그리기를 주로 하는 수업을 하겠다. 많은 그림을 그리고, 그 그림을 서로가 평가해 보는 그런 수업 시간이 되겠다."

그리고는 흑판에 '데생'이라고 크게 쓰시고는

"'데생'이란 빙하시대 동굴에서도 볼 수가 있듯이 역사가 오래 되었다. 원래는 밑그림이란 개념으로, 완성품을 위한 설계도의 역할을 했으나, '르네상스' 이후로는 '데생' 자체를 완성품으로 작품화하기도 했다. 오늘은 우선 옆 사람의 얼굴을 '데생'해 보자."

민호는 좀 주저하다가 혜원의 얼굴을 '데생'하기 시작했다. 혜원이도 민호의 얼굴을 그린다. 서로 정면으로 마주 보고 앉아서. 민호는 그림을 완성하고는 혜원에게 보였다. 민호는 약간은 잘 그렸다는 자신감도 있었다.

"아니, 이게 내 얼굴이야?"

혜원이 얼굴이 일그러졌다.

"이게 원숭이 얼굴이지 사람이냐?"

사실 민호의 그림은 좀 서툴렀다.

혜원이가 그린 민호의 그림은 정말 잘 그렸다. 좀 슬퍼 보이는 표정만 아니면 더욱 좋았을 텐데. 선생님은 학생들이 그린 그림을 돌아다니시며 보시다가는, 흑판에 여러 가지 그림을 그리신다. 놀랄 정도로 빠른 속도로 손을 움직여 '데생'을 하시는데 선생님의 왼쪽 바지는 불규칙적으로 몹시 흔들렸다. 흔들릴 때마다 민호의 가슴은 안타까웠다.

"'선'과 '형상'을 주의 깊게 볼 것, 그림 밖에 빈 공간을 응시하라."

그렇게 설명하시고는 우리나라의 여백미에 대해서도 말씀하셨다.

"자, 이제는 새로운 눈으로 바라 본, 옆 사람의 얼굴을 다시 그리자."

모두가 옆 사람의 얼굴을 다시 '데생' 하기 시작 했다.

"아이고, 이번에는 당나귀를 그렸구나. 이게 너 얼굴이지, 나냐?"

또 핀잔이다. 민호도 화가 났다. 혜원이 얼굴에 여드름도 빼고 그렸
는데….

"너를 찾아가는 슈렉을 그리려다 참았다."

민호도 알미운 소리를 했다.

"아. 슈렉과 한편인 줄 착각하는 참견장이 '덩키' 나 그리지."

혜원이가 또 이겼다.

이튿날 미술실에 들어가니 우리들의 그림이 뒷벽에 붙어 있다. 그
리고 매일 그 수는 늘어났다. 모두가 그린 그림 하나하나에 학생 전원
이 소견을 발표하고 마지막에는 선생님이 총평을 해 주셨다.

수업을 마치고 민호는 교무실로 갔다. 담임선생님이 일직이라 나와
계셨다.

"민호군, 미술 재미있지. 취미가 붙었느냐?"

선생님은 민호가 미술을 청강하는 게, 신기하고 기특했다.

"선생님, 저는 미술보다 박 선생님이 너무 좋아요."

그리고는 다음 말을 얼른 덧 붙였다.

"물론 담임선생님이 제일 좋고요. 그 다음으로…."

민호는 진심이다.

"박 선생은 조국이 자기를 버린다 해도, 자기는 끝까지 조국을 버리
지 못하는 돌 같은 사람이야."

묻지도 아니한 말씀을, 알아듣지도 못 하는 말을 하셨다.

"박 선생님은 해군으로 종군해 서해안을 지키는 '참수리' 호를 타셨단다."

민호는 더욱 궁금해 졌으나, 아무 말도 하지 않고 교무실을 나왔다.

여름방학 미술 특활 계획표는 일주일에 월요일에서 금요일까지 5일 간 4주간이다.

아침 9시에 시작, 12시까지 하루 세 시간이었으나, 학생들의 비상한 열성으로 도시락을 싸와서는 미술실에서 식사, 계속 그림을 그렸다. 지금은 선생님도 함께 도시락을 드시고 오후에도 우리를 지도해 주신다. 학생들의 그림 솜씨는 놀라운 정도로 향상되어 갔다.

"사실적인 그림을 그릴 때에도 상상력을 발휘한다는 것을 잊지 않도록…"

선생님이 늘 강조하시는 말씀이다.

"오늘은 여러분 마음에 특별히 드는 아무 소재나 선택해서 2시간 동안에 그리고 의견을 교환하기로 한다."

고 하셨다. 민호는 캔버스를 들고 교실을 나간다.

"어두운 그림 소재 찾으려 나가니?"

혜원이가 말했다. 대꾸를 안 한다. 교실에 남아 있는 친구는 세 명, 혜원이도 밖으로 나왔다.

11시가 되었다. 민호의 그림을 본 혜원이가 감탄사를 발한다.

"그 그림 너무 잘 그렸다. 바다에 떠있는 범선의 한가로움, 해변을 달리는 당나귀와 너무 잘 어울린다."

혜원이가 민호 그림을 칭찬하기는 처음이다.

"고마워, 너의 정물도도 참 좋다."

민호가 답례를 하였다. 박 선생님도 민호의 그림을 칭찬 하셨다.

여름방학 특활도 끝날 무렵인 어느 날, 박 선생님은

"지금까지 그린 여러분의 그림은 가져가도 좋다. 나를 위해 추억에 남을 그림을 그려 올 사람은 그려 오도록, 될 수 있는 한 편안한 마음으로 그려 올 것."

말씀하시는 선생님의 모습은 왠지 쓸쓸해 보였다.

민호는 아무생각 없이, 뒷벽에 붙어 있는 범선과 당나귀가 달리는 지난 번 그림을 물끄러미 바라보고 있다.

"무엇을 그려 올 거니?"

혜원이가 묻는다. 민호는 손으로 ×자를 만들어 보이며, 모르겠다는 표시를 했다.

"상상력을 발휘해야지."

혜원이가 선생님처럼 말한다.

민호는 집에 돌아와 창밖을 내다본다. 성북동 뒷산에 까마귀 몇 마리가 선회하면서 하늘 높이 날아간다. 자동차들의 달리는 소리가 무섭게 시끄럽다. 민호는 전쟁 기념관에서 빌려 온 156톤 급 '참수리' 해군 함정의 사진을 뚫어지게 쳐다보고 있다. 민호는 이것 이외에는 그릴 것이 아무 것도 없다고 생각했다. 갑판 위에는 씩씩한 해군의 모습을 그렸다. 해군 전투복을 입은 용감한 박 선생님의 모습도 그렸다.

선생님의 가르침대로 관찰력과 표현력을 발휘하고, 공상의 세계를 한 것 펼쳤다. 명암과 공간감, 균형과 대칭의 원리 등 선생님이 열을 올려 강조하신 그 동안의 지식을 총 동원해 그렸으나, 잘 된 그림 같지는 않았다. 그림 왼쪽 밑에 '박호원선생님! 감사합니다.' 를 쓰고, 당나귀 그림으로 사인을 대신했다.

"고맙다, 민호를 만나게 되어 정말 좋았다."
선생님은 말씀과 동시에 민호의 손을 꼭 잡으신다. 굵고 강한 늠름한 손이다. 아프지는 않았다. 뜨거운 열기가 타고 흘렀다.
"선생님, 조국이 선생님을 버리면, 선생님은 어떻게 하시겠습니까?"
언젠가 담임선생님이 하신 말씀을 오늘 용기를 내어 묻고 있다. 선생님은 빙긋이 웃으시고는 아무 대답도 하시지 않았다.
"자, 마지막 수업을 하자!"
하시면서 교단으로 올라가시는 선생님의 양 어깨가 몹시 초라하고 쓸쓸해 보였다.

2학기 시작 첫날, 담임선생님이 불러서 민호는 교무실로 갔다.
"이것이 와있었다."
선생님은 크고 누른 봉투를 건네 주셨다. 보낸 이는 박호원 선생님이다. 봉투 안에는 큰 사진 한 장과 편지가 들어 있었다. 사진 속에는 그리 크지 않은 돌비석 여섯이 가지런히 서 있고, 그 앞에 왼쪽 다리를 뻗은 채로 선생님이 앉아 계신다. 오른 편에는 액자에 든, 민호가 그린 그림이 세워져 있다. 푸른 파도가 치는 수평선 위에 위용을 들어

내고 있는 해군 함정 '참수리'호와 정상(艇上)에는 우리 늠름한 해군의 모습이 보인다.

　민호 군에게
　나와 같은 참수리 357호를 타고, 국토를 지킨다는 임무를 맡았던 여섯 명의 전우가 이곳에 누워 있다. 정장(艇長)인 나의 선배 윤 소령 외 5명이다. 나는 걷게 된 금년부터 매년 6월 29일이면 이곳에 오기로 했다. 금년은 늦었다. 민호 군이 내게 준 그림은 정말 고마웠다. 여기 누워있는 전우들도 이 그림을 보고 기뻐할 것이다. '박호원선생님 감사합니다.' 라고 써 준 민호군의 글 옆에 '북방 한계선을 사수한 참수리 357호 영웅들이여, 조국은 그대들을 자랑스럽게 생각합니다.' 라고 내가 첨가했다. 민호 군이 용서해 주리라고 믿는다.
　참, 잊을 뻔 했구나. 조국은 결코 아무도 저버리지 않는다. 다만 잘못 생각한 소수의 사람들이 저버릴 뿐. 우리의 마음속에 실존하는 조국은 어느 누구도, 민호군도 결코 저버리지 않는다.
　믿어 다오. 그럼, 안녕
　─다리가 빨리 완쾌하길 빈다. 박호원

　담임선생님도 민호가 읽고 있는 편지를 엿보고 계시다가, 아무 말씀도 안하시고 자리로 가서서 손으로 머리를 짚고 계신다. 선생님의 얼굴이 우울해 보였다.
　"선생님!" 하고 민호가 교실로 가겠다고 인사를 했다.
　"아니, 민호군 너 목발 어떻게 하고 그냥 서있니, 어떻게 된 거야?"

선생님은 놀라서 묻는다. 민호도 놀랐다. 목발을 선생님 의자 뒤에 세워 놓고는 목발 없이 박호원 선생님의 편지를 다 읽은 것이다. 그 길로 목발 없이 계단을 올라 교실로 갔다. 교실에서 혜원이가 눈이 휘둥그렇게 되어 묻는다.

"너 목발 어떻게 했니?"

"다리가 다 나안 것 같아."

"같아가 뭐야, 완전하게 나았구나!"

혜원이의 눈빛이 유난히도 빛났다. 진심으로 기쁜 표정을 지우며 눈물을 글썽인다. 오늘 따라 민호의 눈에는 혜원이 얼굴에 여드름이 보이지 않았다.

"우리 오늘은 집에 걸어가지 않을래?"

혜원이가 말 했다.

"뒤 산을 넘어 가자, 오늘은 산삼이라도 한 뿌리 캘 것 같은 예감이 든다."

민호가 대답 했다.

"나도 지금부터는 밝은 학교생활이 될 것 같구나."

혜원이가 말했다.

합장(合掌)

학생들이 돌아간 휑뎅그렁한 교실 바닥에 어지럽게 흩어진 책상들이 애처롭게 보이는 것은 비 때문일까. 나뭇잎을 몰고 다니는 비보라가 교실 창문을 소란스럽게 흔들어댄다. 교정의 나뭇가지들이 바람을 못 견뎌 몸부림 칠 때마다 겨울을 보낸 누런 잎들이 맥없이 떨어져 운동장 위에 뒹군다. 골목길을 지나는 우산들이 바람과 힘겨루기를 하느라 안간힘을 쓴다. 삼청공원방향으로 올라가는 길에는 사람들의 발걸음이 보이지 않는다. 그 길을 넘어 오른쪽 와룡공원을 끼고 돌면 보덕사를 지나 성북동 삼선교에 이른다. 참으로 숱하게 넘어 다니던 길이다. 그 옛날 널빤지를 얼기설기 엮어지은 판잣집이거나 시멘트가루나 횟가루를 섞어 손으로 찍어 만든 벽돌로 세운 집들이 다닥다닥 붙어있는 샛길이었다. 헤어져 너덜거리는 옷을 걸치고 얼굴에 시커먼 환칠을 한 채 깡통이나 막대를 휘두르며 골목길을 누비면 나와 있던 아이들이 기겁을 하고 집으로 뛰어 들어가곤 했었다. 그 때 그 누더기 같은 옷을 걸쳤던 판잣집 아이들이 몹시도 부러웠었다.

손목시계를 보았다. 약속시간 12시 반까지는 10분밖에 남지 않았다. 놀란 토끼처럼 몸을 돌려 교무실로 들어갔다. 토요일이면 퇴근시간도 되기 전에 도망가듯 나가버리는 선생님들이다. 텅 빈 교무실을 당직교사와 교감만이 지키고 있었다. 학교를 나와 우체국 앞에서 꺾어져 삼청동 공원입구로 들어섰다. 소나무와 도토리나무 그리고 잡목들 사이에 허약하게 자란 몇 그루의 벚나무는 꽃이 거의 지고 한 가지에 두서너 개 꽃잎이 달려 있을 뿐이다. 그것마저도 말라 비틀어져 곧 떨어져 내릴 것 같다. 빗길을 오르내리는 다람쥐들이 정신없이 바쁘다. 하도 많이 시달려서 이제는 사람을 무서워하지 않는가보다. '나 잡아 보라' 는 듯 발 앞에 까지 가까이 온다. 마을 끝에 자리한 자그마한 밥집은 40년 전 그대로다. 공원에 아침운동 나온 이웃사람들이 가볍게 해장을 하거나 가끔씩 산책 나온 사람들이 들러 간단한 점심을 먹을 수 있는 곳이다. 두 평도 안 되는 허름한 집이지만 차림표의 빽빽한 음식 숫자만큼이나 찾아오는 손님들도 다양하다. 그간 주인이 몇 번은 바뀌었을 터인데 촌사람처럼 수더분한 인상에 후한 상차림은 예나 이제나 다름이 없다. 토요일이면 앉을 자리가 없는 집이건만 비가 오기 때문인지 오늘은 빈자리가 반이 넘는다.

"야, 번개 여기다."

걸걸한 목소리가 들리는 쪽으로 시선을 돌린다. 주방 옆 구석진 자리에서 문수 스님이 벌떡 일어선다. 분명 이름이 있어 그 뒤에 선생님이나 부장님이라는 호칭을 덧붙여 불린 지가 오래건만 문수스님만은 여전히 번개라고 부른다. 스님 앞에서 양손을 모아 합장을 하고 머리를 숙인다. 마주 합장하여 인사를 받은 스님은 내 양 어깨를 끌어당겨 덥석 안는다. 그리고는 마치 어린아이 달래듯 등을 또닥거린다. 어깨가 아프다. 등도 얼얼하다. 젊은 날 으스러지라고 우악스럽게 꽉 조여 안든 힘보다는 많이 약해졌지만 나이 70을 바라보는 노인으로서는 놀랄만한 힘이 넘친다. 누구든지 한 번 손에 잡히면 벗어나지 못했던 손이다.

"바쁠 텐데 이렇게 불러내어 미안하네."

약간 쉰 듯 걸걸한 목소리에 큰소리로 떠드는 것은 젊은 날이나 다름없어도 이가 빠진 탓인지 발음은 타이어에서 공기 빠지는 소리다.

"그 동안 자주 찾아뵙지 못해 죄송합니다. 어디 다녀오셨습니까? 이렇게 오랜만에 오셨으니."

한 달에 한 번은 꼭 들리던 스님이다. 건너뛰어도 두 달을 넘긴 적이 없었다. 그러던 분이 한 일 년 만에 나타난 것이다.

"무문관(無門關)에 갇혀서 일 년 보냈네."

"스님께서도 도(道)가 부족하셨습니까?"

"도(道)? 도가 무엇이더냐?" 하긴 너 같은 놈이 도를 알겠느냐?"

"도가 무엇입니까?"

"이 놈아 도(道)는 길 아니냐? 길은 행(行)이요 동(動)이다. 무아정적(無我靜寂)의 경지에서 정신을 집중한 수행(修行)을 통하여 얻는 것이 선(禪)이라면 나는 선승(禪僧)이 되기를 포기한 사람이다. 네 말대로 나는 끊임없이 움직이고 행하는 도승(道僧)이 제격이야. 무문관(無門關) 일 년이 지겨워 뛰쳐나왔다. 하하."

내 손보다 두 배나 두꺼워 보이는 투박한 손등이 전보다 훨씬 검고 거칠어 기름기가 없다. 염주를 만지작거리는 손가락마디가 노끈으로 묶어놓은 부서진 갈퀴 같다.

"해인사로 들어가려네. 거기 중들은 염불하기 바빠서 찬거리를 시장에서 사다 먹는다고 하더군. 그러니 절 밭에는 잡초만 무성하겠지. 밭이 얼마나 서운해 하겠나? 그래 내가 가서 거름 주고 씨앗 뿌려, 가꾸어 주면 그 밭이 좋아할 것 아니겠나?"

내가 안부를 묻기도 전에 먼저 술술 풀어놓는다. 겨우 말 틈을 타서 물었다.

"그래 언제쯤 들어가십니까? 들어가시기 전에 애들 모두 불러야겠습니다."

문수스님은 대뜸 그 큰손을 내저으며

"그럴 필요 없네. 벌써 서너 놈 봤어. 떠돌이 돌중이 잠자리 하나 얻으려 내려가는데 뭘 그렇게 소란을 피워. 그냥 갈까 했지만 그래도 보고 가야할 것 같아 나섰네. 내가 한 놈, 한 놈씩 다 찾아볼 거야. 걱정 말게."

애들이란 '자인 천사의 집' 식구들이다. 내가 그 집의 식구가 된 것은 문수스님한테 붙들려 이 음식점에 끌려오면서부터다.

"이 녀석아 다 먹어. 국물도 남기지 말고 마셔."

눈두덩이 튀어나와 험상궂은 인상에 광대뼈까지 불거져 우락부락하게 생겨 영락없는 깡패대장이라고 생각했다. 속으로 '중처럼 하고 다니는 별난 깡패'라고 생각하며 시켜주는 국밥을 허겁지겁 퍼먹었다. 그 때 이후 그 국밥처럼 맛있는 국밥을 먹어 본 기억이 없다. 허기져 식은 밥 한 술이라도 얻으려고 열린 문을 기웃거리면 밀쳐내고 문 걸어 잠그는 집이 태반이던 때다. 전쟁 이듬해 멀쩡한 집이라고는 거의 없던 서울거리는 비렁뱅이 아이들이 살림집보다 더 많았던 것 같았다. 하루 종일 다녀도 찬 밥 한 술에 저린 배추 한 줄기 얻어먹기도 힘들었다.

"너랑 싸우던 놈들은 아는 놈이냐?"

"몰라요. 무조건 끌고 가려고 해서요."

입안에 든 밥을 우물거리며 대답하였다. 삼청공원을 중심으로 돌아다니며 비렁뱅이 질을 하고 다니던 때다. 넝마주이 패들에게 끌려가지 않으려고 버티다가 매를 흠씬 맞았다. 그 때 스님이 아니었으면 맞아 죽었을 지도 모른다. 지나가던 스님이 싸움질로 단련된 여덟 명이나 되는 넝마주이 패들을 맨주먹으로 두들겨 순식간에 쫓아버린 것이다. 그들에게 끌려갔더라면 헌 종이나 옷가지만 주워 가면 되는 것이 아니다. 왕초에게는 맛있고 좋은 음식만 얻어다 바쳐야하고 때로는 왕초가 점찍는 것은 무엇이든 훔쳐다 바쳐야한다. 그리고 지나가는 애들 잡아 돈 될 만한 것은 뺏어야 한다. 안 그러면 죽는다.

국밥을 밥풀 하나 안 남기고 다 퍼먹은 다음 국물까지 한 방울 남기지 않고 들여 마시고 빈 그릇을 내려놓자

"이 녀석, 배가 엄청 고팠구나. 이름이 뭐냐?"

"왜요?"

혹시 국밥 한 그릇 사주고 끌어다 깡패 만들려고 하는지도 모르겠다는 생각이 들었다. 하긴 넝마주이 양아치가 되는 것보다는 깡패 똘마니가 되는 것이 더 멋있을 것 같기도 했다.

"그냥 번개라고 그러는데요."

"이 녀석아, 별명 말고 이름말이다. 이름도 모르냐? 부모님이 지어 주신."

"부모님? 김일호라고 하던데요. 첫째라는 뜻이라고 하던 걸요."

"그래 부모님은 어떻게 됐냐?"

"부모님요? 어떤 부모님요?"

"이 놈아, 어떤 부모라니? 너를 낳은 분이 부모지?"

"모르는데요."

"몰라? 왜 모르냐?"

말끝마다 놈 아니면 녀석이라고 부르는 이 깡패스님이 보나마나 모든 것을 다 알 때까지 캐물을 것 같다.

"나는 요. 낳자마자 내다버린 개구멍받이래요. 동대문 시장에서 포목상 하던 김 사장님이라는 분이 데려다 큰 아들 삼았데요. 그 가게가 일호(一號)가게라서 이름도 일호라고 불렀다나 봐요. 1·4후퇴 때 용산 역에 기차 타러 나갔다가 헤어졌어요. 부산에 내려서 아무리 찾아봐도 없었어요. 서울 살 때는 여기 삼청동 근처에 살았던 것 같은 데 매일 돌아다녀 봐도 없어요. 아마 죽었나 봐요."

내친 김에 모두 한꺼번에 털어놓았다. 고아원에서 도망친 이야기와 남의 가게 몰래 들어갔다가 경찰에 붙잡혀 갔던 이야기는 하지 않았다.

"그래. 그런데 번개라는 별명은 뭐냐?"

번개라는 별명은 부산 용두산 움막에서 잠을 자며 광복동거리를 돌아다니며 구걸해 먹고 훔쳐 먹고 살던 때 얻은 이름이다. 나중에 자갈치 시장에서도 상당히 크다는 금강 상회에서 심부름을 하고 지낼 때도 그 집 사장이 부르던 이름이다. 그 때부터 그 바닥에선 번개로 통했다. 나는 한참을 대답을 하지 않다가 얼마 후

"진짜 중이세요?"

하고 물었다. 생긴 것도 그렇지만 툭툭 쏘는 말투를 봐도 중 같은 데가 없다.

"이 놈아. 네 눈엔 내가 지국천왕(持國天王)으로 보이나 보구나?"

"그게 뭔데요?"

"아주 무시무시하게 생긴 사대천왕(四大天王) 중에서도 칼을 들고 있어 제일 겁나는 사천왕(四天王)이다. 절에도 안 가보았나?"

그날 깡패 같은 그 스님을 따라 계동산길을 넘었다. 스님의 위압적인 태도에 눌려 거절을 못하고 따라 나섰지만 불안했다. 이대로 중을 흉내 내고 있는 깡패에게 끌려가 싸움꾼이 될지도 모른다는 불안감에 도망치고도 싶었다. 전쟁 전 삼청동에 살 때는 공부 잘한다고 칭찬도 많이 들었고 그 때 아버지는 나를 법관을 만들겠다고 늘 자랑하셨고, 나도 그렇게 되고 싶었다. 깡패가 될 수는 없었다. 뒤 따라가며 스님을 쳐다보니 나와 어딘가 닮은 것도 있어 보인다. 보따리를 맨 것도 닮았지만 상처투성이가 된 손이 갈라지고 지저분한 것도 닮았다. 어쩌면 부처님 같은 분일지도 모른다는 생각도 들었다. 만약 따라갔다가 마음에 안 들면 도망쳐야겠다고 생각했다. 도망치는 것은 자신이 있었다. 성곽을 지나 약수터 길로 내려가니 보덕사란 절이 보였다. 거기서 멀지 않은 '삼선암' 옆 비탈진 곳. 부서진 집을 다시 일으켜 세운 듯한 허름한 건물기둥에 '자인 천사의 집'이라고 쓴 판자가 걸려 있었다. 나는 일 년 전에도 이와 비슷한 곳에 있다가 도망쳐 나왔다. 그곳

은 '엔젤 하우스'라는 영어 간판이 걸려있었다. 거기서는 매일 밭에 나가 일을 해야만 했다. 해가 지면 모두 잠자리에 들어야한다. 전깃불을 켜면 매를 맡기 때문이다. 일요일마다 목사님이 오셔서 예배를 본다. 그 시간만은 일을 안 해서 좋았다. 가끔 미군들이 트럭에 종이상자를 가득 싣고 오는 경우도 있다. 높은 분이 오는 날이면 선생님들이 밖에 나가 거리를 방황하는 아이들을 모두 끌어들이느라 법석이다. 그러나 높은 분이 다녀가고 나면 그 아이들은 모두 도망가 버린다. 잡아드리려 하지도 않았다.

대문을 들어서니 마당에 나와 있던 아이들이 달려와 합장을 한다. 스님이 그들을 잡으려 하자 모두 뒤로 물러선다. 그 중 제일 어려보이는 아이가 잡혔다. 스님이 끌어안자 비명을 지른다. 그래도 힘을 주어 위로 한 번 치켜 올렸다가 내려놓으니 팔을 쓰다듬며

"너무 아파요. 약 발라야겠어요."

하며 스님을 흘겨본다. 스님은 커다란 소리로 너털웃음을 웃으며

"엄살 부리지 마라. 내가 다 안다. 보살님, 이애는 오늘 밥 두 그릇 먹여요."

그러고는 또 너털웃음이다. 스님이 보살님이라고 부른 여자는 환갑이 넘어 보이는 할머니다. 억센 평안도 사투리가 오히려 정겹게 들리는 분들이다. 이런 분이 모두 두 분이 있었다. 아이들은 모두 '아주머니'나 '아줌마'라고 불렀다. 작년 '엔젤 하우스'에서는 원장을 '아버지'라 부르고 원장 부인을 '어머니'라고 불렀고 나머지는 다 '선생님'이었다. 그러나 여기는 그렇게 불러야 하는 사람이 없었다. 나는 그때야 조금 안심이 되었다. 깡패스님인 줄 알았던 그 스님은

"오늘 식구가 하나 늘었어요. 우선 이 놈 목욕부터 시키고 옷부터 갈아입히세요."

하고는 건물 가운데 방으로 들어간다. 그날부터 나는 '자인 천사의 집' 식구가 된 것이다.

방이 여덟 개나 되는 그곳에는 방마다 서너 명씩 모두 이십여 명이 모여 살고 있었다. 열 살부터 열대여섯 살 된 남자 아이들이다. 전부 부모를 잃은 고아였다. 문수(文殊)라는 법명을 가진 그 스님을 거기서는 원장님이라고 불렀다.

건물 뒤 쪽에 붙은 목욕실에는 산에서 흘러내려오는 물줄기를 끌어들여 마치 약수터처럼 만들어져 있다. 몇 년 만인지 모른다. 아마 전쟁이 나고 처음인 것 같다. 옷을 벗으려고 하는 데 아주머니 한 분이 김이 무럭무럭 솟아오르는 뜨거운 물을 한 통 들고 들어온다. 놀라 옷을 올리려 하자

"이 녀석. 벗어라. 니 할미 같은 데 어떠냐? 내가 씻겨 줄께."

하며 강제로 벗기다시피 하고는 찬물을 미지근하게 타서 몸에 뿌려준다. 함지박에 들어앉게 하고는 물을 뿌려가며 등을 밀어 준다 국수발보다 굵은 때가 시커멓게 밀려나온다. 아주머니의 손길이 어린 날 어머니의 손보다 더 따뜻하고 부드러웠다. 목욕을 끝내고 3호방으로 배정이 되었다. 거기에는 나보다 두 살이 더 많은 민우와 동갑인 철수가 있었다. 철수는 민우를 형이라고 불렀다. 나도 그렇게 불러야 될 것 같았다. 여기는 한 달이라도 더 빨리 태어났으면 무조건 형이다. 아주머니가 속옷과 입을 옷들을 가져다주었다. 중학교 교복을 빼면 모두 미제 구호물자다.

"교복은 왜 주는 거죠?"

"녀석아 너도 이젠 학교에 다녀야지? 초등학교는 졸업했을 것 아니냐?"

벌거벗겨 목욕을 시켜준 덕에 친어머니처럼 금방 친근해진 아주머니도 꼭 녀석이나 놈을 붙여 말한다. 그 말이 더 정 깊은 사람의 말 같아 듣기 좋았다. 옷을 같이 챙기면서 자리를 정해주던 민우가

"너 학교 다녔었나?"

"응, 중학교 일 학년 때 전쟁이 났는데."

"그럼 다음 주부턴 중학교 다녀야 돼. 여긴 공부 게으르게 하면 쫓겨나."

"무슨 돈으로 학교를 다녀."

"돈은 원장님이 해줘."

작년에 있던 '엔젤 하우스'에서는 학교란 꿈도 꿀 수 없었다. 철수가 옆에서 끼어들었다.

"너 공부하기 싫어도 학교는 다녀야 돼. 안가면 원장한테 맞아죽어. 우리 원장은 완전 깡패야. 깡패."

옷을 다 갈아입는 것을 보고 아주머니가 입고 왔던 옷을 챙겨가지고 나가며

"이제 원장님 방에 가봐라. 기다리고 계신다. 이 옷은 내다 버릴 거다."

하며 나간다. 철수가 원장을 깡패라고 하는 데도 아주머니나 민우가 탓하지 않는다. 나중에 안 것이지만 여기 아이들은 원장을 깡패라고 부르는 것이 예사다.

'문수 스님 방'으로 들어갔다. 한자로 쓴 액자가 하나 걸려있고 스님이 앉은 의자 앞에 책상 하나 놓인 것이 전부다. 책상과 의자는 손수 널빤지를 모아 만들어 볼품이 없었다. 책상 옆 긴 의자도 어디서 주워온 것인지 페인트칠이 다 벗어졌다.

"지금부터 여기가 네 집이야. 아무 걱정 하지 마라. 나하고 같이 살자."

그러면서 스님은 온 몸이 으스러질 정도로 끌어 않았다. 그 힘에 밀려 정강이를 책상 모서리에 박아 온 몸이 저려오는 바람에 옆 긴 의자에 털썩 주저앉았다.

"너 일 할래? 공부 할래?"

물론 공부가 하고 싶다. 유명해져서 신문에 이름도 내고 싶다. 그러면 아버지를 만날 수도 있을 것 같았다. 그러나 스님의 손을 보는 순간 공부만 하겠다고 하는 것은 염치없는 말인 것 같아

"둘 다 할래요."

라고 대답하였다.

"일도 한다고?"

"예"

"당연히 그래야지. 밥값은 일로 갚아야하니까? 이놈 눈치도 번개구나."

하고는

"어느 학교에 다녔었냐?"

하고 물었다.

"계동에 있는 중앙중학교 일 학년 때 전쟁이 났어요."

"좋은 학교다. 거기 멀어서 다닐 수 있겠냐?"

"아침 일찍 나가서 뛰어가면 돼요."

"해봐라. 그럼 내일 같이 학교에 가자."

그리고는 밖으로 데리고나가 '자인 천사의 집' 일대를 함께 돌아보았다. 집 뒤 넓은 공터는 모두 밭이다. 고추와 파는 보아서 알겠는데 다른 것들은 무엇인지 이름 모를 갖가지 야채들이다.

"여기가 식량창고다. 우리가 먹는 것은 모두 여기서 자라는 것이다. 너희들이 심고 기르고 가꾸어야한다. 자기 먹을 양의 세 배 이상을 길러내야 밥 먹을 자격이 생긴다."

한 쪽 옆에는 철봉과 수평대가 만들어져 있고 역도 아령들도 많았다.

"여기서 운동을 해라. 건강하지 못하면 그것도 죄다."

이런 저런 이야기를 하면서 '삼성암'에 이르렀다. 젊은 스님 두 분이 나와서 합장을 한다. 암자에는 자그마한 부처님 하나만 달랑 모셔져 있을 뿐 아무 치장도 없다. 암자 뒤편으로 돌아가니 거기에도 밭이 있었다. 그리고 집 짓는 데 쓰이는 목재와 돌덩이들이 여기저기 쌓여 있다. 삼성암을 돌아 다시 '자인 천사의 집'으로 돌아오니 스님의 방 바로 옆 강당 앞에 아이들이 줄을 서 있었다. 저녁 공양(供養)시간이라고 한다. 군용으로 쓰이는 스텐 배식 판에 밥과 반찬을 손수 담아들고 강당으로 들어가 줄을 맞춰 앉았다. 남기면 안 되니 꼭 먹을 만큼만 담으라고 민우도 말하고 아주머니도 당부하였다. 밥 한 알이라도 남기면 하루를 굶어야 한다는 것이다. 모두 배식 판을 앞에 두고 앉은 다음에 마지막으로 스님이 배식 판을 들고 들어오자 모두 일어섰다 무룷을 꿇고 앉았다. 밖에서 명종(鳴鐘) 소리가 다섯 번 울리자 일제히 큰 소리로 게송(偈頌)을 마치고 숟가락을 들었다.

산채 비빔밥 두 그릇과 찬(餐) 그릇들을 내려놓는 식당 주인이 스님과 나를 번갈아 보고는

"맛있게 드십시오."

하고는 주방으로 들어간다. 스님은 합장을 하고 눈을 감는다. 아마 속으로 오관상념게(五觀想念偈)를 염하는가보다. 철판 같은 손등은 굳은 살 천지다. 합장한 손등에 검버섯이 여러 개가 피어 있었다. '자인천사의 집' 시절에는 없었던 것이다. 게송(偈頌)을 마치고 눈을 뜰 때는 합장했던 양 손을 비빈다. 콩 박힌 손바닥에서는 소나기 쏟아지는 소리가 났었다. 오늘은 그 소리가 예전보다 작게 들리는 것 같다.

"원장님은 하도 합장을 많이 하셔서 손바닥이 닳았나 봅니다."

"합장하여 손바닥이 다 닳았으면 성불(成佛)했겠다."

하고는 소리 내어 웃는다.

"합장 많이 하면 성불합니까?"

"손바닥은 우리 몸 선체의 축소판이야. 손님에게 합장하는 것은 내 몸 전체로 당신을 반긴다는 뜻이고 부처님께 합장 배례하는 것은 내 몸 전체로 귀의(歸依)한다는 뜻이지. 합장은 감사요, 귀의라고 하지 않았더냐? 삼보(三寶)에 귀의(歸依) 하는 것이 곧 성불이 아니겠냐? 아직도 손바닥이 보이니 성불하기는 멀었나보다."

비빔밥을 비비며 그새 만났던 애들 이야기를 꺼내셨다. 서울 지검에 있는 K검사는 아들을 미국으로 조기 유학 보냈다는 것과 P군은 구

조조정 때 퇴직하고 나와 의정부에 레스토랑 열었다가 실패한 후 지금은 상계동에서 포장마차를 하고 있다는 이야기까지 이 놈 이야기, 저 녀석 소식을 늘어놓다가

"그래, 네 놈은 아이들 바로 가르치는가 모르겠다."

"예, 열심히 하려고 노력하고 있습니다."

라고 얼버무리자

"번개라고 다르겠냐? 네 놈도 그 알량한 법률지식으로 문제 풀이하는 요령만 가르치느라 여념이 없겠지. 요즘은 선생이 없다면서? 모두 월급쟁이나 장사꾼 같은 것들뿐이라고 하던데."

"다 그렇다고 보지는 마십시오. 훌륭한 분들도 많습니다."

"듣기 싫은가보구나. 니가 법관 안 되고 선생 된 것이 그나마 다행이다. 도대체 남을 조사하고 심판하는 짓을 인간이 한다는 것부터가 돼먹지 않은 짓들이야."

말이 거침없고 거칠기는 여전하다.

"그럼 누가 합니까?"

"자기 스스로 하는 거지. 누가 해?"

"그래 가지고는 사회질서가 바로 서지 않지요."

"질서라고 했냐? 네가 배고파 남의 음식 훔쳐 먹었을 때 그것을 절도라고 감옥 보냈다면 그게 사회질서에 도움이 되었겠느냐? 내가 너를 처음 만났을 때 너를 끌어가려던 넝마주이 패들을 두들겨 패지 않고 내버려 두었으면 사회질서에 이바지 하는 것이고 내가 그들을 두들겨 패고 너를 데려간 것은 폭행죄냐?"

나는 대답을 하지 못했다.

"세상 사람들은 악이 곧 선이요. 선이 곧 악이 된다는 것을 모르더구나. 나도 이제야 조금 알 것 같아진다만."

하고는 허옇게 비빈 밥을 한 숟갈 크게 떠서 입으로 가져간다.

'자인 천사의 집' 밤은 조용하다. 문수스님은 밤이면 '삼선암'에 내려가 좌선하고 애들과 아주머니만 남은 집은 방마다 공부하는 소리만 들릴 뿐이었다. 그날 밤 건장한 청년들이 몽둥이를 들고 나타나 7호실에 있는 영민이를 끌고 나갔다. 조직을 배신하고 도망친 죄로 잡아간다는 것이다. 이를 본 아주머니가 놀라 뛰어가 그들을 막아섰다,

"안 된다. 이 불한당 같은 놈들아 너희가 왜 내 자식을 데려가느냐?"

고 소리치자 청년 중 한 명이 아주머니를 발로 걷어차고 주먹으로 내려쳐 넘어뜨렸다. 그 아주머니는 넘어지면서도 그 청년의 바지를 검어 쥐고 놓지 않았다. 아이들도 모두 놀라 뛰어나갔으나 겁에 질려 다가가지 못했다. 이 때 나타난 스님이 청년들 앞에 나섰다.

"그 아이를 놔 주고 돌아들 가게."

말은 부드럽게 하고 있었으나 눈에는 벌써 핏발이 서려 있었다.

"뭐 이런 돌중 주제에 누구한테 덤벼."

하면서 주먹을 날렸다. 그 순간 주먹을 날린 그 청년이 옆으로 나자빠지고 스님은 손을 털고 있었다. 다른 청년들이 뒤로 물러서며 공격자세를 취하자 스님은 한바탕 너털웃음을 웃더니

"힘 좀 더 길러가지고 오너라. 주먹질하고 살기에는 아직 병아리만도 못한 놈들이로구나."

하며 서서히 그들 앞으로 다가가더니 또 한 놈을 잡아 목을 비틀어

마당에 내동댕이쳤다. 그 침입자들은 호랑이 만난 짐승 떼처럼 줄걸음을 놓았다.

그 다음 날 문수스님은 성북경찰서에 불려가서 조사를 받고 폭행죄로 벌금을 물고 나왔다. 아주머니와 암자의 스님들이 억울하다고 분노를 터뜨리자

"법은 공정한 거야. 누구든 법을 어기면 처벌을 받아야 하는 거야. 나야 돌중이라 주먹질이나 하지만 불도에 정진하는 참 스님의 손은 공덕 쌓는 일에만 써야지."

라는 말로 얼버무렸다.

그 무렵 들은 이야기이지만 문수스님은 황해도 부농의 아들이었다고 한다. 일제 강점기 때 일본으로 유학을 보냈는데 일 년도 안 되어 돌아와서는 빈둥거리며 투전판이나 찾아다니고 거리에서 싸움판이나 벌리며 집에 있는 논이나 밭을 부모 몰래 팔아넘기기도 하는 불량배였다고 한다. 놀음판에서는 왕자요. 싸움판에서는 대장이었다고 한다. 해방이 되어 노동당이 권력을 휘두르며 노동자 농민의 천국을 외칠 때 그 집 하인과 소작인들 손에 일가족이 몰살을 당하고 스님은 도망쳐 절로 들어가 머리를 깎고 중을 가장하여 숨어 있다가 전쟁이 나기 일 년 전에 그곳 주지스님의 소개장을 들고 삼팔선을 넘어와 '보덕사'에 기거하게 되었다는 것이다. 거기서 전쟁을 맞았고 인민군이 절을 점령하였다고 한다.

어느 날 인민군들이 부처님 공양을 짓는 가마솥에다 개를 잡아 고우고 있었다. 아랫마을에 갔다 절에 돌아 온 원장님이 이 광경을 보고 장작을 때고 있는 인민군 병사를 발로 걷어찼다고 한다. 그 일로 인민

재판에 회부되었고, 구사일생으로 목숨은 구했으나. 다발총 개머리판에 왼쪽 가슴을 맞아 갈비뼈 두 대가 나갔다고 한다. 왼쪽 어깨가 오른쪽 어깨보다 밑으로 처져있는 것은 그 때문이란다. 그 후 숨어 다니다가 국군이 수복한 후에 다시 보덕사로 돌아와 머물렀다는 말을 들었다. 이 소문은 원생들 사이에서 전해지고 있을 뿐 원장이 직접 말한 적이 없다. 누가 물어도 대답 없이 웃기만 한다. 어쩌면 '삼성암'에 있는 스님들의 입에서 전해진 말일지도 모른다. 그 두 분 중 법공스님은 '보덕사'에서 계(戒)를 받은 스님이고 다른 한 분은 원장님의 고향 사람이라고 했다.

원장님은 방문객들과의 회견이나, 언론사 기자들과의 면담도 언제나 피했다. 책상에 앉아 있거나 불경 책을 읽는 모습도 볼 수 없었다. 늘 밭에 나가 농작물을 돌보거나 집수리하는 일이 일과다. 그의 손은 항상 더럽고, 손등은 철판을 깐 듯 단단했다. 손등을 문지르면 쇠 소리가 났다.

6·25 전쟁이 휴전으로 끝날 무렵 삼선암에 있는 두 스님과 함께 주인 없는 빈 암자에 기거하면서 원장님을 선두로 하여 성북동 산기슭 황폐한 땅을 개산하여 밭을 일구기 시작했다.

"여기가 전쟁으로 고아가 된 천사들의 정토(淨土)가 될 것이다."

며 다른 스님들을 재촉했다. 그것이 지금의 '삼선암'과 '자인 천사의 집'이 되었다. 때때로 큰 절 큰 스님들이 찾아 오셔서 경제적인 도움을 주셨지만 주로 세 스님이 시주를 받아 식량을 장만하고 밭을 갈아 찬거리를 마련했다. 스님은 불경 공부도 별로 하는 것 같지가 않은데 큰 스님들이 깍듯하게 예를 갖추어 대접하는 것이 신기했다.

"우리들을 이렇게 소중하게 키우는 것은 미국에 우리를 팔아 넘겨 한 몫을 잡으려고 하는 것일 거야."

"아니야 이태리 서커스단에 우리를 팔아넘길 거야"

여러 가지 소문도 있었다. 때로는

"원장님은 깡패래. 하도 기운이 세서 절에서 이길 사람이 없어서 모두 원장한테는 벌벌 떠는 거래."

어떤 때는

"진짜 스님도 아니라더라. 가짜래."

"아니야. 스님 시험에 합격을 못해서 명단에 올리지는 않았지만 스님은 진짜 스님이 맞는다고 하던데."

하며 온갖 소문과 추측을 사실인 양 이야기 하곤 했다. 가끔 그렇게 수다들을 떨고 있을 때 소리 없이 나타나서 엿들을 때도 있었다. 그래도 그런 걸로 해서 누가 야단을 맞거나 벌을 서는 일은 없었다.

"맞다. 맞아. 진짜 스님이면 어떻고 가짜 스님이면 어떠냐? 성불 못하면 이승에서 다시 한 번 더 살면 되는 거다."

하며 너털웃음을 터뜨리고는

"그렇게 심심들 하면 밭에 가서 호박이나 따다가 호박전 해먹자."

하고는 앞장을 서서 밭으로 올라간다. 호박을 한 광주리씩 따다가 서툰 솜씨로 호박전을 붙이다 보면 손이나 얼굴이 밀가루 범벅이 된다.

밭에서 뽑아 온 야채로 나물국을 끓여 먹이면서 즐거운 듯이 바라보고 서 있는 원장선생님을 보고는 근거 없는 의심을 한 자신들이 천벌을 받아 마땅하다는 생각을 하기 시작한 것은 머리가 굵어진 고등학생이 되고부터다.

"원장님. 인민군이 짐승만도 못한 몹쓸 짓을 많이 했다면서요?"

인민군들이 죄 없는 사람들을 마구 잡아다 창으로 찔러 죽였다는 아이들의 말이 믿어지지 않아 물으면 원장은 허공을 향해 합장을 하시면 끝이다. 답하기 싫을 때도 합장을 하시는 버릇이 있었다. 누구를 비난하거나 흉보는 말은 절대로 하는 법이 없었다.

"인민군이 왜 쳐들어왔나요?"

재차 애원하듯 묻자 겨우

"입으로는 통일을 말하면서 마음속엔 이기려는 욕심만 있으니 갈등과 분열밖에 없지. 통일은 질 줄 아는 사람들이 할 수 있는 일이야. 지식인들의 교만은 무지한 사람들의 횡포보다 몇 백 배 몇 천 배 더 위험한 것이야."

라고 대답하던 기억이 난다.

고등학교 1학년 때다. 그 때, 크리스마스를 며칠 앞둔 거리는 크리스마스트리와 산타할아버지 인형들로 치장을 시작하면서 마치 전민족의 명절인양 들뜬 분위기를 연출하고 있었다. 그 분위기에 휩싸여 명동거리에 가보고 싶었다. 한 번도 가보지 못한 곳이다. 말로만 듣던 화려한 도시다. 아버지 엄마의 손을 잡고 명동 쇼윈도 앞을 지나가는 사진을 보고는 부러움과 미움의 감정에 빠져 명동을 향한 유혹을 뿌리칠 수 없었다. 나는 '천사의 집' 친구 세 명을 꼬여가지고 크리스마스 전날 밤 명동을 가기로 했다.

"비누와 치약, 칫솔을 쓰지 말고 모아서 팔자."

는 철수의 의견을 따라 포장을 벗기지 않은 치약과 칫솔을 방마다 다니며 걷었다. 그래도 충분한 자금이 되지 않을 것 같아 민우는 매일

같이 이웃 양계장에 들어가 계란 두 개씩을 훔쳐왔다. 그 때만 해도 치약이나 칫솔이 귀하던 시절이고 계란은 상당히 값비싼 고급음식이었다. 우리는 이것을 학교 앞 구멍가게에 팔아 돈을 장만했다.

크리스마스 전날이다. 나는 미리 써 둔 편지를 원장님 책상 위에 몰래 올려놓았다.

—원장님! 용서해 주십시오.

철수와 민우 그리고 저와 세 명이 오늘 밤 명동에 놀러 갑니다.

돌아오는 시간이 상당히 늦을 것입니다. 찾지 말아 주십시오. 이번 일은 전부 제가 계획을 했으며, 제가 주동자입니다.

결코 원장님을 배신한 것은 아닙니다.—

이런 내용의 편지를 남기고, 명동으로 달렸다. 그때는 내일 죽는다 해도 한이 없다고 생각했다. 그렇게 좋았다. 하늘로 날아오르는 상쾌함을 느꼈다. 포장마차에서 오뎅이라는 것을 처음으로 맛보았다. 번쩍이는 네온사인과 축음기에서 들려오는 징글 벨 소리에 정신이 혼미했다. 얼마를 헤맸는지 새벽 3시가 되어 '천사의 집'으로 돌아 왔다.

밤 10시만 되면 잠그는 대문이다. 살짝 밀어보았다. 밀렸다. 당연히 잠겨 있어야할 문이다. 좀 의아한 생각이 들었으나 재수가 좋다고 생각하고 무사히 방에 들어가서 잠에 떨어졌다. 다음날 저녁 늦게 원장실에 불리어 갔다. 불같은 노여움에 호흡이 곤란한 원장선생님 앞에서 나는 모든 일을 전부 고백했다. 자금조달을 위한 도둑질도 빼놓지 않았다. 다음 순간 눈앞에 불이 번쩍하고 순간 정신이 몽롱해졌다. 철판 같은 원장님의 손이 내 볼을 쳤다. 그리고 원장선생님은 돌아서 계셨다. 얼마나 시간이 지난 지도 모른다. 한참 후에 원장님이 돌아섰다.

물끄러미 나를 쳐다 보시던 눈빛을 지금도 잊을 수가 없다. 연민의 눈빛, 동정의 눈빛, 그런 눈빛이었다. 분노의 눈빛은 분명 아니었다.

"방으로 돌아가라"

낮은 목소리로 말씀 하셨다.

"감사합니다."

울먹이면서 "죄송합니다."라고 말한다는 것이 잘못 나왔다.

그 뿐 훈계의 말도 나무람의 말도 없었다. 물론 다시는 그러지 말라는 다짐도 받지 않았다. 진짜 내가 괴로웠던 것은 그 때였다.

비빔밥 그릇의 마지막 밥알 한 개까지 긁어 든 스님은 빈 밥그릇에 물을 부어 휘휘 저어 마시고는 탁자 위에 내려놓고 입술을 닦는다.

"왜 원장님은 우리들에게 부처님 섬길 것을 강요하지도 않으시고 예불 참석도 우리 의사에 맡기셨습니까?"

나는 갑자기 엉뚱한 질문을 하였다.

"선생질하는 녀석의 질문이라니. 쯧쯧. 어찌 깨달음이 강요로 얻어진다더냐? 도는 깨달음을 통하여 얻는 길이고 깨달음은 마음의 작용에서 이루어지는 것이나. 나는 모든 깃을 스스로의 판단에 의해 결정하도록 했다. 물론 모든 책임도 스스로가 져야지. 스스로의 힘을 기르고 스스로를 믿어야 깨달음이 생겨."

명동을 가기 위하여 비누와 칫솔을 훔치고 계란을 도둑질 하며 몰래 뛰쳐나갔을 때도 한 마디 훈계의 말도 없이 주먹만 한 대 날린 것도 바로 이 때문이었나 싶었다. 그 때 그 주먹은 곧 깨달음의 문을 열어주는 죽비였구나 하는 생각이 이제야 들었다. 모처럼 오신 스님께

무거운 화제를 꺼냈나 싶어

"원장님이 기르신 '천사의 집' 식구들 중에 가장 마음에 드는 애가 누구라고 생각하십니까?"

하며 가벼운 질문을 던졌다. 내심 '네 놈이다.' 라는 말이 듣고 싶기도 했다. 이 어리석어 보이는 질문에 스님은 갑자기 너털웃음을 터뜨리며

"그래, 네 놈이라고 했으면 싶으냐? 한 놈도 없다고 하면 거짓말이고, 모두라고 하면 헛말일 게다. 그렇다고 어느 놈이라고 한 놈 집히는 놈도 없다. 그 대답은 나에게 물을 것이 아니라 네 스스로가 대답해야 할 문제다."

다시 한 번 더 어린애 같은 질문을 했다.

"원장님 극락이 정말로 있습니까?"

"있다고 믿으면 더욱 즐겁지 않느냐? 죽으면 아무것도 없이 사라지고 만다고 믿는 것 보다, 또는 형편없이 괴로운 곳으로 간다는 것보다, 극락에 간다고 믿으며 살면 즐겁지 않으냐?"

극락이 있다는 말인지 없다는 말인지 알 수 없는 말만 던져 놓고 일어서 바랑을 챙겨 등에 걸친다. 밥집을 나서니 비는 그 새 그치고 저녁 햇살에 젖은 땅이 마르고 있었다.

"원시적 심성을 잃지 않고 살게."

밥집을 나서며 남기신 말이다. 언제나 꼭 남기고 싶은 말이 있으면 마지막 헤어질 때 꺼내시는 것은 여전하다. 당부의 말이기에 앞서 스님 자신을 향한 다짐의 말이기도 한 것처럼 두 손을 고이 모아 합장하며 머리를 숙인다. 나도 합장하며 머리를 숙였다. 만날 때마다 이러했

지만 오늘따라 마음이 숙연해지는 것은 아마도 궂은비가 내린 탓인가
보다.

 항상 그렇듯이 스님이 다녀가신 후 일과에 쫓겨 스님 생각을 잊은
채 삼청공원을 뒤덮고 있던 붉은 단풍이 맥없이 지기 시작한 늦가을
이 되었다. 멀리 보이는 우람한 삼각산이 오늘따라 을씨년스럽다고
여겨지던 어느 날 광철군의 전보 한 장이 온 세상을 암흑의 천지로 바
꾸어놓은 것 같은 처절함을 안겨주었다. 광철군은 '천사의 집' 식구 중
에서 유일하게 잊고 지냈던 식구다. 전쟁 중에 부모님만 잃은 것이 아
니라 한 쪽 눈을 잃어 애꾸눈이 된 데다 다리마저 다쳐 절름거렸다.
바보스러울 만큼 말이 없었고 학교도 다니지 않아 '천사의 집'에서 보
살님들의 뒷심부름을 하며 지냈다. 사실 업신여김을 당하던 애다. 기
억에서 까맣게 지워졌던 광철 군이 보낸 전보는 '스님 입적' 단 너자
였다.

 해인사 행 버스 창가에 자리를 잡았다. 달리는 차창에 낙엽이 날려
부딪힌다.
 "광철. 광철이, 우리가 스님을 잊고 있는 동안 네가 스님의 마지막
을 지키고 있었구나."
 달리는 차 안에서 내내 광철 군의 영상을 떠올려야만 했던 나는 장
작나무더미 위에 가부좌를 틀고 앉아 열반에 드는 스님을 향해 타오
르는 불길보다 더 뜨겁고 굵은 눈물을 하염없이 흘리며 합장한 채 아
미타불을 염송하는 광철에게서 탈각(脫却)하여 무애자재(無礙自在)의

깨달음을 얻은 성스러움이 발견되었다.

　스님의 다비(茶毘)식이 끝난 날 밤. 우리들의 숙소를 찾아온 광철군에게 일제히 일어서 합장(合掌)하며 머리를 숙여야했다.

훈장

　평소에도 교무실문을 제일 먼저 열고 들어서던 박 선생은 오늘 따라 아침 태양보다 먼저 학교에 도착했다. 3월이라 하지만 아직도 갓밝이의 찬 공기가 코끝에 아리는 새벽이다. 계단위에 솟아있는 3층짜리 본관건물이 오늘따라 거만하다. 교문에서 본관까지 가로질러 가는 운동장은 밤 그늘을 이불삼아 졸음에서 깨어나지 않고 있다. 밤새 비어 있던 교무실 문을 열자 차가운 냄새가 맞아준다.

　석 줄로 배열된 책상의 마지막 줄 앞사리. 연구부장이라는 이름페가 세워져 있는 책상위에는 넓은 색 헝겊 두어 장으로 싼 화분 하나가 덩그렇게 올라앉아 있다. 어제 퇴근할 때는 없었던 것이다. 매달린 빨간 리본에 붓으로 쓴 '축 정년퇴임'이라는 다섯 글자가 얄밉다 못해 미워 보인다. 나이 예순 둘. 아직도 건강은 십 년 전이나 이십 년 전과 다름이 없는데 그만두라는 것이다. 이제 겨우 교육의 가치를 깨달아 더 잘 가르칠 것 같은 데도 필요가 없어졌다는 것이다.

연구부장이라는 하얀 글자를 쓰다듬어 본다. 사범대학을 졸업하고 교단에 처음 서던 날의 흥분은 세월에 씻겨 사라지고 40년 해를 거듭하며 쌓인 먼지가 굳어 된 이름패라서 그런지 온통 새까만 옻칠이다. 30년이 훨씬 넘는 경력에 다섯 학교를 돌아 겨우 얻은 직함이 연구주임이었다. 연구주임 5년 만에 직제에도 없는 연구부장이라는 이름패를 만들어 준 것은 당시 교장이었던 학교 선배의 배려였다. 교직 연한에 비하여 직급이 너무 낮은 것을 미안하게 여긴 때문이다. 그렇다고 대우나 권한이 달라진 것은 없었다. 그저 호칭만 그렇게 부르기로 해준 것이다. 박 선생은 그것이 싫었다. 교장이나 장학사로 정년을 맞는 동기들의 이름을 들을 때마다 움츠러들던 어깨가 오늘따라 더 밑으로 처지는 느낌이다. 동료 교사들이 '박 부장' 이라고 부르면 목 뒤까지 벌겋게 달아올랐다. 얼굴색도 변했다.

"선생은 선생이라는 이름보다 더 자랑스러운 호칭은 없는 걸세."

하며 선생을 사명으로 여기는 사람을 자처하며 그 호칭을 거부하기에 급급했었다. 이름표를 들어 책상 밑으로 넣는다.

이 뿐이다. 출석부도 학적보조부도 이런저런 이름의 서류철도 없다. 모두 어제 인계를 끝냈다. 보던 책과 사물들은 벌써 며칠 전부터 치우기 시작하여 어제까지 말끔히 치웠다. 서랍을 열어본다. 먼지만 구석에 남아있다. 의자에 앉아 잠시 눈을 감는다. 배가 고프다. 아침에 밥솥이 비어 있었다. 쌀 씻는 것이 귀찮기도 하고 시간도 일러 그냥 집을 나온 것이다. 목이 마르다. 일어서 교무실 한 쪽에 있는 정수기에서 찬 물 한 컵을 받아 마시고 복도로 나온다.

3학년 2반 교실은 교무실에서 멀지 않다. 교실 안을 들여다보았다.

어제 종례시간에 써놓은 판서가 지워지지 않은 채 그대로다. 박 선생의 글씨가 아니다. 어느 침입자의 낙서인가 싶어 보니 그것은 어제 새로 맡은 담임교사 김 선생의 글씨다. 박 선생은 마치 셋방에서 쫓겨난 사람처럼 허탈한 감정에 빠져든다. 쫓기듯 달음질쳐 아래층으로 내려간다. 거기 '특별활동실'의 문을 열어본다.

수백 개의 눈동자들이 허공에 날아다니는 것 같은 착각에 발을 들여 놓았다. 못 사는 부모를 만난 탓에, 또는 부모를 잃었거나 부모가 병든 탓에 먹고 살기도 힘든 극빈 가정의 학생들. 그들의 눈동자는 다른 아이들과 분명히 달랐다. 반짝거리지도 않는다. 몰두하지도 않는다. 그저 허공에서 방황하는 하루살이처럼 멍청하게 맥 풀린 눈동자다. 학교수업이 끝나면 갈 곳이 없는 학생들이다. 다른 학생들이 학원을 향하여 종종걸음을 칠 때도 운동장 한 귀퉁이에서 서성거리거나 아니면 떼를 지어 골목으로 숨어드는 아이들이다. 박 선생이 그들만을 위한 교실로 사용하던 특별활동실이다. 십여 년 전부터 다른 선생님들의 눈총을 받아가며 그들만을 위한 방과 후 교실을 운영해 왔다. 박 선생의 뜻을 이해하는 후배 교사 서너 명이 일주일에 두 세 시간씩 강의를 맡아 주었다. 박 선생은 이 교실에서 밤 아홉 시까지 그들과 더불어 생활했다. 아내와 헤어진 후부터는 오로지 방과 후 수업을 위해서 태어난 사람처럼 더 많은 정열을 쏟았다. 다른 업무는 모두 인계가 되었지만 이 방과 후 교실만은 마지막 출근을 하는 오늘까지도 대책을 세우지 못했다.

몽당 분필을 들어 칠판에 큼지막하게 써 보았다.

'나는 항상 너희 곁에 있을 것이다.'

'더 넓은 들에서, 더 높은 산에서, 더 맑은 바다에서 만나는 날까지 함께 가자.'

박 선생은 몇 번이나 거듭 읽다가는 지워버렸다. 떠나는 사람은 다음 사람이 해야 할 말을 도둑질 하지 말아야한다는 생각이 들었기 때문이다.

"교직 생활 40년을 오로지 학생들의 면학을 위하여 몸과 마음을 다 바치고 오늘 정년에 이르신 존경하는 박 선생님의 영광스러운 퇴임식을 우리 교직원 일동은 진심으로 축하해 마지않습니다."

직원 조회 시간에 교무실에 들어온 교장의 첫 마디다. 영광이라는 단어를 유달리 강한 악센트로 발음하는 교장의 얼굴에는 존경하는 표정은 커녕 서운해 하는 기색도 보이지 않는다. 머리를 숙이고 있던 교직원들은 교감의 제안으로 박수를 치며 박 선생을 측은한 눈으로 쳐다본다. 박 선생은 일어서고 싶지 않았으나 으레 정해진 형식이 그런 것처럼 일어서 인사말을 남겼다. 지난 날 정년퇴임하는 선배 교사들이 그랬던 것과 같이 그저 그 동안 부족한 사람이 본분을 다하지 못하여 죄송하다는 말과 음양으로 도와주신 교장선생님과 교감이하 모든 교직원들에게 감사하다는 그런 내용이다.

아침 조회시간. 운동장을 향한 본관 건물 벽에는 "축 박팔용 선생 정년퇴임식"이라는 현수막이 걸렸다. 교단위에 올라선 교장은 직원 조회 시간에 했던 말과 똑같은 말에 박 선생을 치켜세우는 말을 곁들여 길게 송별의 아쉬움을 늘어놓았다. 아무도 귀 기울여 듣는 사람은 없다. 이어 박 선생이 교단위에 올랐다.

"사랑하는 학생 여러분. 나는 오늘 여러분의 곁을 떠납니다."

첫마디를 던졌다. 정열하고 있는 학생들을 돌아보았다. 거의 고개를 숙이고 있거나 다른 곳을 보고 있었다. 박 선생을 바라보는 몇 안 되는 아이들도 지루한 듯 못마땅한 표정들이다. 짧게 끝내야 하겠다는 생각에 40년 전 훌륭한 교사가 되겠다는 마음으로 교단에 선 이후 최선을 다하였으나 이제 떠나면서 돌아보니 직분을 다하지 못한 아쉬움만 남는다는 말과 함께

"전혀 본인의 의사와는 상관없이 사회적 어려움이나 가정적 고통으로 소외받고 있는 이웃을 위하여 따뜻하게 포용할 수 있는 아량을 갖춘 사람으로 성장해 주시기 바랍니다."

라는 말로 끝을 맺었다. 아무도 눈물을 흘리는 사람이 없었다. 그런데 박 선생의 눈에서는 눈물이 흐른다. 순간 일찍 부모를 잃은 고아로 자라온 자신의 처지와 학창 시절의 힘겨웠던 일들이 눈앞을 스쳐갔기 때문이다. 교육감의 이름으로 된 표창장과 정부에서 보내온 '국민훈장목련장'을 수여한 교장은 학생들에게

"지난 40년간 여러분들을 위하여 모든 정열을 다 바치신 박 부장 선생님의 공로를 찬양하며 앞으로 건강하신 몸으로 우리나라를 위하여 더 많은 가르침을 남겨날라는 의미에서 다 같이 박수를 보내드리기 비랍니다."

라며 박수를 유도하자 일제히 손뼉을 치기 시작했다. 그 소리가 우렁찬 것은 이제 지루한 퇴임식이 끝날 시간이 되었다는 기대 때문이라고 느껴졌다. 학생 대표로 선발된 3학년 여학생으로부터 꽃다발을 받는 것으로 대한민국 중등교사 자격증은 영원히 쓸모없는 휴지가 된 것이다. 아직도 변함없는 기억력과 타오르는 학구열이 있고 쩌렁쩌렁

울릴만한 목소리를 갖고 있건만….

교문엔 교사들과 학생대표들이 양옆으로 길게 늘어서 교문을 나서는 박 선생을 향해 박수를 보내 주었다. 양 옆을 번갈아 돌아보고 머리를 숙여 인사를 나누며 학교를 벗어날 때 방과 후 교실의 반장 격이었던 남철 군이 골목을 달려 올라오더니 바구니 하나를 내민다. 눈에는 눈물이 그렁그렁하다. 떡 바구니다. 3년 전 아내와 헤어진 후부터는 도시락 대신에 집 앞 떡집에서 팔고 남은 떡 한 팩씩을 싸들고 와서 점심으로 먹었었다. 어떤 때는 많은 양을 가져와 방과 후 교실에서 떡 파티를 열기도 했었다.

"이 세상에서 가장 위대한 발명품은 떡이야."

라고 늘 말하면서 집 앞 떡 집의 재고를 단골로 처리했었다. 학생들은 정말로 박 선생을 떡보로 알았나보다.

외골수 고집불통에 목소리마저 남보다 커서 툭하면 교장실에서 지르는 목소리가 교무실까지 울려와서 교직원들을 긴장시키던 박 선생은 늘 허줄한 옷차림에 인기 없는 사회과 선생이었다. 선생이나 학생들에게 호감을 얻지 못한 편이나 방과 후 교실에 열심히 모이던 가난한 집 학생들 중에는 박 선생을 남달리 따르고 좋아하는 학생들이 상당히 있었다. 그렇다고 그 학생들을 더 가까이 부르거나 특별히 대하지도 않았다. 오히려 더 혼찌검을 내거나 벌을 세워 따르던 학생들을 의아하게 만들기 일쑤였다.

떡 바구니를 받아든 박 선생은 그 학생을 끌어안으며

"힘을 길러라. 힘을 길러. 반드시 이기는 사람이 되어야한다."

하며 눈물을 보였다. 교직 40년 동안 단 한 번도 어느 학생을 끌어

안아준 적이 없는 박 선생은 자신의 갑작스러운 행동에 스스로 놀라 뒤로 물러서며 빠른 걸음으로 골목길을 내려왔다.

뒤 따르는 발자국소리도 같이 빨라진다. 뛰다시피 걸음을 재촉한다. 뒤에서 들리는 발자국 소리도 뛰는 걸음이다. 전철역 앞에 이르렀을 때 소매를 잡는 사람이 있었다. 방과 후 교실을 도와주던 김 선생이다 뒤에 다른 선생 몇이 서있다. 모두 박 선생을 내면적으로 따르던 선생들이다. 놀라운 것은 교감 선생과 의견충돌이 있을 때마다 교감 편에서 공박을 해오던 맹 선생이 함께 있었다.

"아니 왜들 이렇게 여기까지. 수업 들어갈 시간인데."

"일 교시 수업이 없어서 나왔습니다. 선생님. 정말 감사합니다. 그동안 참으로 많은 것을 배웠습니다. 선생님이 이루지 못한 것 저희가 할 수 있었으면 좋겠습니다."

누구보다도 방과 후 교실에 적극적인 도움을 주던 영어과의 이 선생이 앞장서 인사말을 했다.

"자주 찾아뵙도록 하겠습니다."

김 선생의 진심어린 인사말에

"고맙네."

간단히 대답하고 맹 선생의 손을 잡으며

"고맙소."

하고 인사를 하자 맹 선생은 마치 일 저지르고 불려온 학생처럼 목을 늘어뜨리고

"선생님. 그동안 여러 가지로 죄송한 것이 많았습니다. 이해하시리라 믿고 있었습니다. 한번 댁으로 찾아뵙겠습니다."

라며 고개를 숙인다. 힘은 빠져 있어도 진정이 담긴 말씨였다. 그의 눈빛에도 진정 미안하고 죄송하다는 말이 쓰여 있다. 그는 교감의 동향 후배로 교감이 상당히 편애하는 교사였다.

박 선생은 그들과 헤어져 전철역으로 내려갔다. 빛바랜 후줄근한 외투를 길게 걸친 60대 초반의 반백. 꽃다발과 떡 바구니를 들고 승강장에 서 있는 모습이 어색해 보였는지 지나가는 사람들이 다 한 번씩 쳐다본다. 그렇다고 그것을 버릴 수도 없었다. 꽃다발은 버리고 싶었지만 방과 후 교실 학생들이 선물한 떡 바구니만은 그가 받은 선물 중에 가장 귀한 선물처럼 느껴졌다.

전철에 올랐다. 맞은편에 앉은 청년이 아들 나이와 비슷해 보인다. 아들 생각이 난다. 손자 녀석도 보고 싶어진다. 그 옆에 앉아있는 여학생의 웃는 모습이 아내의 학생시절 모습과 닮았다는 생각도 든다. 이런 날이면 온 가족이 모두 모여

"아버지 그 동안 고생 많이 하셨습니다. 이제 편안하게 아버지의 못다 이룬 꿈을 위해서 살아가세요."

"여보. 당신은 훌륭한 교사였어요. 당신의 아내가 된 것이 자랑스러워요."

이런 말을 들었으면 얼마나 좋았을까싶다.

그러나 이혼한 후 한 번도 만나본 일이 없는 아내는 말할 것도 없거니와 어쩌다 일 년에 몇 번 전화를 걸어주는 두 아들은 오늘 정년퇴임한 사실도 모르고 있을 것이다. 나이 들었다고 쫓겨나는 것이 자랑이 될 수 없어 아이들에게 알리지도 않았다.

아내는 첫 부임했던 여고의 졸업반 학생이었다. 한복 만드는 일을 하는 홀어머니 밑에서 얌전하게 자란 모범생이었다. 박 선생을 자주 찾아가 상담을 했다. 아니 일부러 자주 찾아갔는지도 모른다. 아버지가 없었던 그녀는 인자하고 자상한 박 선생에게 선생 이상의 존경하는 마음이 싹트고 있었다. 대학을 진학해서도 자주 만났다. 아내가 대학을 졸업한 이듬해 결혼을 했다. 학교도 늘 변두리 학교만 빙빙 돌았다. 누구보다 일찍 출근하면서도 퇴근 시간은 항상 밤늦은 시간이었다. 쉬는 날도 노상 책만 붙들고 산다. 방학이 되어도 무슨 교육을 받으러 가야한다느니 아니면 방학특강을 해야 한다느니 하면서 거의 매일같이 집을 비웠다. 우상이었던 박 선생의 아내로 살게 된 그녀가 행복하다고 여긴 기간은 길지 않았다. 그 흔한 촌지봉투 한 번 가지고 들어오는 일이 없었다. 월급봉투도 제대로 채워서 가져오는 날이 드물었다. 툭하며 어느 학생이 등록금을 못 내서 그렇다느니. 누구 책을 사주었다느니. 반 학생들과 회식을 했다느니 하는 핑계였다. 남들 다 가는 여행 한 번 가 본 일이 없고 가까운 근처 극장 한 번 가 본 일도 없다. 두 아들을 낳은 후부터 서서히 갈등을 빚기 시작했다. 날이 갈수록 아내의 불평과 잔소리가 늘어나고 그럴수록 박 선생은 입을 다물고 책을 보거나 학교로 달려가 버리는 것이 전부였다. 한 번도 아내에게 따뜻한 말로 위로해 주거나 달래 주려 하지 않았다. 교사 생활 30년이 넘도록 분당에 있는 연립주택 하나가 고작이었다. 아무리 아내가 불평을 해도 박 선생은 달라지는 것이 없었다.

결혼 30주년이 되던 해다.

"아버지. 은혼식 때도 그냥 넘기셨는데 이번에는 어머니 모시고 유럽 여행이라도 다녀오세요. 아버지 학교 일정을 고려해서 여름 방학 중으로 날짜를 잡았습니다."

갓 결혼한 큰 아들과 대학재학중이던 작은 아들이 어렵사리 모은 돈으로 유럽여행 권 두 장을 마련해 가지고 왔다. 어려서부터 서양미술에 관심이 많았던 아내는 프랑스와 이태리에 여행 한 번 가는 것이 평생소원이었다. 아이들도 그것을 잘 알고 있었다. 그만한 돈을 마련하기 위해서 아이들은 오래전부터 아르바이트를 하며 모았을 것을 짐작한 박 선생은 아내의 의사를 물어보지도 않고

"안 된다. 환불해라. 내가 갈 시간이 없다."

하며 못마땅한 표정까지 지었다. 방과 후 교실의 학생들을 위하여 특별강좌를 계획해 두었기도 하지만 어려운 생활에 아이들에게 짐을 지우고 싶지도 않았던 것이다. 아내의 얼굴색이 변했다.

"아니 매년 방학이라고 해도 아이들 데리고 수영장 한 번 다녀온 일도 없는 양반이 아이들 성의를 그렇게 묵살해 버려요."

흥분하여 시뻘겋게 달아오른 아내를 향하여 한 마디 더 쏘아붙였다.

"그까짓 그림이나 조각 몇 점 보자고 그 많은 돈을 낭비해. 여기서도 사진으로 수없이 본 것들을 가지고…."

결국 아내는 폭발하고 말았다.

"그래 가지고 부모라고 큰소리칠 수 있어요. 이 세상 선생이 당신밖에 없어요. 그 꼴란 고등학교 훈장질 좀 한다고…."

박 선생도 직업을 비하하는 말에 화가 치밀어 말대꾸를 하려하자 아내가 먼저 큰소리를 지른다.

"선생질 35년에 평교사도 면하지 못한 주제에 창피한 줄 모르고 큰

소리야. 혼자 그런다고 누가 상을 주나?"

말투까지 반말로 변했다. 이것이 화근이 되어 결국 아내의 입에서 도저히 같이는 못 살겠다는 말이 나오고 박 선생도 맞받아치면서 집을 뛰쳐나온 것이 그대로 굳어지고 말았다.

며칠 가지 않아 아내가 찾아와 집에 들어가자고 말할 줄 알았다. 그런데 결과는 아니었다. 작은 아들에게 갈아입을 옷을 보내달라고 부탁한 다음 날 아내는 이혼서류를 들고 나타났다. 박 선생은 두 말 없이 도장을 찍어 주었다. 정말로 이혼하고 싶어서가 아니었다. 비굴하게 매달리고 싶지 않아서다. 살아오면서 누구한테 아쉬운 말 한 번 해본 일이 없었고 비굴하게 굽실거려 본 일이 없는 박 선생으로서는 아내의 이혼서류에 도장 찍는 것을 거부할 배짱이 없었다. 그 때 아내는 거친 숨을 몰아쉬며 박 선생을 한 번 노려보고 서류를 들고 나갔다. 그것이 마지막이었다. 그리고 박 선생은 학교에서 서너 정거장 떨어진 마을의 옥탑 방 하나를 얻어 혼자 생활하기 시작하였다.

그 아내가 오늘 따라 몹시 보고 싶다. 떡을 몹시도 좋아했던 아내다. 도장을 받으러왔을 때 따뜻한 말로 '여보, 미안하오. 당신이 너무 고맙소.' 이 한 마디만 했더라도 그 서류는 휴지가 되었을지 모른다. 전철은 벌써 박 선생이 내려야 할 역을 지나쳤다. 아내에게 가 보았자 그 대꼬챙이 같은 성격에 문을 열어 주지 않을 것은 뻔하다. 그렇다고 이 꽃다발과 떡을 그냥 버릴 수도 없었다. 전철은 박 선생이 내려야 할 역과는 점점 더 멀어지고 있다. 그녀는 떡을 참 좋아했다. 그녀와 거리를 걷다가 배가 고프거나 다리가 아프면 낙원동 골목으로 들어가 모

169

양 예쁜 떡으로만 골라 싸들고 집까지 걸어가며 우물거리곤 했었다.

전철은 종착역이 가까워지고 있다. 아내는 학교 다닐 때 그림을 참 잘 그렸다. 새 책을 사면 루소나 밀레의 그림이나 마네나 모네의 그림 사진들로 표지를 장식하는 것이 취미였다. 특히 불꽃같은 정열과 격렬한 필치로 눈부신 색채를 표현한 인상파 화가 반 고흐의 그림을 너무 좋아했다. 아마 박 선생이 아니었더라면 프랑스 유학을 하고 그렇게 좋아하는 그림을 일생 그리며 살게 되었을 지도 모르는 아내다. 그런 아내를 데리고 그 때 유럽 여행을 갔더라면 아내는 생활의 고통과 박 선생에 대한 불만을 완전히 다 잊어 주었을 지도 모르겠다는 생각이 들었다. 정말로 아내에게 미안했다.

박 선생은 잠실역에서 내렸다. 지하도를 걸었다. 돌아서고 싶은 마음과는 달리 발길은 분당선을 향하여 걷는다. 분명 문을 열어주지 않을 것이다. 그런다면 문 앞에 꽃다발과 떡 바구니를 놓고 돌아설 수밖에 없다. 아마 떡 바구니를 발견하고는 곧 음식물 쓰레기 통으로 가져갈 지도 모른다. 돌아서고 싶었다. 그러나 발이 마음을 따라주지 않는다. 분당선 전철에 올라서자 이내 문을 닫고 출발한다.

휴대폰을 만지작거린다. 첫째나 둘째를 불러 같이 가면 문을 열어줄 것 같기도 했다. 휴대폰의 폴더를 열었다 닫았다 하기를 몇 번이나 반복하였다. 아무리 장성한 아들들이지만 그들 앞에서 추한 모습을 보이고 싶지 않았다. 휴대폰을 주머니에 넣고 눈을 감았다.

"선생님, 제가 유명한 화가가 되면 선생님의 진지하고 숭고한 모습만 그릴 거예요."

아내가 여고시절 하던 말이 새삼 떠오른다. 그런 그녀가 미술대를

포기하고 의상학과를 선택하였을 때도 박 선생은

"패션 디자이너도 예술가의 길이야. 열심히 해."

라고 격려했었다. 그러나 그녀는 졸업하자마자 미술가도 패션 디자이너도 아닌 박 선생의 아내로 만족하고 살았다. 가난한 중등교사의 아내로 살림살이와 뒷바라지와 아이들 키우는 일로 모든 꿈을 접었다. 불평 한 마디 없던 그녀가 아이들이 커가면서 불평과 불만이 늘기 시작했고 박 선생은 그런 아내를 윽박지르기만 했다.

"미금역입니다. 다음 정류장은 오리역입니다."

안내방송에 화들짝 놀라 뛰어내렸다.

마을버스에 올랐다. 맨 뒤 좌석에 앉았다. 바로 앞좌석에 붙어 앉은 어린 남녀 한 쌍은 어깨를 바싹 붙인 채 무엇이 그리 재미있는지 낄낄대더니 버스가 출발하는 반동에 두 몸이 한쪽으로 쏠리는가 싶더니 얼굴을 마주 대고 입을 맞춘다. 그리고는 또 조잘거린다. 간간이 들리는 말

"사랑해."

박 선생은 눈을 감았다. '사랑해' 요즘 아이들은 아무 때나, 아무 곳에서나 누구에게나, 쉽게 뱉는 흔한 말이다. 정작 박 선생도 가끔 학생들이 실망스러운 행동을 보일 때 습관적으로

"내가 너희를 사랑하기 때문에…."

라는 말로 시작하여 나무라기는 했어도 그 외에는 말해본 기억이 없다. '사랑해' 라는 말이 왜 그리 어려웠는지 결혼 전이나 결혼 후나 단 한 번도 해 보지 못했다. 물론 아내가 아들을 뜨겁게 포옹해준 일도 없었던 것 같다.언젠가 큰 아이가 학원에 다니고 싶어 하는 것을

"공부는 학교에서 이끌어 주는 대로 스스로 하는 거다. 학원 다니는 녀석 치고 제대로 공부하는 놈 못 봤다."

라고 크게 나무란 적이 있다. 그 때

"아버지는 우리를 사랑하는 마음이 전혀 없는가 봐요."

라고 불평하는 말에

"네 아버지라는 사람의 사전에는 사랑이라는 단어가 지워졌는가보더라."

라며 아들을 부추기는 아내의 말에 버럭 화를 내고 큰 소리를 지른 기억이 있다.

집으로 올라가는 골목 입구에 단골가게가 있다. 아내와 가끔 반찬거리를 사러 들르던 집이다. 3년 전이나 다름이 없다. 한낮인데도 안에는 손님의 모습이 보였다. '그래, 만약 문을 열어주지 않는다면 이 집에 맡기면 되지.' 하는 생각을 하며 지나쳐 오르막길로 들어섰다. 근 20년 가까이 매일같이 오르내리던 길이건만 3년이 지난 지금 다시 걸으니 생소한 길처럼 느껴진다. 변한 것이란 3년이 흘렀다는 것뿐인데도 낯설게 느껴지는 것은 아내에 대한 두려움이 남아 있기 때문인 것만 같다. 사실 박 선생은 아내와 헤어지기 몇 해 전부터는 두려운 존재였다. 언제 터질지 모르는 폭탄을 안고 사는 기분이었다. 어려서는 선생님이라는 직업에 한없는 매력을 느꼈던 그녀가 허구한 날 평교사로 늙어가는 모습에 실망을 한 것이다. 누구의 남편은 상무가 되고 전무가 되고 사장이 되었다고 하는 데 박 선생은 여전히 박 선생인 것이다. 같은 선생 중에도 다른 동료교사가 교감이 되고 교장이 되고 장학사가 되었다는 데 박 선생은 다른 교사들보다 더 많은 시간을 학교에

172

서 보내면서도 만날 평교사인 것이 싫었나보다. 따뜻하고 헌신적인 선생님이 '무능한 사람' 으로 다시 '생각 없는 사람' 으로 달라지더니 나중에는 '못난 사람' 이라는 말로 바뀌어버렸다. 이해시키고 설득하려 하면 할수록 '못난 사람' 앞에 '지지리도' 라는 수식어만 덧붙을 뿐이었다.

그런 아내가 박 선생도 싫었다. 남편의 곧은 뜻을 헤아리지 못하는 아내라면 필요 없다는 생각까지 들었다. 그러나 그런 탈잡는 것 말고는 아내의 흠을 찾을 수는 없었다. 평생 재래시장에서 싸구려 옷만 사 입으면서도 두 아들을 박 선생 몰래 학원을 보내고 과외를 시키며 일류 대학에 보냈다. 박 선생의 도시락과 옷은 언제나 교무실에서 가장 뛰어난 것이었다. 해외여행은커녕 해수욕장 한 번 가보지 않은 아내다. 가까운 이천이나 여주 장날이면 이른 새벽같이 가방을 메고 새벽 버스를 탔다. 싼 것을 사겠다는 마음보다는 좋은 농산물을 사겠다는 마음 때문이었다. 박 선생과 헤어진 지 얼마 되지 않아 박 선생이 쓰던 서재는 한복 만드는 작업실이 되어버렸다. 친정어머니의 도움을 받아 한복집을 시작한 것이다.

"아버지 신세 안지고 사시겠데요."

헤어진 다음 달 월급봉투를 아들 편에 보냈더니 되들고 찾아와 내 어놓는 둘째 아들을 통하여 들은 말이다. 그 때는 아들들도 아내 편이었다. 그래도 박 선생은 그 다음 달부터는 아내의 통장으로 꼬박꼬박 입금을 시켰다.

중턱에 오르니 비슷비슷한 모양의 다가구 주택들만 이어져 있다, 거기 사거리에 귀퉁이 집 삼층 창문에 '한복' 이라는 빨간 색 글씨가 커다랗게 눈을 뜨고 내려다본다. 이 집이다.

사글세로 방 하나를 얻어 신접살림을 시작한 지 10여 년이 지나 큰 아이가 초등학교를 졸업할 무렵에야 겨우 장만한 집이다. 그 때는 두 사람이 덩실거리며 손을 맞잡고 기뻐했다. 부잣집 대저택이 부럽지 않았다. 방이 네 개나 되어 부부 방에 아이들 방을 따로 주고도 서재를 차릴 방이 남았다.

"여기 같으면 애들 키우기에 충분하네요."

얼굴이 붉어지도록 흥분했던 아내다.

박 선생은 현관 앞에서 잠시 걸음을 멈추었다. 꽃바구니를 내려다 보았다. 아침에는 고개를 빳빳하게 치켜세우고 있던 꽃봉오리들이 여기서는 고개를 푹 숙이고 있다. 마치 풀죽은 박 선생의 목덜미 같다. 현관을 당길 자신이 없다. 예고 없이 갑자기 찾아온 남편을 보는 순간 아내는 무엇이라고 할까. 분명 문도 열어주지 않고 대답도 하지 않을 것 같기만 하다. 아이 둘을 낳아 기르면서 늘어난 것은 고집뿐인 아내다. 단 한 번이라도 고집을 꺾고 박 선생에게 항복 했더라면 이렇게 헤어지지는 않았을 것이다. 아무래도 현관을 당길 용기가 나지 않았다. 여기까지 무턱대고 내려온 것이 후회되기도 했다. 박 선생이 찾아온 것을 알면 분명 '직장마저 쫓겨나 갈 곳이 없으니까 얻어먹으려 왔냐?' 고 쏘아붙일 것만 같았다.

손에 든 떡 바구니가 야속하게 보였다. 이것만 아니었더라면 여기까지 올 생각도 하지 않았을 텐데 싶어 던져버리고 싶었다. 그냥 돌아갔다가 며칠 후 아이들을 불러 이야기 하는 것이 더 좋겠다는 생각이 들었다.

막 돌아서려는데 한 여인이 현관 앞으로 다가오더니 인사를 건넨다.

"아니 박 선생님 아니세요. 언제 귀국하셨어요? 미국 교포학교에 초청받아 가셨다더니…. 휴가 나오신 모양이지요?"

호들갑을 떨며 반기는 여인은 4층에 사는 모회사 전무라는 사람의 아내다. 한 건물에서 근 20년 가까이 살다보니 자연 서로의 속사정을 잘 아는 사이인데도 엉뚱한 말을 하는 것으로 보아 아내가 거짓말을 한 것이 분명하다. 이런 거짓말로 헤어진 것을 숨긴 아내가 고마웠다. 아마 자존심이 상하기 싫어 헤어졌다는 말을 못했는지도 모른다. 어쩌면 박 선생이 돌아오기를 기다리는 마음이 있어 그런 거짓말을 했는지도 모른다는 생각에 다소 불안이 사라졌다.

"아, 예, 방금 귀국했습니다. 그간 안녕하셨어요? 전무님도 잘 계시지요?"

"네에, 그러셨어요. 그이는 퇴직하고 새로 회사를 하나 만들었어요."

박 선생은 그냥 돌아설 수 없게 되어 어쩔 수 없이 그 여인과 함께 1층 현관문을 당기고 들어갔다.

3층까지 함께 걸어온 그 여인이 4층에 다 올라간 것을 확인한 후에야 박 선생은 3층 현관을 보았다. 거기에도 '한복'이라는 글이 붙어 있다.

집안에서는 아무런 소리도 들리지 않았다. 바구니를 내려놓고 오른손 검지를 펼쳐 벨 위에 얹으려다 주춤하였다. 벨이 울리는 순간 아내가 무엇이라고 할지 또 걱정스러웠다. 바구니를 둔 채 그냥 돌아가고 싶다. 그렇다고 4층 여인에게 들킨 마당에 그냥 돌아가기도 멋쩍은 일이다. 벨을 누른다. '달그락' 현관 열쇠가 풀리는 소리다. 그리고는 아

무 소리도 들리지 않는다. 문을 당기면 아내를 볼 수 있다. 그런데 손
잡이를 잡았지만 문을 당길 힘이 주어지지 않는다. 또 두려워진다. 박
선생이 벨을 눌렀다는 것을 알면 "뭐 하러 왔냐?' 고 호령이 떨어질 것
만 같았기 때문이다. 그런다면 뭐라고 대답해야할 지 떠오르지 않는
다. 그 때 안에서 아내의 목소리가 들렸다.

"왔으면 들어오지 않고 뭐해요."

그 소리에 놀라 문을 당겼다. 평소에 잘하지 않던 화장을 하고 물
색 고운 한복을 차려입은 아내가 거실 가운데 서서 내다보고 있다. 발
밑에는 재봉틀을 중심으로 옷감들이 이리저리 널려있다. 아마 일을
하다가 일어선 모양이다. 일을 하려면 저렇게 화장을 해야만 하는 가
싶은 생각을 잠시 하고는 이내 돌이 되었다. 재판관 앞에서 선고를 기
다리는 죄수처럼 굳어버린 것이다. 그런 박 선생을 잠시 쳐다보던 아
내는

"왜 그러고 있어요. 올라오지 않고…."

아침에 출근했다 돌아온 남편을 맞는 그대로의 태연한 모습에 박 선
생은 당황했다. 분명 이것이 아닌데 말이다. '뭐 하러 왔느냐?' '누가
보고 싶다고 했느냐?' '이제 갈 곳이 없어 얻어먹으러 왔느냐?' 뭐 그
런 말들이 쏟아져 나와야 하는 데 말이다. 뜻밖에도 아내는 너무나 담
담하게 맞았다. 눈가에는 엷은 미소까지 띠면서.

박 선생은 입을 다문 채 신을 벗고 올라가 주방 식탁 위에 두 바구
니를 올려놓으려 하자 아내가 얼른 받으며

"나 주려고 가져온 것 아니었나요?"

하며 웃기까지 하는 것이 아닌가. 그 순간 하루 종일 가슴속에서 송

알송알 맺히던 긴장의 덩어리가 한꺼번에 확 풀리며 마주 웃었다. 아내가 꽃바구니를 거실 문갑위로 가져간다. 놀랍게도 문갑 위에는 박 선생의 사진이 그대로 걸려 있다. 집 나가기 전 그대로다. 박 선생은 그 사진을 보자 울컥 눈물이 솟았다. 꽃바구니를 보기 좋게 자리를 잡아 앉히고 허리를 펴는 아내를 뒤에서 끌어안는다. 가슴에 닿는 아내의 등이 전에 없이 따뜻하다. 아내는 박 선생에게 몸을 맡긴 채 움직이지 않는다. 박 선생은 아내의 등에 얼굴을 묻으며 조용히 소리 내본다.

"여보, 사랑하오."

아내는 살며시 몸을 빼며

"앉으세요. 점심 안 드셨잖아요."

하고는 주방으로 간다. 귀밑이 벌겋게 달아올라있다. 박 선생은 아내의 손을 잡아끌어 옆 의자에 앉는다. 손등의 촉감이 까칠하다. 떡 바구니를 열어 훈장부터 꺼낸다.

"이것은 당신의 헌신적인 내조를 칭찬하여 나라에서 내린 훈장이요."

하며 아내의 목에 걸어주려 하자 아내는 손으로 막으며

"마누라도 자식도 다 팽개치고 나가 오로지 님의 아이들 가르치는 데만 헌신한 당신의 위대한 승리를 축하해주는 훈장이네요. 이것이야 말로 당신에게 남은 최고의 유일한 보람인 데 어떻게 내 목에 걸어요."

하고는 빼앗아 박 선생의 목에 걸어주며

"당신은 위대한 승리자예요. 나에겐 처음부터 우상이었고요."

박 선생은 아내를 와락 끌어당겨 힘껏 안았다. 오늘처럼 아내를 힘껏 안아준 일이 없었다. 오늘보다 더 아름다워 보인 적이 없었다.

"여보 사랑하오."

박 선생의 품에 안긴 그대로

"오늘 퇴임사는 정말 멋졌어요."

"아니 당신이 어떻게 내 퇴임을…."

그러고 보니 아내가 화장을 하고 한복을 입고 있었던 이유를 알 것
같았다.

"어떻게 알았소?"

"며칠 전 큰 애가 신문에서 봤다면서 말해주어서 알고 있었어요."

"그랬었군. 그런데 왜 옷도 안 갈아입고…."

"집으로 바로 오실 줄 알고 먼저 와서 점심 준비 서두느라고요."

박 선생은 팔에 힘을 주어 더 바싹 끌어안는다.

"왜 이런 분이 이제야 오셨어요. 3년 동안 매일같이 기다리고 있는
줄은 모르셨어요."

서둘러 상을 차리는 아내의 목덜미에는 3년 전에는 못 보던 잔주름
이 흔들리고 있었다.

촛불

필름과 기록철을 번갈아 살피던 김 박사가 한참 후에 무겁게 입을 열었다.

"뇌 지주막하에 출혈이 매우 심합니다. 피는 멈춘 상태라 자연적으로 치유가 된다면 통근치료도 가능합니다만 재 출혈이 일어나면 손을 댈 수가 없게 됩니다."

낫는다는 말인지. 죽는다는 말인지. 확실하지 않은 설명이다.

"선생님 그러면 어떻게 해야 됩니까?"

"대개 첫 출혈에서 삼분의 일 이상이 사망하는 경우입니다. 다행히 그 고비는 넘기셨습니다만 워낙 고령이라 수술을 하기도 어렵습니다. 우선 환자분을 안정시키는 것이 무엇보다 중요합니다."

알아들을 수 없기는 여전하다.

"선생님 일어나실 수 있겠습니까? 반드시 일어나셔야 합니다."

다급한 마음에 따지듯이 말을 했다. 그래도 주치의 김 박사는 담담하다.

"수술을 하는 것이 유일한 방법입니다만 말씀드렸듯이 수술하더라도 합병증에 의해 사망하거나 장애를 갖게 되는 확률이 50%가 넘습니다. 환자의 연세로 보아서는 칼을 댄다는 것은 좀 무리인 것 같아서…"

어제도 이와 비슷한 말을 했다. 가망이 있다는 것인지, 없다는 것인지. 수술을 한다는 것인지. 안한다는 것인지. 불확실한 말만 하는 의사의 태연하고 무표정한 태도에 화가 치밀었다. 만약 자기 부모가 쓰러졌다면 저렇게 태연하지는 않았을 거라는 생각에 마구 욕이라도 퍼붓고 싶었지만 그럴 수도 없는 노릇이다. 홍우는 가망이 전혀 없다는 말로 받아드리자니 너무도 억울했다. 병을 고치겠다고 의사가 되었으면 꼭 살려내겠다는 의지가 있어야 당연한 것인데 그런 의지는 보이지 않고 돈만 챙기는 사람으로 보였다.

창가로 돌아누운 아버지의 맨몸을 알코올로 마사지하고 있는 아내의 어깨가 피곤하게 들썩거린다. 며느리에게 몸을 맡긴 채 의식을 잃은 아버지는 야윌 대로 야위었다. 가난으로 찌든 몸에 노동으로 일그러진 얼굴은 검은 시련의 그림자처럼 굵은 주름살로 덮여있다. 몸을 움직일 때마다 팔에 매단 고무대롱이 출렁이고 그럴 때마다 포도당과 이름 모르는 두어 개의 약병이 맥없이 흔들거린다.

시골의 가난한 빈농의 아들로 태어나 나이 80이 가깝도록 머슴살이와 행상으로 네 아들을 대학까지 마치게 한 아버지다. 이제 겨우 형제들이 자리를 잡고 안정을 찾아가는 중이다. 먹고사는 걱정만은 벗어났다 싶었는데 갑자기 쓰러진 것이다. 평소 혈압이 높기는 했지만 건강하고 튼튼하여 감기 한 번 앓은 적이 없던 아버지다. 그 날도 저녁을 들고 거실로 나가 텔레비전을 틀다말고 갑자기 머리를 짚고 잠시 눈을 감았다 뜨고는 의자에 앉은 것뿐이다. 두통이 난다면서 잠을 자야겠다고 테리비전을 끄고 일어서다가 갑자기 음식물을 토하면서

"아마 저녁을 너무 많이 먹어서 그런가보다. 걱정마라."

하고는 그대로 의식을 잃었다.

"의사가 뭐라 그래요?"

아버지에 대한 연민으로 창밖만 응시하던 홍우는 아내의 물음에

"응, 응 걱정하지 말래. 안정하시면 된데."

하고는 밖으로 나와 담배를 피워 물고 멍한 눈으로 하늘만 바라보고 있었다. 의사가 야속했다. 지금쯤 동생들이 와야 할 시간인데 아직 보이지 않는다. 섭섭했다. 모두가 원망스러울 뿐이다.

근식 군이 동창들 10여 명을 거느리고 들어온다. 무엇이 그리 재미있는지 즐거운 표정으로 떠들며 들어오고 있다. 밉다. 병문안 온다는 친구들이 설령 슬픈 표정은 아니라 해도 조금은 걱정스러운 표정을 짓는 것이 예의가 아닐까싶었다. 문안을 마치고나온 동창들과 찻집에 마주 앉았나.

"언제부터 그러셨나? 그래 의사는 뭐라 그래? 수술 할 정도는 아니라고 하던가?"

한꺼번에 몇 가지 질문을 다급하게 묻는 근식군은 중·고등학교 동창으로 같이 S대학 경제학과에 진학했다. 학생운동도 같이 했고 통일일보에 입사하여 정치부에서 함께 일했다. 연극배우였던 아내를 만난 후 자청하여 문화부로 옮긴 친구다. 성격이 서글서글하고 붙임성이 있

어 홍우의 아버지로부터 사람은 저래야한다는 말을 자주 들었었다. 결혼 후 의식이 바뀐 탓인지 가끔 자네는 고지식한 것을 지조나 절개라고 생각하는 것이 탈이라고 핀잔을 줄 때마다 홍우는 못마땅한 표정을 지었지만 현재로서는 가장 허물없는 친구다.

홍우는 의사에게 들은 말과 뇌출혈에 대하여 주변에서 들은 이야기를 섞어가며

"도대체 의사들은 무책임하기 짝이 없어. 환자나 보호자의 심정은 헤아릴 생각이 없더라고."

하며 당장 속 시원하게 말해주지 않는 의사에 대한 불만을 털어놓았다.

"그만큼 어려움이 있는가 보지. 일단 자네가 믿고 찾아왔으면 믿어야지. 불신을 깔고서 어떤 기대를 갖는다는 것은 모순이 아닌가. 그러면 허 박사한테 전화하지 그래. 혈관계통 질환은 아마 한국에서 그만한 사람이 없다고 하는 거 같던데."

허 박사 이야기에 홍우는 입을 닫았다. S 병원 내과 과장이다. 그 병원은 재벌병원이다. 진료비가 비싸기로 소문난 곳이다. 만나고 싶지 않은 선배다. 차라리 허 선배에게 부탁하느니 그대로 죽는 것이 낫다는 생각까지 들었다.

홍우가 허 선배를 처음 만난 것은 서울 K중학교 1학년 때다. 서울에 있는 초등학교에서도 1, 2등이 아니면 시험을 볼 수 없다는 학교다. 홍우는 시골 초등학교에서 내리 6년간 1등을 하였지만 중학교 진학은 꿈도 꿀 수 없었다. 머슴살이 하던 아버지는 홍우가 초등학교를 졸업

하고 도회지로 나가 공장이라도 들어가기를 원했다. 그런 아버지를 설득하여 K중학교에 원서를 내고 시험에 합격시킨 것은 담임선생의 강요에 의한 것이었다. K중학 합격통지서를 받던 날 마을에서는 면장을 비롯하여 면민들이 모두 개천에서 용이 나왔느니, 우리 마을에 인물이 나왔느니, 하면서 잔치를 열어 줄 정도로 떠들썩했다. 아버지의 어깨도 생전 처음 한 치는 높아졌다.

서울에서도 가장 부자들만 모여 산다는 성북동으로 이사를 했다. 집집마다 대문만 해도 시골집 안채보다도 더 컸다. 그 마을 끝 높은 언덕위에 있는 낡은 판잣집의 사글세방이다. 가운데 부엌이 달린 방 두 개짜리 집이지만 전기불이 들어와 시골집보다는 훨씬 좋다고 생각했다. 아버지는 그 때부터 손수레에 과일을 싣고 행상을 시작하였고 어머니는 아랫마을 식당에서 일을 했다.

문예반에서 허 선배를 처음 만났다. 그 때는 중·고등학교가 한 울타리 안에 있었고 교장도 겸직을 하고 있었으며 학생회 활동도 분리되어 있지 않았다. K고등학교 2학년이었던 허 선배가 문예반 반장이었다. 허 선배의 집은 홍우의 집으로 올라가는 골목 입구에 있었다. 부자들만 산다는 그 동네에서도 가장 큰 집이다. 내지가 1,000평이 넘는다고 했다. 마당에는 온갖 꽃과 나무들이 어우러져 있고 테니스 코트와 농구대도 있었다. 허 선배의 아버지는 운전사와 비서를 데리고 다니는 매우 높은 사람이었다. 허 선배는 다른 고등학생들과도 달랐다. 교복도 항상 새 옷처럼 깨끗했다. 말도 점잖고 어려운 말만 했다. 학년 대표 축구팀이기도 했지만 야구나 테니스도 잘 했다. 공부도 반에서 제일 잘한다고 했다.

"너 M 초등학교에서 1등만 했다면서?"

하고 허 선배가 물었다. 시골학교 출신이라 무시하는 것 같아 머뭇거리자

"나도 거기 출신이야. 4학년까지 다녔어. 5학년 때 서울로 이사를 온 거야. 그 때 같이 다니던 친구들이 다들 좋았는데…."

"그 때도 부자였나요?"

"잘 모르지. 난 어렸으니까. 아마 그랬을 거야. 그 일대가 다 할아버지 땅이었다니까."

홍우가 알기로 지금 제일 부자라는 면장 댁도 기껏해야 땅이 한 골짜기도 안 된다. 그렇다면 엄청난 부자였는데 아무렇지도 않게 말하는 것이 더 건방져 보였다. 그 때 친구들이 생각난다는 것은 아마 자기한테 굽실거리는 아이들만 있었기 때문인 것 같았다.

문예반 모임이 있는 날이면 꼭 허 선배와 같이 집에 와야 했다. 홍우는 그것이 싫었다. 옷 입은 것도 차이가 났지만 유식한 말만 하며 잘난 척 했다. 게다가 길에서 만나는 사람마다 허 선배에게는 깍듯하게 대하면서 홍우를 따라다니는 하인 정도로 여기는 것 같아서 싫었다. 허 선배는 홍우의 그런 속마음도 모르고 친한 척했다.

허 선배가 가끔 교실로 들려주는 것만으로도 덕을 보기는 했다. 60명 반 학생들은 거의 서울의 부자들이 다니는 T초등학교나 C초등학교 출신들이다. 자기들끼리 똘똘 뭉쳐 놀뿐 다른 아이들과는 어울리지 않았다. 특히 홍우처럼 시골출신들은 아예 따돌리거나 무시했다. 그러나 허 선배 덕분에 비교적 무시는 덜 당했던 것 같다.

집에도 데려갔다. 책이 많았다. 홍우가 읽고 싶은 책은 거의 다 있

었다. 마음대로 가져다 읽게 했다. 홍우는 사실 그 책을 빌려 읽는 재미로 자주 따라갔었다.

마을 사람들이나 학교 선생님들은 허 선배 칭찬을 많이 했다. 모두가 굽실거리는 것 같았다. 그러나 부자가 되면 인물도 좋아지고 공부도 잘하게 되고 운동도 마음대로 할 수 있는 것이지 허 선배가 잘나서 그런 것은 아니라고 생각했다.

그 날도 홍우가 허 선배의 집 정원에서 『파브르의 곤충기』를 읽고 있을 때였다. 뜻밖에도 아버지가 손수레에 과일과 채소, 생선 등을 가득 싣고 들어왔다. 홍우는 깜짝 놀랐다. 더구나 아버지를 맞는 것은 그 집 일꾼들이 아니라 홍우의 어머니였다. 부엌에서 나온 어머니가 물건을 다 내린 다음 돌아 나오는 아버지와 마주친 허 선배가

"아저씨 오셨어요. 힘드셨죠? 여기 과일 좀 드시고 가시죠."

하고 인사하는 것으로 보아 아버지가 이 집에 자주 오는 것 같았다. 아버지는

"아이고, 도련님이 집에 계셨군요. 감사합니다. 감사해요. 우리 홍우를 늘 그렇게 아껴 주셔서 얼마나 고마운 줄 모르겠어요."

상전 받들듯 굽실거리는 아버지를 보는 순간 홍우는 있는 대로 소리를 지르고 뛰쳐나오고 싶었지만 참았다.

"아니어요. 홍우가 아주 착한 모범생이라서 제가 자랑스러운 걸요."

은근히 홍우를 칭찬하는 척하지만 그 말투는 제가 더 잘난 것처럼 으스대는 말투다. 홍우는 부자가 되면 다 저렇게 간사해지나 싶었다. 아니면 간사해서 부자가 된 것인지도 모른다는 생각이 들어 절대로 부자가 못되는 한이 있더라도 간사하게 살지는 않겠다고 결심했다.

비위가 잔뜩 상한 홍우는 인사를 하는 둥 마는 둥 뛰쳐나왔다. 그리고 그날 밤 아버지와 어머니에게 대들었다.

"너도 알아야한다. 그 마을 사람들이 다 그 진사 댁 덕에 살아온 거다. 우리도 너희 할아버지 때부터 그 집 땅을 붙여먹고 살았다. 해방이 되자 그 많은 땅을 마을 사람들에게 고루 나누어 주시고 한양으로 올라오신 것이야."

"아버지는 뭘 모르시네요. 그렇다면 악질 지주잖아요. 소작인들의 피를 빨아서 부자가 된 거네요. 아버지는 착취만 당한거구요. 땅을 나누어 준 게 아니라 농지법 때문에 어쩔 수 없었던 거지요. 땅값은 다 받아갔잖아요."

홍우는 학교에서 들은 대로 말했다. 그래도 아버지는

"땅값 제대로 낸 사람 없었다. 그건 내가 잘 알지. 그리고 지금 사는 이집도 그 어른이 얻어 주신 거야. 내 장사 밑천도 마찬가지고."

홍우는 그래도 몇 푼 안 되는 돈으로 자기 집 헛간만도 못한 방 하나 얻어주고 아버지와 어머니를 종처럼 부려먹는 그 사람들에게 속고 사는 것이 분했다. 못 배웠다고 아버지 어머니를 마음대로 부려먹는 허 선배 네가 싫어졌다. 할아버지 때부터 그 집의 하인처럼 일만 해 주었어도 평생 가난을 면하지 못하고 있지만 그들은 아버지와 같은 사람들을 부려먹은 대가로 부자가 된 것인데 그런 것을 모르고 허 선배 댁을 고마워하는 아버지 어머니가 한심하게 여겨지기도 했다.

"하여간 그 집에 가지 마세요. 지금은 그 집의 종이 아니잖아요."

"그러면 못 쓴다. 그 댁 아니면 네 입학금과 학비도 마련할 수 없었어. 너희 초등학교 선생님이 그 댁에 부탁해서 마련해 주신 거야. 이

186

녀석아, 그걸 알아야지. 은혜를 모르면 사람이 아닌 거야."

끝까지 허 선배 댁 편을 드는 아버지와 어머니가 너무도 불쌍했다. 허 선배는 고등학교를 마치자 바로 미국으로 유학을 떠났고 홍우는 고등학교 일학년 때 미아동으로 이사를 했다.

동창들이 돌아갈 때 동기회 회장직을 맡고 있는 호철 군이

"허 선배는 우리 동창들 만날 때마다 홍우 자네 안부만 묻는다고 하더라."

그냥 지나가는 말처럼 한 마디 했다. 호철 군은 학교 다닐 때도 별로 가깝게 여기지 않았던 친구다. 누구보다도 홍우를 걱정하는 근식 군이 바싹 다가서며 근심어린 표정으로 말하였다.

"감정적으로 생각하다가 화를 당하지 말고 현실적으로 생각하게. 못 믿으면 맡기지 말고 맡겼으면 결과가 어떻든 믿어야지. 그렇지 않아?"

그의 진심어린 말의 뜻을 모르는 것은 아니지만 홍우는 대답을 하지 않았다.

다음 날이다. 서울광장에서 촛불집회를 취재하느라 정신없이 뛰어다니고 있는데 아내에게서 전화가 왔다.

"왜 그렇게 전화가 안 돼요? 지금 막 S 병원 특실 207호에 입원 수속 마쳤어요."

의외의 말에 놀란 홍우는

"그게 무슨 뚱딴지같은 말이야. S 병원이라니?"

"당신이 시킨 것 아니에요? 당신 선배라고 하던데요. 허 박사라는 분이 오셔서 여기 원장님과 의논하더니 급하다고 빨리 옮겨야한다고 그래서 서둘러 옮겨왔어요. 당신이 그렇게 하라고 시켰다고 하던데요."

짐작이 갔다. 분명 근식 군이 허 선배에게 연락을 한 것이다. 싫었다. 허 선배한테 신세 지는 것도 싫었지만 부유층이 아니면 대접받지 못하는 S 병원은 더욱 싫었다. 집회에서 외치는 구호 소리에 묻혀 아내의 말이 잘 들리지 않았다. 생존권을 지키려는 순수한 시민들의 외침을 무장경찰들이 곤봉과 물대포로 폭력적인 진압을 하고 있었다. 전화를 끊고 정리된 기사를 전송하고 S 병원으로 달려갔다.

"당신 선배라는 허 박사님이 처음 보는 의사들 몇 분을 모시고 오셨더라고요."

허 선배는 거기 원장에게

"내 선친과는 형제처럼 지내시던 분이요. 나한테는 숙부님과 다름이 없소."

하면서 동행한 의사들과 진료기록표와 사진을 검토하고 나더니

"아니, 이런 상태인데 바로 수술을 안 하고 날짜를 끌었단 말이요."

하면서 좋지 않은 표정을 지었다는 것이다.

"워낙 연세가 많아서 수술이 위험한 것 같아서…."

하고 얼버무리니까?

"전염병에 걸릴 줄 뻔히 알면서도 전염병 환자를 진료하는 것이 의사요. 뒤탈이 무서워 손을 쓰지 않는다는 것이 말이 되는 것이오?"

하면서 이송을 지시했다는 것이다. 홍우는 말없이 듣기만 했다.

"당신이 허 박사님한테 가보세요. 연락이 되면 알려달라고 그랬어요. 왜 그렇게 전화를 안 받았어요?"

구세주라도 만난 것처럼 안도하는 아내에게 달리 무슨 말을 하기도 거북하여 과장실로 갔다. 늦은 시간인데도 혼자 앉아 있었다.

"야! 자네도 이제 나이 먹은 태가 나네."

허 선배는 어깨를 두드리며 큰 소리로 다정하게 말한다.

"오랜만에 뵈면서 신세를 많이 지게 된 것 같습니다."

"신세라니? 자네 서운하군. 아저씨가 그렇게 되었으면 먼저 나한테 찾아오는 것이 도리 아닌가?"

"그동안 여기 계신 줄 알면서도 일찍 찾아뵙지 못한 것이 죄송해서."

"다 그렇지. 나도 만찬가지 아닌가. 자네 신문사에 있다는 말은 나도 듣고 있었네. 서울 생활이 모두 다 그런 것 아닌가."

홍우가 달리 변명도 하고 싶지 않아 대답을 머뭇거리는 사이 보던 책을 정리하고 마주 앉으며

"급하네. 내일 오전에 수술 잡아두었네. 모레부터는 내가 제주도에서 국제 세미나가 있어 내려가기도 하지만 워낙 시간을 많이 끌었어."

"위험하지는 않습니까?"

"1%의 가능성만 있어도 생명을 포기하지 않는 것이 의사의 채무일세. 하여간 최선을 다해봐야 하지 않겠나?"

불확실한 대답은 먼저 병원의 김 박사와 다를 것이 없다. 귀중한 생명을 다루는 의사들의 무책임한 의식을 추궁하고 싶었지만 그럴 사정이 아니었다.

"하여간 감사합니다. 본의 아닌 수고를 끼쳐드려서."

"당연히 내가 할 일이네. 아무 관계가 없는 사람이라 하더라도 마찬가지지만. 아저씨는 내가 참 부러워하던 분일세."

뜻밖의 말에 홍우는 고개를 들고 허 선배를 바라보았다.

"부러워하시다니요?"

"자네 어른은 일을 하는 것도, 잠을 자거나 밥을 먹는 것도 오직 자네만을 위한 것이 아니었네. 자네를 위하여 손수레를 끌고 나가시는 자네 어른을 뵐 때마다 자네가 부러웠었네. 나는 내 선친한테 그런 애정을 느껴보지 못했네. 나를 위한 시간보다는 다른 세상을 위해서 바치는 시간이 더 많으셨던 분이셨으니까?"

말은 점잖아도 어쩐지 빈정거리는 말처럼 들려

"그래도 돈 걱정 없이 편안하게 사시지 않으셨습니까?"

하고 약간은 비아냥거리고 싶었다.

"돈이 많다는 것은 생활이 편리하다는 것 외에는 도움 되는 것이 없네. 그리고 내 선친이 자네 어른 칭찬을 수없이 했었어. 평생 남을 비방하거나 탓하는 말을 단 한 번도 해본 일이 없다고 하더군. 억울하거나 분한 일이 왜 없었겠나마는 그것을 겉으로 드러내 보이지 않은 것은 그저 참은 것만은 아니었을 것이야. 매사를 긍정적인 눈으로 보았기 때문일 거야. 그런 긍정적인 삶이 건강을 지켜주었고 또 이번처럼 행운을 가져오게 했는지도 모르지."

마치 큰 은혜나 베푸는 것처럼 행운이라는 용어를 쓰는 것이 홍우의 비위를 건드렸다. 마치 자신이 구세주나 되는 것처럼 행세하는 것 같았다. 당장이라도 아버지를 모시고 나가고 싶었다.

"행운이라니요?"

반감에서 튀어나온 말이다.

"그래 평생을 훌륭하게 살아오신 분이라 이런 행운도 있는가 보네."

무려 3시간이 넘도록 수술은 끝나지 않았다. 불안과 초조를 견디지 못해 모니터로 상황을 점검하는 의사에게 몇 번이나 같은 질문을 했다.

"왜 이렇게 오래 걸리죠? 혹시 잘못된 것은 아닙니까?"

그럴 때마다 의사는

"원래 시간이 많이 걸리는 수술입니다. 정상적으로 진행 되고 있습니다."

라는 같은 대답뿐이다. 수술실 문이 열린 것은 거의 4시간 가까이 지나서다. 의식을 잃은 채 두꺼운 이불을 덮고 침대에 실려 나오는 아버지의 창백한 얼굴. 주렁주렁 매달린 약병. 팔에 꽂힌 주사바늘들. 마른 가슴이 이불 속에서 벌룩거리는 것으로 살아있다는 느낌일 뿐 죽은 사람처럼 말없이 누워있다. 초췌한 모습에 울컥 솟아오르는 울음을 참으며 허 선배 앞으로 갔다. 물어볼 것이 성딩히 많을 것 같은데 무엇부터 물어야할지 머뭇거리는 사이

"경과는 아주 잘 된 것 같네. 합병증만 없으면 일어나실 걸세."

하고는 의사들을 거느리고 과장실로 들어가 버렸다. 따라 들어가고 싶었으나 들어오라는 말이 없었다.

아버지는 혼수상태에서 깨어나지 않았다. 불안했다. 회진 온 의사는

"좀 더 두고 보아야겠습니다. 대체로 하루 이틀이면 깨어납니다만

긴 경우는 몇 달 걸리는 경우도 있습니다. 심한경우는 더 오래 가는 경우도 있습니다만…"

어정쩡한 대답만 남겨놓고 바삐 다음 병실로 갈 뿐 길게 물어볼 틈도 주지 않았다. 아무래도 허 선배가 있어야만 할 것 같은데 허 선배는 나타나지 않았다. 매일같이 과장실로 갔다. 아직 제주도에서 오지 않았다는 대답만 들었다. 전화연락이 가능하냐고 물어도 할 수 없다는 대답뿐이다. 한국 최고의 권위자라는 의식 때문에 수술한 환자를 팽개쳐두고 내려가 마음 편하게 놀고 있는가 싶었다. 엿새째 되는 날 아버지가 눈을 떴다. 그리고 미움을 드시기 시작했다. 다음 날 아침 허 선배에게서 전화가 왔다.

"예, 어제 의식이 돌아왔습니다."

홍우는 하기 싫은 말을 마지못해 하는 듯 힘없이 대답했다.

"그래, 다행이군, 예상보다 일찍 회복되시는 것 같네. 워낙 건강하신 분이라 오래가지 않아 일어나실 걸세. 내일 서울 갈 테니 축하주 한 잔 사게."

겨우 수술만 대충 마치고 제주도에 내려가 노느라 관심도 없던 사람이 의식이 돌아왔다니까 그제야 전화를 해서 생색을 내려든 허 선배의 처세에 다시 한 번 실망을 했다. 아니 반감이 더했다. 대체로 잘 사는 사람들이 다 그렇듯이 남의 비위를 맞추는 말만 능숙할 뿐 진정성이 보이지 않았다.

약속시간의 세종로 거리는 촛불을 밝혀든 인파로 혼란스러웠다. 광우병 걸렸을지도 모르는 미국소를 수입하기로 결정한 정부를 규탄하는 함성이다. 표면적인 이유는 쇠고기 수입 반대지만 내면에는 서민을 외면하고 부자들만을 위한 정책을 펼 것이 뻔한 현 정부에 대한 반감이 작용한 저항이었다. 당연한 것이다. 다른 언론에서는 이런 저항을 폭력이라는 이름으로 매도하지만 힘없어 소외당한 계층이 할 수 있는 것이 이것 말고 또 무엇이 있을까 싶었다.

"전 가난한 신문쟁이라 멋있는 대접을 할 능력은 없고 간단히 저녁식사나 하시지요."

하며 홍우는 전에 딱 한 번 가본일이 있는 일식당 앞에서 발을 멈추었다.

"자네 간단한 식사가 이정도인가? 부르주아지가 다 되었군."

"그게 아니라. 선배님 수준에…."

"내 수준에 맞는 집은 저기 따로 있네."

허 선배의 고집으로 피맛골 골목 빈대떡집에서 막걸리를 시켜놓고 앉았다.

"여기는 예부터 양반 꼴이 보기 싫어서 찾아드는 서민들의 골목인데 허 선배님 같은 양반 댁 자제분이 이런 곳에 단골이 있을 줄은 몰랐습니다."

농담처럼 던진 말이지만 은근히 비아냥거리는 마음도 없지 않았다. 허 선배가 농담으로 얼버무린다.

"내가 양반 댁 자제였던가? 그렇다면 제대로 된 양반이군. 서민과 어울리지 못하는 양반은 못난 양반이 아니던가. 양반과 가까이 사귀지 못하는 서민도 바보기는 마찬가지야. 신분을 뛰어넘어 어울릴 줄 아는 시민이 민주시민일세."

크게 소리 내어 웃으며 빈대떡을 젓가락으로 갈라놓는다. 자신만만하고 거침없는 말재간은 변함이 없다. 수술 전날 행운이라는 용어를 사용한 허 선배의 말이 생각났다.

"제 생전 처음으로 행운을 주셔서 감사합니다."

라고 말하자 허 선배는 마치 잊었던 기억이라도 되살아난 것처럼

"참, 그래 행운이야. 사실은 나도 좀 조심스러웠어. 그런데 황 박사가 있어서 용기를 얻은 것이네. 자네도 신문사에 있으니까 알고 있었겠지만 황 박사는 죤스 홉킨스(Johns Hopkins Hospital, Baltimore)에서 혈관질환의 시술을 담당하고 있는, 미국 내에서도 몇 안 되는 실력자야. 내가 존경하는 선생님이기도 하고. 얼마나 다행인지 모르겠네. 그 분이 이번 제주도 세미나에 참석하러 오셨다가 나와 동행하게 된 것은 그야말로 행운 중에도 행운이 아닌가. 그 분이 아니면 나도 망설였겠지. 그 분이 수술에 동참해 주셔서 얼마나 고마운지 모르겠네."

황 박사가 수술에 참여하게 된 것을 행운이라고 한 것을 허 선배 자신을 만난 것을 행운이라고 하는 줄로 오해했던 것이 쑥스럽기는 했지만 내색하지 않았다.

"때로는 편법이나 변칙이 더 높은 가치를 발휘하는 경우가 많아."

"무슨 뜻입니까?

"보호자 동의 없이 우리 병원으로 이송한 것도 규정에 어긋난 것이었지만 기록상으로만 내가 집도한 것으로 되어있고 사실은 황 박사가 한 것은 절대로 공개할 수 없는 위반이야."

"그게 그렇습니까?"

"타 병원 의사에게 칼을 잡게 하는 법은 없네. 그럴 경우가 생기면

충분한 이유를 병원장에게 소명해야하고 원장도 과장회의를 거쳐 이사들의 승인을 받아야하는 것일세. 여러 날이 걸리기도 하지만 거의 승낙을 받지 못하게 되는 경우가 많고 담당의사의 거취에도 지장이 생길 가능성이 있지."

"그러면 나중에 문제가 생기지 않겠습니까?"

"문제가 생기지 않도록 해야지. 자네가 신문에 터뜨리지만 않는다면 걱정은 안 해도 되네."

라고 하며 또 통쾌한 웃음을 터뜨리며

"다음 주부터는 리허빌리테이션(rehabilitation) 전문의사가 담당하게 될 것이네."

하면서 회복에 자신감을 보였다. 무엇 때문에 허 선배가 이토록 규정을 어겨가면서 호의를 베풀었을까 의아하기도 했다. 혹시 내가 신문기자이기 때문일까. 아니면 동창들의 세계에서 좋은 평판을 듣기 위해서일까. 이런저런 생각을 하는데

"그래 자네는 자녀를 몇이나 두었나?"

"둘입니다. 딸만 낳았습니다. 선배님은?"

"불행히도 이이기 없네. 그래서 개만 세 마리를 기르고 있네."

개를 기른다는 말에 홍우는 잊히려던 분노가 되살아났다.

"분명 혈통이 좋은 비싼 개를 기르시겠지요."

이렇게 물은 것은 옛 기억이 있기 때문이다.

"웬걸, 이름 모를 잡종들이야. 주어다 기른 것들인걸."

홍우는 얼굴이 굳어졌다. 중학교에 입학한 지 얼마 되지 않아서다.

아버지가 행상 길에 시골에서 개를 한 마리 얻어 왔다. 똥개라고 하지만 윤기가 흐르는 털 색깔이나 초롱초롱한 눈매는 귀엽고 영리하게 생겼었다. 순하고 착하라는 뜻으로 순덕이란 이름을 선물해 주었지만 자랄수록 힘도 강해지고, 거칠어 졌다. 짓는 소리도 우렁차고, 몹시 사나웠다.

어느 날 어머니가 부엌에서 나오셔서.

"홍우야! 오늘 큰 일 날 뻔 했다. 순덕이란 놈이, 그 크고 굵은 쇠줄을 끊고 골목에 나가 길가는 사람을 물었단다. 아버지가 재빨리 나가서 그래도 다행이지. 그래서 전번 쇠줄보다 두 배가 큰 쇠줄을 사서 묶어 놓았다."

아버지는 집이 좁아서 묶어 키우니 사나워졌다며 허 선배 집으로 개를 주기로 했다고 하셨다.

"짐승도 자기가 자랄 환경이 맞아야 한다."

고 하시며 홍우를 쳐다보셨다. 홍우 눈에는 눈물이 고였다. 동생들보다 더 사랑했던 순덕이다. 선배 집에 순덕이를 묶어두고는 뒤도 돌아보지 않고 뛰쳐나올 때 홍우는 눈물을 참느라고 마구 소리를 질렀다.

"순덕아, 잘 살아라. 행복하고 건강하게 살아라. 내가 부자가 되면 데리러 올 거다."

그 얼마 후

"순덕이 때문에 골치가 아프다. 아무래도 처분해야 할 것 같아."

라며 허 선배가 순덕이를 미워하는 말을 할 때도 차마 그러리라고는 상상을 못했는데 며칠 후 동물원 맹수들의 사료로 주었다는 소식이 들려왔다. 이것이 허 선배의 인격을 평가하게 된 결정적인 계기가 되었다. 도저히 인간이 해서는 안 될 짓을 하고도 양심의 가책을 느끼지 못하는 사람들이 돈 많은 사람들이라는 것을 깨닫게 해 준 결정적인 동기였다.

"아니, 선배님 같은 고고한 분이 잡종 개를 기르시다니? 이해가 안 가는 데요."

마음껏 빈정거리고 싶었다.

"이 사람아, 개는 원래가 똥개가 순종이야. 예부터 우리나라에서는 제일 흔한 것이 똥개고, 제일 천한 것이 똥개였지. 그래서 똥이나 먹여 키우고, 흔히 못된 사람보고 개만도 못한 놈이란 말을 썼었지. 그러면서도 불운한 일을 당하면 개 팔자라고 했어. 그 말 속에는 궁색해져도 먹고 살길은 생긴다는 뜻도 숨어 있어. 그만큼 못 살아도 개를 굶기는 법은 없을 정도로 우리와 생활을 같이한 한 식구 같은 존재였지. 가장 천한 것을 가장 가까이 했고 가장 친밀하게 대한 것이 우리민족일세. 그러니 개도 사람을 따르고 사람과 더불어 사는 것을 좋아하지 않았겠나."

마치 인도주의자나 되는 것처럼 말하는 것은 더더욱 싫었다.

"그 개는 언제쯤 동물원에 기증하실 겁니까?"

홍우는 끝내 평생 담아온 말을 뱉어내고 말았다. 마음 같아서는 너야말로 개만도 못한 놈이라고 소리 질러 주고 싶었지만 아버지를 자청하여 수술해주었다는 이유만으로 차마 그 말은 하지 못했다. 허 선배는 아무렇지도 않은 듯 귀밑에 난 흰 머리카락이 흔들릴 정도로 어깨를 들먹이며 너털웃음을 터뜨렸다.

"그것을 기억하고 있구먼. 그래 나는 개하고 묘한 인연이 있네. 그 순덕이가 병에 걸려있었어. 래비스 바이러스(rabies virus)라는 일명 광견병 바이러스를 가지고 있었네. 그 개한테 물리면 치명적인 병을 얻게 된다더군. 수의사의 진단에 의하면 치료방법이 없다는 거야. 고민 많이 했네. 순덕이에게 가장 좋은 마지막 길을 찾아준다는 것이 그 방법밖에 안 떠오르더군. 요즘말로하면 안락사의 길을 선택해 준 것이지."

허 선배는 주전자를 들어 홍우의 빈 사발에 막걸리를 채우고 자신의 사발에 부으려다가 술이 떨어진 것을 알고는 주인을 불러 한 되를 더 시켰다.

"그 순덕이가 내 운명을 결정지으리라고는 상상을 못했네."

"운명을 결정짓다니요?"

"나를 미국으로 보낼 때는 경영학을 전공하라는 선친의 뜻이 있었지만 나는 엉뚱하게도 고등학교 때 양자역학에 매력을 느껴 물리학을 전공하였네. 그 때부터 생명에 대한 관심에서 벗어나지 못했던 거야. 졸업할 무렵엔 생명과학 쪽에 기울어져 학부를 졸업하고 바로 MCAT에 응시하여 의사가 되는 길을 걸었네. 그것은 바로 순덕이의 죽어가는 생명이 나의 뇌리를 붙잡고 놓아주지 않았던 탓인가 싶네."

너무나도 의외였다. 지금까지 가지고 있던 허 선배에 대한 선입견이 한꺼번에 무너져 내리는 것 같았다. 그러나 그렇게 쉽게 무너지고 싶지는 않았다. 화제를 돌리고 싶었다.

"미국에서는 대학을 마치고도 MCAT에 합격하여 의예과 과정(Pre-

Med) 4년을 마쳐야만 의과대학 본과과정(medical school)에 들어 갈 수 있고 거기서 또 4년을 공부하여야 의사 시험에 응시할 자격을 준다지요? 그런 다음이라야 인턴과정(Internship Residency)을 거쳐 전문의가 되는 그런 제도 때문에 미국의 의료기술이 세계적인가 봅니다. 거기에 비하면 한국은 엉망이죠."

은근히 한국의 의과대학 수준을 비하하는 말로 허 선배를 부추겨 보았다.

"체제나 제도가 능력을 만드는 것은 아니라고 보네. 홍우 자네는 자네보다 더 오랜 기자가 무조건 자네보다 더 유능한 기자라는 생각은 없겠지? 마찬가지야. 수학기간이나 의료경험이 길다고 해서 더 유능한 의사가 만들어지는 것은 아니라고 생각하네. 중요한 것은 체제나 제도나 기간이 아니라 의사가 되겠다는 사람 자신이 얼마나 자기 자신을 위하여 봉사하느냐가 문제일 것 같네. 오로지 자신을 훌륭한 의사가 되도록 만들기 위하여 스스로 노력을 얼마나 하느냐에 딸린 것이야. 국내파 의사들 중에도 미국의 일류병원 의사들 못지않은 유능한 분들이 많이 있네."

"그래도 제노가 중요하죠."

"허준은 의과대학을 나오지 않았어도 아스클레피오스(Aesculapius) 같은 분이 되지 않았나?"

밖에서는 시간이 갈수록 시민들의 함성이 커지고 전경들의 호루라기 소리가 요란해졌다.

"그나저나 선배님 빨리 아들을 낳으셔야지요. 처갓집 재산만도 엄청난 데 상속문제가 있지 않습니까?"

허 선배는 대 기업의 외동딸과 결혼했다. 아내는 그 기업의 자회사 인 화장품회사를 맡아 경영에 참여하고 있다.

"부자가 되는 것도 불행이지만 부잣집 딸하고 사는 것도 불행이야."

"괜한 말씀을. 그 보다 더 부러운 것이 어디 있습니까?"

"아니야, 진심일세. 자네를 내가 부러워한 이유를 모르겠나? 큰 기 업을 갖고 있는 사람에겐 엄청난 부채가 주어지네. 기업을 살려야 하 는 부채 말일세. 기업이 흔들리면 국민과 사회로부터 말 못할 비난과 책임추궁을 당하게 되네. 자연 가정으로 눈길을 돌릴 겨를이 없지. 다 행히 기업이 승승장구하면 할수록 기업은 내 것이 아니라 사회의 것 이요, 시민의 것이 되고 마는 것이야. 언젠가는 내 놓으라는 압력에 시 달려야하지. 특히 한국사회에서는…."

허 선배는 벌써 다섯 사발 째 막걸리를 비웠다.

"기업이란 꼭 투자자의 힘으로만 크는 것은 아니지 않습니까? 구 매자의 기여도 인정해야지요. 또 소액투자자들의 이익도 보장해야지 요. 불과 20%도 안 되는 주식으로 마음대로 요리하는 것은 문제가 되 지요."

"그런가? 그래서 나는 내 아내에게 더 이상 회사를 성장시키지 말 고 우리 둘이 알콩달콩 살자고 했더니 나보고 의사 그만두고 집에서 알콩달콩 하자고 하더군. 있는 것 다 까먹고 죽을 때까지…."

그러고는 야릇한 미소를 지으며 잠시 홍우의 얼굴을 본다.

"이게 바람직한 것일까? 나를 기다리는 환자들이 누워 있는데…."

하고는 시계를 보았다. 자정이 가까워온다. 일어섰다. 밖으로 나왔 다. 허 선배의 차는 길 건너 주차장에 있었다. 초록 신호등이다. 그러나 건널 수가 없었다. 아직도 촛불을 밝혀든 무리들이 구호를 외치며 도로를 점령하고 있다. 빨간 신호등으로 바뀌었다. 그래도 여전히 길은 막혀있다. 신호등은 제 구실을 하지 못하면서도 일정한 간격으로 바뀌고 있다. 허 선배는 뒤로 돌아서 걸었다. 다른 길을 찾으려는 것이다. 홍우는 돌아서가는 허 선배의 어깨가 유난히 외로워 보였다. 홍우는 허 선배가 사라진 후 촛불을 들고 도로 위 인파속으로 들어갔다. 구호를 외쳤다. 그런데 웬일인지 입에서는 소리가 나오지 않았다.📖

종만 치던 스님

　'광주리'는 쉬는 날이면 으레 산 밑 단칸방에 홀로 사는 스님을 찾는다. 노송이 무성한 언덕바지 그늘진 외딴 곳. 오두막 하나가 스님이 있는 곳이다. 낡은 지붕이 나지막하게 기울어져 바람이라도 불면 날려갈 것만 같다. 헛간이나 움막이라는 표현이 더 어울리는 그런 초라한 집이다. 일 년 내내 찾는 사람이라고는 거의 없어 항상 쥐죽은 듯 고요하다. 이 오두막 맞은편에는 스님이 종각이라고 부르는 자그마한 헛간 하나가 더 있다. 마구간 같은 이 헛간 대들보 밑에 자그마하고 거무스름한 범종 하나를 매달아 두었다. 높이가 1m정도 밖에 안 된다. 장독 같은 형상을 한 이 종은 표면에 아무 무늬도 조각도 없다. 스님이 보물처럼 여기는 이 못생긴 범종이 있어 불상도 탱화도 사물도 없는 이곳을 아랫마을 사람들은 절이라 하고 암자라고도 부른다.

　언제나 스님은 방바닥에 배를 깔고 뒹굴거나 가부좌를 틀고 큰 소리 내어 책을 읽다가 맞는다. 때로 벽을 향하여 주문을 외듯 웅얼거리고 있을 때도 있다. 그럴 때는 문밖에서 한참을 기다리기도 한다. 스님이 대웅전이라 부르는 이 방엔 부처님도 모셔져 있지 않고 탱화한 점도 없다. 조그마한 책상 하나와 책 몇 권이 구석에 놓여 있을 뿐이다.

스님은 키가 크고 떡 버러진 어깨와 굵은 팔뚝에 일자눈썹이 짙어 어찌 보면 험상궂은 데가 있다. 손바닥은 검고 거칠어 큰 솥뚜껑이다. 앞으로 불쑥 튀어나온 넓은 이마. 그 이마의 그늘에 눈이 가려진 때문인지 회색빛이 된 흐릿한 눈동자가 멀뚱거린다. 시선을 분간할 수가 없는 멍한 눈이다. 눈썹 사이 미간은 항상 주름이 잡혀 마치 못 마땅한 표정을 짓고 있는 것 같다. 아무래도 친근감이라고는 찾아보기 힘들다. 스님 같은 인자한 표정을 찾아볼 수 없는 그를 스님이라고 부르는 것은 어쩌면 아침마다 들려오는 그 범종소리 때문이지도 모른다.

절 뒤 공개산 가파른 언덕을 20분 쯤 오르면, 넓고 평평한 잔디밭이다. 잔디밭 언서리에는 장마에 굴러 떨어진 크고 작은 돌덩이들이 여기저기 놓여 있다. 거기 앉아 내려다보이는 끝없이 펼쳐진 검은 물결은 이 마을 사람들의 숱한 애환의 세월을 싣고 소리 없이 출렁거리는 바다다. 고요하고 한적한 이 곳. 호미곶 꼬리부분에 우뚝 선 등대는 마을의 수호신처럼 당당하다. 창자처럼 휘어진 해안선 거무스름한 갯벌에는 크고 작은 목선들이 얼기설기 뱃줄에 묶여있다. 등대에서 반 마장쯤 떨어진 언덕배기 외딴 집에서부터 띄엄띄엄 보이던 나지막한 초가지붕들이 활처럼 굽은 비탈길을 따라 조개껍질을 엎어놓은 듯 다닥다닥 붙은 잿빛 지붕들 10여개가 마을을 이룬다. 바다를 껴안고 사는 여기 사람들은 거의가 다 농사일보다는 고기잡이가 본업인 뱃사람들이다. 이 동리 서쪽 산비탈 외딴 집에서 태어난 광주리는 마을 밖을 나가본 일이 없다. 광주리가 태어났을 때는 가을걷이 철이었다. 온 식구가 들일을 나갈 때면 따로 아이를 봐 줄 사람이 없어 돌도 안 된 아이를 큰 광주리에 담아 대들보에 매달아 놓곤 했다. 그래서 얻은 이름이 광주리다.

스님은 새벽 4시만 되면 어김없이 범종을 울린다. 첫 종소리가 마을을 휘감고 바다로 달려갈 즈음 다음 종소리가 뒤를 따라 퍼져나간다. 이렇게 33번 종소리의 여음이 새벽안개 속에 묻히고 나면 고요하던 마을이 갑자기 수런거리기 시작한다. 마을 사람들은 언제부터인가 스님의 범종소리를 들으며 잠자리에서 일어나고 시계를 맞추고 그날의 일감을 챙긴다. 시계가 틀리면 종소리에 시계를 맞추기도 한다. 하루도 빠뜨리지 않고 치는 이 종소리는 저녁 10시가 되면 또 어김없이 28번을 울려 멀리 바다 수평선까지 여음을 보낸다. 그리하여 어떤 이들은 그저 '종치는 것밖에는 할 줄 아는 것이 없는 스님'이라고 비아냥거린다.

광주리가 초등학교 5학년 때, 광복이 되었다. 그 때는 모두가 굶주리던 때다. 광주리도 학교에서 돌아오자 지게를 걸머지고 산으로 달려야 했다. 나무를 해 와야 밥도 짓고, 군불도 땐다. 여름내 열심히 나무를 긁어드려 재 놓지 않으면 겨울을 날 수도 없었다. 광주리가 스님과 친하게 된 것도 나무하러 산에 갔다가 처음 만나면서부터다. 그 때부터 광주리는 한 지게 가득 나무를 해 놓고는 스님을 따라다니며 산나물도 뜯고, 약초도 캤다.

"뱀한테 물리면 이 잎을 찧어서 바르면 낫는다."

통통하고 검은 덩이줄기에 가지마다 한 개씩 작은 붉은 색 꽃이 피어있는 풀을 뜯어 보여주며 이것이 개구리발톱이라고 가르쳐 준 것도 스님이다. '솜방망이 풀' , '개 불알 풀' '거지덩굴' , '고슴도치 풀' 이라든지 이상하고 야릇한 풀이름만 해도 수없이 많았다. 신경통에 달여 먹으면 좋다는 '인동초' 빈혈에 좋다는 '당귀' 에 대한 이야기도 스님한테 배웠다. '씀바귀' '냉이' 는 물론 '곰취' 나 '개미취' 같은 산나물도 스님을 따라다니며 배운 것이다. 풀들이 다 좋은 약이 되는 것도 아니다. 잘 생긴 풀일수록 독이 있어 먹으면 안 되는 것도 많다는 말을 스님한테 들었다. 스님은 모르는 것이 없다. 학교 선생님보다도 더 많은 것을 알고 있다. 아니 선생님보다 모르는 것도 있기는 하다. 동요다. 그래서 광주리는 잔디밭 양지바른 곳에 앉아 학교에서 배운 동요를 자랑스럽게 부른다. 그러면 스님도 즐거운 목소리로 따라 부른다. 박자도 틀리고 금방 들은 가사도 금방 잊어버리고 다르게 부른다. 목소리는 유달리 커서 광주리가 아무리 큰 소리로 노래해도 스님의 노래에 묻혀버린다. 그러다보니 광주리의 노래가 자연히 스님을 따라 부르게 되어 학교에서 연습한 것과는 사뭇 다른 가사 다른 곡조로 부르게 되지만 학교에서 부르는 것보다 더 재미있다. 그러고는 둘이서 친구라도 되는 것처럼 '깔깔' '껄껄' 웃어댄다. 광주리는 이렇게 스님과 함께 있는 것이 마냥 즐겁기만 하다.

　스님은 혼자서 산다. 스님의 방은 법당과 겸용이다. 방에는 시커멓게 그은 남포등이 걸려 있고 책상에는 책과 큰 회중시계가 놓여 있다. 갯바람에 씻겨 적동색을 띤 마룻바닥은 밟을 때마다 ‘삐꺽, 뻭. 삐거덕.’ 비명이다. 광주리는 스님이 외로워 보인다.

　“스님 이런 곳에서 혼자 살면 쓸쓸 하재.”

　“쓸쓸한 게 뭐꼬?”

　바로 되묻는 스님의 멀뚱거리는 회색빛 눈동자의 언저리가 지친 사람처럼 가벼운 경련을 일으킨다. 광주리는 같은 질문을 거듭한다.

　“스님은 따분하지 않나?”

　“따분하기는.”

　그렇지 않다는 듯 딴청을 피우며 광주리의 머리를 널찍한 손바닥으로 쓸어내린다.

　“따분한 것은 너다. 방으로 들어가자.”

　스님은 책상 위에 쌓인 헌 책을 뒤적여가며 책장을 골라 읽어주기도 하고 또 그 뜻을 설명해 주기도 한다. 바로 옆에서 읽어 주는 스님의 목소리가 마치 멀리서 들려오는 산울림처럼 정겹게 느껴지는 광주리는 이 책 저 책을 집어 들쳐보며 묻기도 하고 또 읽어달라고 조르기도 한다. 스님은 광주리가 때를 쓰듯 매달려 읽어달라고 조르는 것이 조금도 싫지 않았나보다. 광주리가 골라 드는 책마다 빠짐없이 읽어주고 해석해 준다.

어느 일요일 스님과 뒷산에 약초를 캐러 갔었다. 광주리가 발이 미끄러져 바위 모서리에 복사뼈를 다쳤다. 피가 많이 났다. 울상이 되어 있으니 바위 위에서 스님은 놀란 목소리로 외쳤다.

"빨리 계곡에 내려가서 물에 담가라."

광주리가 계곡을 내려가 신발을 벗을 무렵 스님도 어느 틈에 내려와 발을 주물러 주며

"물에 담가라. 빨리"

하며 재촉하였다. 계곡물은 한 여름에도 얼음 녹은 물처럼 차가웠다. 다친 다리가 금방이라도 얼어버릴 것만 같이 시렸다. 맑고 붉은 피가 흔들흔들 흩어지며 물위에서 가늘게 퍼져 흘렀다. 바위에 손을 얹고 아픔을 참으면서 꼼짝 않고 그것을 바라보고 있었다. 등 뒤에서 스님의 목소리가 들렸다.

"봐라. 깨끗하지?"

피가 붉은 연기처럼 흔들거리며 희미해졌다. 그리고 상처에서는 또 붉은 피가 배어나 검푸른 물속으로 헤엄쳐 나갔다. 스님은 몸을 굽혀서 그것을 일자로 그어진 굵은 눈썹 끝을 치켜 올리며 잿빛 눈으로 쳐다보고 있었다. 광주리는 갑자기 무섭고 슬픈 생각이 들어 울음 섞인 목소리로 외쳤다.

"언제까지 담가야 되냐고?"

스님은 그 소리를 듣더니 부드러운 얼굴을 하고는 광주리를 안아 올렸다. 조심스럽게 바위 위에 앉혀 놓았다.

"잠시만 앉아 있거라. 약을 구해 올 테니."

하고는 근처 언덕 풀숲으로 달려가 쪼그리고 앉아 나뭇가지로 땅을

후벼낸다. 얼마 후 장삼 자락 가득 풀을 안고 다가온다. 풀 향이 매우 진하다.

"쑥이다. 이것을 바르면 감쪽같이 낫는단다."

하며 돌로 짓찧은 쑥을 상처에 대고는 칡넝쿨로 칭칭 감아 주었다. 그리고는 광주리를 안고서 오두막집까지 왔다. 선반에서 약통을 내려 발라주고 정성스럽게 붕대까지 감아주었다.

"스님, '기적'이라는 것은 정말 있나?"

"있지."

"그럼, 내 발에 상처를 당장 낫게 해주면 안 되나?"

"나는 신심이 부족하여 기적을 일으킬 수 없구나."

"스님, 미안해 하지마라. 그냥 해 본 소리니까."

그 후부터는 멀리서 새벽 종소리가 울려 퍼지면 광주리는 스님이 사무치도록 그리워졌다. 그리움은 찬 기운에도 몸을 따뜻하게 녹여주지만 마음은 한 구석에 슬픔의 찌꺼기 같은 것이 가라않는다. 아침마다 종소리를 울려 깨워주는 스님에 대하여 고마워하는 사람이 없다. 번뇌로부터 벗어나 생사의 고해(苦海)를 넘어 불과(佛果)를 얻게 해 준다는 범종 소리를 아침마다 울려주는 스님의 자비를 고마워하지 않는 마을사람들에게 서운한 감정이 쌓여갔다. 스님이 홀로 있는 법당 쪽을 멍하게 바라볼 때면 더욱 그런 생각이 짙게 배어난다.

다음 일요일에 붕대를 풀었다. 상처도 말끔히 나았다. 외삼촌의 고

깃배가 들어오는 날이다. 선착장에 나가서 일을 거들었다. 아직도 펄떡이는 생선들이 뱃전에 가득하다. 만선이라 외치는 외삼촌은 신바람이 났다. 생선탕과 생선구이로 푸짐한 점심을 먹고 나니 홀로 있을 스님이 보고 싶어졌다. 울창한 소나무 숲을 헤치고 올라갔다. 종각에서 검은 수건으로 범종의 먼지를 닦아내고 있던 스님은 광주리를 보자 반갑게 웃으며 법당 툇마루에 걸터앉는다.

"너 오랜만에 올라 왔구나? 너 웬 생선비린내가 이렇게 진동을 하냐?"

"응, 외삼촌이 돌아왔는데 만선이라고 생선잔치 벌리지 않았나? 참, 왜 스님은 생선을 못 먹나?"

"잘 먹었겠구나? 나는 생선을 먹을 줄 몰라서…"

"스님. 이 절에는 왜 불상이 없노?"

평소 스님이 가난해서 불상을 못 만들어 놓았다고 멋대로 상상하며 물어보지 않던 광주리가 무심코 던진 말에 스님은 딴청만 부린다.

"스님, 스님 하지 마라."

"그럼 무어라고 부르노?"

"그저 할아버지라고 해라."

"나이가 할아버지도 아인데?"

"광주리 네 할아버지보다 내 나이가 더 많다."

광주리는 불상이 없는 것을 따지는데 엉뚱한 할아버지 타령이 못마땅해서

"불상이 와 없노 말이다."

"부처란 대각견성(大覺見性)일 뿐이다."

무슨 말인지 몰라 광주리는 되물었다.

"그게 뭔데?"

"인간은 누구나 불성(佛性)을 가지고 있다. 그러니 부처는 모습도 없고, 소리도 없고. 모양과 색깔도 없는 초월한 존재란다."

여전히 알아듣지 못할 말이다. 마을 사람들은 업신여기지만 광주리가 보기에는 모르는 것이 없는 박사 같아서 설명을 재촉한다.

"좀 알아 묵게 말해 도고."

스님은 광주리의 머리를 다정하게 쓰다듬으며 설명을 계속했다.

"즉심즉불(卽心卽佛)이란다. 마음이 곧 부처인 것이야. 누구든지 마음을 잘 닦아 미혹(迷惑)에서 깨어나면 곧 부처가 되는 것이야. 바로 견성성불(見性成佛)인 것이다. 부처란 깨달음이다. 그러니까 너도 마음을 직관(直觀)하고 정신을 통일하여 본바탕을 발견하면 부처가 될 수 있는 것이야."

정확한 뜻은 모르겠지만 하여튼 바른 마음이 부처니까 마음은 보이지 않는 것이라고 광주리가 제멋대로 해석하고 있는데

"부처님의 크나큰 지혜와 자비는 마음으로 알게 되며, 마음속에 잔잔하게 울려 퍼지게 된다."

라고 맺으며 일어선다. 광주리도 따라 일어서며 그래도 부처가 많은 절이 더 멋있다는 생각이 들어

"그래도 다른 절에는 부처님이 참 많던데. 여는 뭐가 있노? 숟가락, 밥그릇, 책상 하나에 책 몇 권밖에 더 있나. 누가 봐도 거지 절이라 카

겠다."

불평을 늘어놓았다. 흐릿한 눈동자에 엷은 미소를 띠며 한참 동안 허공을 바라보던 스님이

"불상을 모셔 놓으면 미혹에 사로잡혀 죽은 사람으로 변해갈 것이다."

"스님 절에 스님 돈으로 불상을 모셨으면 스님 것이지 그럼 누구 꺼고?"

"사람은 보이는 것마다 갖고 싶어지지. 내 마누라, 내 자식, 내 집, 내 돈, 내 지식, 내 주장, 이루 헤아릴 수 없이 많은 것을 가져도 만족을 몰라. 그러면 이미 마음은 죽어가는 것이야. 가진 것이 없어야 남는 것은 마음뿐이고 그 마음이 맑아야 영원히 살 수 있는 것이야. 부처란 우주공간에 충만하여 살아있는 마음이야. 이 보다 더 소중한 것은 사바에는 없다."

"그럼 스님과 거지들처럼 마누라도 없고 집도 절도 없고, 참! 스님은 찌그러져도 집은 있지만 이래야 오래 산다는 말이가?"

"아니다, 재산을 많이 가져도 그것은 내 것이 아니라는 마음. 내 자식까지도 내 것이 아니라는 마음으로 돌아가 모든 중생들에게 되돌려 줄 수 있는 자비심을 갖는다면 많이 가져도 나쁠 것은 없겠지."

"그럼 스님은 그런 자비심을 갖고 많은 것을 모아 두면 될 텐데. 이게 뭐꼬? 거지처럼."

"그렇구나. 그런데 나는 원래 속물이라 재물이나 처·자식을 갖게 되면 집념에 사로잡혀 더 많은 것을 가지려 들 것이다. 아예 없어야 망

념(念念)에 사로잡히지 않을 것 같구나."

하면서 천천히 집밖 길 쪽으로 걸어 나간다. 곁으로 바싹 다가붙는 광주리의 좁은 어깨를 억센 손으로 감싸면서….

"아직은 네가 내 말을 못 알아듣겠지만 몇 해만 지나면 내 말 뜻을 알게 될 거다."

"지금도 안다. 스님이 하는 말은 다 참말 아이가. 그럼 이 세상에 내 것은 아무것도 없나?"

"그래, 내 것은 아무것도 없다. 내 몸, 내 목숨도 내 것이 아닌데 내가 알고 있는 것 심지어 내 마음까지도 다 내 것이 아니야."

"우예 내 몸, 내 목숨이 내 꺼가 아니라 말이고?"

"네 몸, 네 목숨을 네가 만들었나? 아니지? 그러니까 네 것이 아닌 거야. 네 것이 아닌 것을 네가 가지고 있으니 버려야 한다. 필요한 사람에게 주어야 할 때가 되면 주어 버려야 해."

스님의 눈을 빤히 쳐다보는 광주리와 시선이 마주치자 스님은 껄껄거리고 한 번 웃더니

"자 마음타령은 그만하고 뒷산에나 올라가자."

발걸음이 빨라진다. 스님과 광주리는 손을 잡고 뒷산으로 올라간다. 바다를 사이에 둔 이쪽은 오늘도 동네가 잿빛으로 가라앉아 있다. 여기저기 굴뚝에서 저녁 밥 짓는 연기가 피어오른다. 몇 줄기 연기는 뱀처럼 꿈틀거리며 하늘로 올라간다. 포구에는 돛을 거둔 기둥만 높게 솟은 배들을 나란히 줄지어 매어둔 것이 장난감 같이 조그맣게 보인다. 그 너머 바다 위에는 돛단배가 한가하게 떠있다. 주변은 잠잠하여 아무 소리도 들리지 않는다. 광주리는 몸이 안쪽으로부터 부풀러

나온 것 같은 기분이 되었다. 오늘은 나물도 캐지 않고 노래도 부르지 않고 먼 바다를 바라보며 노래도 부르고 학교에서 배운 이야기와 마을 사람들한테 들은 옛 이야기들을 나누다 보니 어느 새 하늘의 별들이 초롱초롱하다. 검은 바다는 등대의 불빛을 따라 높은 파도를 일렁인다.

"너무 늦었구나. 곧 인정을 알릴 시간이다."

하면서 엉덩이 흙을 털며 일어선다. 광주리도 스님을 따라 법당으로 내려왔다. 스님은 방에 들어가서 회중시계를 보고는 종각으로 향한다. 종 치는 굵은 나무토막을 매달은 새끼줄을 움켜쥐고 종을 응시하는 스님의 표정은 평상시와는 완전히 다르다. 그런 스님의 얼굴을 광주리는 아픈 것 같은 호기심으로 바라보고 있다.

종 치는 나무토막을 쥔 스님의 몸이 종 반대쪽으로 기우러지니 그 자리만 공기가 쑥 빠진 듯 했다. 그리고는 엄숙하다 못해 무서워진 스님 얼굴과 우람한 몸이 종을 향해 돌진하는가 싶더니 터무니없는 큰 소리가 산을 때리고 바다를 향한다. 그 소리는 귀가 아프도록 큰 소리도 아니며 찢어 질 듯이 날카로운 소리도 아니다. 온온히 울리는 긴 여운이 듣는 사람들의 심장을 파고들어 그 속의 모든 찌꺼기를 걸러내는 듯하다. 몸속이 텅 빈 것 같은 느낌이 들었다. 모든 것이 정지된 느낌이다. 가슴이 뭉클 찌르르해지는 2~3초를 맛보고 나니 또다시 종소리가 산을 흔든다. 스물여덟 번을 반복한다. 광주리는 그 종소리가 무섭기도 하나 또 기다려지기도 한다. 스님은 이 재미로 혼자 이곳에 살고 있는가 보다.

"오늘은 너무 늦었으니 큰 길까지는 내가 따라가 주마."

스님은 광주리의 손을 잡고 걷는다.

"스님 지금 그 종소리 우리 동네 사람들 모두가 들었을까. 도무지 듣지 못한 것 같아"

"듣는 사람도 있고, 듣지 못하는 사람도 있단다."

"좀 더 크게 치면 다 들을 수 있겠지?"

"아무리 크게 쳐도 못 듣는 사람이 있고, 종을 안 쳐도 들리는 사람이 있단다."

스님은 멍청해 보이는 웃음을 띠우면서 큰 손으로 광주리의 어깨를 껴안았다.

광주리가 초등학교를 졸업한 그 해 여름 아버지가 태어나 처음 당해본다는 큰 태풍이 이 마을을 쓸고 지나갔다. 광주리네의 가장 큰 재산이요 수입원이었던 고기잡이배가 바다에 쓸려 내려가 나무토막이 되어 사라져버렸다. 몇 도랑 안 되는 논마저 물에 잠겨 그 해 소출도 없었다. 화병을 얻은 아버지는 드러눕고 말았다. 입에 풀칠도 할 수 없었다. 매일같이 한숨만 쉬던 어머니를 걱정하던 외삼촌이 대구에 다녀와서 광주리를 불러 앉혔다.

"도시로 나가야한다. 여기서는 천 년 만 년 살아도 사람답게 살 수가 없다. 너는 여기 바다에 목숨 걸고 사는 사람이 되지 말아야 한다."

하면서 여비로 쓸 몇 푼의 돈과 함께 대구에 있는 방적공장의 주소가 적힌 종이를 손에 쥐어주었다. 할 수만 있다면 스님 곁에서 평생 살고 싶었다. 그러나 외삼촌의 간곡한 당부와 어머니의 야위어가는 모습을 외면할 수도 없고, 광주리 생각에도 나가서 돈을 벌어 와야 어머니도 살고 아버지도 다시 일어날 수 있을 것만 같아 떠나기로 결심했다. 가기 전에 스님을 만나보고 싶었다. 방개산 위 오두막을 향하던 발길을 멈추었다. 만나면 돌아서지 못할 것만 같았다. 그냥 가야겠다고 결심했다. 오두막을 향한 눈길을 거두어 들이지 못한 채 발길만 돌렸다. 외삼촌의 배를 타고 뭍으로 나온 광주리는 대구로 나가는 화물자동차의 짐칸에 올라서도 물 건너 방개산 위 스님의 오두막 있는 쪽만 바라보았다. 오두막도 산도 바다도 시야에서 사라졌건만 광주리의 눈에는 오두막 종각에서 종을 닦는 스님의 모습만 보였다.

방적공장에는 광주리 나이 또래도 몇 명 있었다. 그들이 합숙하는 방에 안내 되었다. 반장인지 실장인지 제법 몸이 건장한 한 아이가 광주리한테 오더니 짐 보따리를 들고 빈 사과상자가 놓인 곳으로 가서는

"여기가 네 자리다. 보따리를 상자 안에 넣어라."

"참, 내 소개를 안했구나. 나는 이방 실장이다. 이름은 이민호다. 우리는 같은 배를 탄 사람들이다. 깉이 열심히 일하자. 이곳에 있으면 굶지는 않는다. 행운이다."

"저는 보통 광주리라고 불리는데, 학교에서는 정홍일 이라고 했심더."

다음날부터 방적공장에서 광주리는 묵묵히 일에만 열중하였다. 일 못해 죽은 귀신이라도 씌운 것처럼 일에만 매달렸다. 깨어있는 모든

시간을 일에만 열중했다. 매달 받는 월급은 한 푼도 남기지 않고 집으로 보냈다. 1년가량 지날 즈음 창사기념일이라고 공장마당에서 잔치가 열린 자리에서 사장은 광주리를 불러내어 상장과 특별 위로금을 주며 내일부터는 작업반장이라고 말하였다. 그리고 모든 사원들에게 광주리는 이 회사에서 없어서는 안 될 귀중한 인물이라며 장차 이 회사에서 가장 좋은 대우를 받는 사원이 될 것이라고 말하였다.

그날 이후 광주리는 완장을 차고 공장을 구석구석 돌아다니며 흩어진 자재들을 살피고 새로 들어온 직원들에게 작업방법을 가르치기도 하며 직원들에게 일감을 나누어주고 일한 양을 파악하기도 하였다. 반장이 되기 전보다 더 바빴지만 월급을 다른 직원의 배 가까이 받는 것에 비하면 하나도 힘들지 않았다.

몇 달 후 대구는 낯선 사람들로 넘쳐났다. 전쟁이 일어났다는 것이다. 이북에서 내려온 사람, 서울에서 온 사람 등, 제 각기 다른 사투리를 쓰는 사람들이 밀려들어와 대구 사람보다는 다른 지방 사람들이 더 많아보였다. 여기저기 빈터에는 피난민들이 꾸린 판잣집들이 들어서기 시작하였다. 광주리가 다니는 공장은 군복을 만드는 군수공장이 되었고 일감도 많아졌고 직공도 배나 늘었다. 그만큼 광주리도 더 바빠졌다 새벽부터 완장을 차고 공장을 돌며 작업을 독려하고 기계를 손질하고 완성된 옷을 군용차량에 실어 보내는 등 뛰어다니며 닥치는 대로 일을 했다. 사장은 월급 외에 별도로 돈 봉투를 만들어 가지고 광주리 손에 쥐어주곤 했다. 모든 젊은이들이 전쟁터로 불려 나가고 있

216

었지만 이 공장 직공들만은 데려가지 않았다. 군수공장이라서 그렇다고 한다. 광주리는 공장근처 피난민 마을에 판잣집 하나를 세 얻어 어머니와 아버지를 대구로 불러 올렸다. 광주리는 어느 새 한 가족의 생계를 책임 져야하는 가장이 된 것이다. 광주리 손에 전 식구의 생명이 달린 셈이다. 더욱 피땀 나는 노력을 하였다. 공장의 일이 많아질수록 광주리는 월급도 올랐고 위치도 바뀌었다. 작업반장들 중에서 나이는 제일 어리지만 가장 크고 어렵다는 A라인 작업반장이 되었다. 그렇게 2, 3년이 지난 어느 날 휴전이 되었다는 말이 돌았다. 전쟁이 끝났다는 것이다. 판잣집에 살던 피난민들이 하나 둘씩 짐을 싸기 시작했다.

A라인에는 얼마 전에 광주리보다는 열 살 가까이나 더 들어 보이는 김도식 이라는 견습공 하나가 들어왔다. 사투리로 보아 광주리와 비슷한 지방에서 온 것 같다는 것 외에는 아는 것이 없는 낯선 사람이다. 벙어리라고 느껴질 만큼 말이 없는 사람이다. 특히 자신에 관해서는 물어도 눈만 껌벅일 뿐 입을 열지 않는다. 어쩌다 광주리와 마주치면 다정한 엷은 웃음을 보이며 고개만 까닥한다. 그도 광주리에게만 보이는 진눈깨비나. 다른 공원들과는 얼굴을 맞대거나 마주 서는 일이 없다. 광주리가 작업 지시를 하면

"예, 알아들었심더. 반장님. 그렇게 하겠심더."

꽤나 점잖은 목소리로 복창을 하며 즉각 일에 들어간다. 그럴 때 마다 광주리는 미안한 생각에 김 씨에게서 눈을 피한다. 서너 살 이나 대여섯 살 많은 공원들은 많이 거느려 봤지만 김 씨처럼 열 살 가까이나 더 들어 뵈는, 그것도 고향 선배 같기도 한 김 씨를 대하는 것이 어

렵기도 했지만 점잖게 보이는 사람이 광주리에게 깍듯이 윗사람 대접
하는 것은 광주리에게는 여간 불편한 것이 아니었다. 김 씨는 황소처
럼 일만 하고 쉬는 법도 없다. 작업이 끝나고 막걸리 통이 와도 거들
떠보는 법이 없다. 그저 일하고, 때 되면 먹고, 잠자는 것 이외는 아무
것도 하는 것이 없다. 누구하고도 이야기 하는 법이 없다. 친구도 물
론 없다.

　광주리가 이 공장에 오고 12년이 되었다. 공장에서는 공장장을 도
와 모든 생산라인을 원활하게 돌아가도록 조정하고 관리하는 관리과
장이 되었고 집에서는 여덟 식구의 생계를 책임지는 가장이었다. 그
런대로 마을에서는 남에게 빌러 가지 않아도 될 만큼은 생활이 안정
되었다. 공장에서는 가장 부지런한 직원이라는 평에 최고의 기술자라
는 평을 하나 더 얻었다.

　그 해 대통령선거를 한다고 떠들썩하더니 기어코 날만 새면 학생들
이 거리로 쏟아져 나왔다. 부정선거를 했다는 것이다. 부정선거를 저
지른 사람을 처벌하고 선거를 다시 하라고 외치다가 몇 사람의 학생
이 총을 맞고 죽었다고 한다. 데모는 더욱 극심해지더니 대통령이 물
러나야한다고 외치기 시작했다. 연일 학생들의 데모와 총소리가 이어
지다가 급기야 대통령이 물러난다는 발표가 나온 후에야 조용해졌다.
갑자기 세상은 변하기 시작했다. 헌법을 바꾼다고 하더니 국회의원 선
거를 다시 하고 이제부터는 독재정치가 아니라 민주정치를 한다면서
새로운 말 새로운 법들이 쏟아져 나오기 시작했다.

그 때까지 큰소리치며 살던 사람들 중에는 감옥으로 간 사람들도 있었다. 그리고는 숨죽이고 살던 사람들이 갑자기 큰소리를 치며 활보를 하기 시작했다. 그러나 세상이 어떻게 바뀌던 광주리는 관심이 없었다. 오직 공장에서 옷 만드는 일 말고는….

그러나 김 씨는 하루하루 달라졌다. 사람을 정면으로 쳐다보기도 하고, 말수도 조금 많아 졌다. 특히 광주리에게는 더욱 다정하게 다가왔다.

"과장님, 오늘 작업이 끝나면 뫼시고 탁배기 한 잔 할랍니더"

한 잔 하고 싶으니 어떠냐고 묻는 것이 아니라 아예 당연히 따라오라는 식이다. 전에는 하지 않던 말버릇이다. 광주리는 이것이 오히려 편하다고 생각하며 쾌히 승낙했다. 이날도 그렇게 제법 비싼 막걸리집에 마주 앉았다. 드럼통을 엎어 놓은 술상은 얼마나 닦았는지 윤이 반짝반짝 났다. 벌겋게 고춧가루와 마늘로 범벅을 한 두부찌개가 안주로 나왔다. 이날 김 씨는 광주리에게 놀랍고 눈물겨운 슬픈 이야기를 세 시간 가까이 들려주었다.

"나는 자네 고향과는 바로 이웃인 구룡포리네."

회사에서는 과장님이라던 호칭이 자네로 변하였다. 뿐만 아니라 존댓말은 어디가고 반말이다. 고향이 이웃이라는 것은 별로 놀라운 것은 아니었다. 김 씨의 사투리로 짐작하고 있었다. 자네로 호칭이 바뀐 것, 반말에 대해 광주리는 불쾌감을 느끼기보다는 오히려 고향 선배를 대하듯 다정함이 느껴져 편했다.

"자네는 그 때 너무 어려서 잘 모르겠지만 1949년에 좌익 운동을 하

219

다가 전향한 사람들로 조직한 반공단체로 준 국가단체인 '국민보도연맹'을 조직하였네. 각 지역 별로 할당제가 있어 인원이 부족하면 사상범도 아닌 사람도 많이 가입을 시켰다네."

김 씨는 그때가 회상되는지 막걸리 한 사발을 단숨에 들이켜고 담배를 꼬나물었다. 그리고 한참 만에 다시 입을 열었다.

"그때 내 친한 친구 중에 경찰이 하나 있었네. 성품이 부드럽고 착해 경찰이 어울리지 않는 그런 친구였어. 우린 이 형사라고 불렀지. 사실 형사는 아닌 데 말이야."

"하루는 이 형사가 찾아와서 보도연맹에 가입해 달라고 애원하지 않겠나. 자기 할당을 채우지 못하면 쫓겨난다고, 가입하면 여러 가지 좋은 점도 있다 고해서, 그래 내 사촌 동생 홍식이와 함께 가입하고 말았네. 이 일이 우리의 목숨과 관계있는 줄은 꿈에도 생각지 못하고 말 일세."

"이듬해 전쟁이 터졌네, 서울이 북한군에 함락되자 서울 보도연맹 회원들이 그들에게 협력을 하였다네. 이것이 화근이 되어 보도연맹 회원들을 모두 빨갱이로 몰아 국군과 경찰들이 학살을 시작하였네."

"나와 사촌 동생 홍식은 밤10시에 잠자다가 붙들려 트럭에 실렸어, 어두운 밤길을 달리는데 공개 산 근처에 왔을 때 내 사촌이 뛰어 내려 산 쪽으로 도망 쳤다 아이가. 우리를 호송하는 경찰인지 군인인지도 모르는 세 명중 두 명이 추격해 갔다네."

광주리는 무슨 이유에서인지 홍식 이라는 도망자가 무사히 도망쳐 붙잡히지 않기를 마음속으로 바라고 있었다.

"자네는 잘 알고 있을 테지, 자네 동네 뒷산이니까. 왜 종치는 외딴 오두막집 쪽으로 도망 쳤다네."

순간 광주리는 도망자의 생각이 달아나 버렸다. 어린 시절 유일한 즐거움이었던 그 산사, 김 씨는 오두막집이라고 했지만 광주리는 산사(山寺)라고 기억하고 있다. 종 치는 스님의 투박한 인자함, 가슴 저리게 보고 싶어졌다. 단절해 버린 자신이 한 없이 원망스러웠다. 이제 도망자 이야기보다 스님의 소식이 듣고 싶었다.

"그런데 말이야, 붙잡아 온 사람은 내 사촌이 아니고 머리를 깎은 스님이드라."

"그 스님이 왜?"

광주리는 놀라 다급하게 물었다.

"바로 앞도 분간하기 힘든 그믐밤에 추격해 간 호송원이 다다른 곳이 그 스님의 오두막집이었단다. 스님에게 도망자의 행방을 물어도 모른다고 했단다."

김 씨는 옛일을 회상하느라 얼굴을 잠시 들어 술집 창밖을 내다보더니 말을 계속한다. 그 호송원들이 낙심하여 담배를 피워 물며

"그냥 가면 주임이 한 명 모자란다고 우리가 문책을 당하니 가다가 아무 놈이나 한 놈 잡아가자. 인원수만 채우면 되니까."

라며 나눈 대화를 스님이 들었다고 한다. 이 말을 들은 스님이 육중한 몸으로 그들 앞에 다가와서 이렇게 말했다고 한다.

"나를 대신 잡아 가 주이소, 나는 중이라 처자도 없고 먹여 살릴 권속도 없소" 라고.

"잡혀가면 어떻게 되는 줄 알고 그러시오?"

하고 호송원이 물으니

"잘 알고 있소"

라고 태연하게 답을 하더라는 것이다.

그렇게 해서 붙들려온 스님과 김 씨 일행은 모두 보경사 뒷산에 있는 폐광 앞에 모여 간단한 인원 점호를 마친 후, 굴속으로 몰아넣어 졌고, 뒤에서는 무차별 총격을 가했다는 것이다.

"스님의 그 넓은 등이 방탄벽이 되어 엎어진 내 위를 덮었고, 그 순간 입구에서 수류탄 터지는 소리가 천지를 흔들었지."

김 씨는 줄 담배를 빨면서 이야기를 계속했다. 마치 그 때가 현실로 떠오른 듯이

"아마 살아남은 사람은 나 하나밖에는 없을 거야. 그 길로 나는 이름도 바꾸고 걸식하면서 이곳저곳으로 떠돌이 생활을 했네, 고향에 가면 즉시 붙잡혀 처형 되었을 거야, 이번 4월 혁명이 우리의 사슬을 풀어주었네, 이제 고향도 찾아야지."

"그리고 나와 사촌동생의 목숨을 살려주고, 대신 가신 그 종치던 집도 찾아보고 공양을 올릴 작정이네."

하면서 하고 싶던 말을 하지 못하고 새겨 둔 마음의 병이 쾌유가 된 듯이 얼굴 표정이 밝아졌다. 막걸리로 인해 화색(和色)이 더욱 좋

아졌다.

　오랜만에, 정말 오랜만이다. 광주리는 12년 만이다. 100년도 더 되
는 듯이 지루하고 길었던 12년 세월이 지난 날. 방개산 언덕을 오르는
광주리의 발은 천근, 만근이나 되는 듯 무겁다. 언덕길 마루 조금 널
찍한 빈터에 광주리는 눈을 꽂고 발을 멈춘다. 법당이라고 부르던 오
두막도, 종각이라고 부르던 헛간도 간 곳이 없다. 부엌 아궁이만 기분
나쁘게 뻥 뚫려 아가리를 벌리고 있다. 젓가락처럼 가늘기는 해도 석
가래나 기둥은 있었는데 하나도 보이지를 않는다. '아궁이가 쌀밥을
먹는다.' 는 시절이라 땔감으로 모두 갖고 갔는지 아무것도 없다. 혹시
나 싶어 종을 찾았으나 물론 없다. 이슬비가 그 빈터를 지키는 풀잎과
흙을 적신다. 잡목 가지는 눈물처럼 빗물을 흘린다. 비에 젖은 소나무
와 잡목사이 어디에선가 '이 녀석 광주리 아이가?' 하며 스님이 달려
나올 것만 같은데 들리는 것은 비에 젖어 우는 나뭇잎소리뿐이다.

　'나는 중입니다. 그래서 처자도 없습니다. 도망 친 사람을 대신해서
나를 잡아 가면 안 되겠소?' 마지막 유언처럼 남긴 그 말 한 마디가 이
산 어딘가에 분명 남아 있을 것만 같아 광주리는 멀리 출렁거리는 바
다로부터 시작하여 곶 끝머리 등대를 거쳐 마을까지 그리고 언덕의 다
랑논과 비탈 밭을 지나 언덕까지 둘러보았다. 어디를 보아도 달라진
것은 없는데 오직 어린 날 잠 깨워 주던 종소리만은 들을 길이 없다.

　다만 비안개 속에서 뚜벅뚜벅 걸어 나오는 스님의 모습. 호송원에

게 끌려가며 미소 짓고 있는 스님의 흐릿한 눈매. 폐광 입구를 가로막 아선 늠름하고 우람한 스님의 어깨가 선하게 스쳐온다. 그리고 광주리는 절 뒷산에서 발을 다쳐

"스님. 기적이라는 것이 있나?"

라고 물었을 때

"있지"

라고 답하면서도

"나는 수양이 부족해서 기적을 행할 수 없단다."

라고 한 말이 들려온다.

그 순간 어디에선가 종소리가 들린다. 은은하면서도 깊은 여운을 길게 끌고 다가오는 종소리. 그리고 그 종소리가 스님의 목소리로 말을 한다.

"사바의 목숨을 버려야하는 때를 놓치지 않아, 영원히 사는 생명을 얻는 것이 바로 기적인 기라."

송장벌레

지난 밤 일찍 잠자리에 든 것도 아닌데, 새벽 4시도 되지 않아 눈이 떠진 것은 밤새 몸을 뒤척이느라 깊은 잠이 들지 못한 탓인가 보다. 김 노인은 창밖으로 머리를 길게 뽑아 2층을 올려다보았다. 불빛이 없다. 다행이라 여기며 야밤에 도주하는 빚쟁이처럼 살금살금 소리 나지 않게 옷을 챙겨 입고 서둘러 집을 나섰다. 쓰레기를 수거하는 차량과 신문을 가득 실은 오토바이가 골목길을 빠져나갈 뿐 사람 하나 보이지 않는다. 마을 뒷실로 돌아 성촌골 오르는 언덕으로 접어들었다. 옛날 나뭇짐 지고 다니던 때와는 달리 잘 다듬어진 길은 평지를 걷는 것과 다름이 없었다. '우면산 생태공원'이라는 푯말이 붙어있는 철문을 들어서니 올록볼록한 돌길이 발바닥을 주무른다. 울창한 참나무 숲길을 따라 걸었다. 풀잎에 맺힌 이슬방울로 씻어낸 공기는 시원한 바람을 불러 김 노인의 옷소매를 잡고 흔든다. 계곡에 흐르는 물소리가 얄밉게 재잘거리며 가을을 재촉한다. 천천히 걸었다. 아주 천천히. 갈 곳을 정하고 나온 것도 아니요, 누가 부르는 것도 아니다. 발걸음 소리에 놀란 다람쥐 한 마리가 풀숲 속으로 재빠르게 도망을 친다. 동쪽 하늘부터 어둠이 걷히면서 나무들도 기지개를 켜며 수런거리는 길 끝에서 넓디넓은 저수지가 반겨준다.

김 노인은 기다란 나무의자에 몸을 기댔다. 웅덩이 흐린 물빛에 가느다란 파문이 일고 잠에서 깨어난 민물고기들이 아침공기를 마시려고 주둥이를 내미는 지 물방울이 보글보글 튕겨 나온다. 살아있는 모든 것들이 눈을 뜨기 시작하는 이 시간. 하늘이 검은 휘장을 벗으면서 뜨문뜨문 사람들의 그림자가 나타난다. 운동복 차림의 사람들이 늘어간다. 모두가 짝을 지어 나왔다. 간혹 짝 없는 늙은이 곁에는 젊은 사람들이 함께 거닐기도 한다. 김 노인은 그런 노인들만 눈여겨보았다. 어떤 이는 아들 같기도 하고 어떤 이는 며느리 같기도 한 여인과 동행이다. 손자 녀석을 거느린 노인도 눈에 띈다. 김 노인은 모두가 이 세상 사람들이고 자기만 다른 세상에서 온 것 같은 외로움에 처지는 어깨를 일으켜 세우며 다시 가던 길을 걸었다. 나무계단을 따라 걷다 보니 '수서 생물 관찰원'을 지나 '풀꽃 관찰원'을 거치니 우거진 숲이 앞을 막는다. '명상의 숲'이라는 이름처럼 그윽하다. 무슨 아쉬움에 그토록 그리움이 배어 있었는지 소쩍새 울음소리가 애절하다. 아침먹이를 찾아 나온 다람쥐 떼가 바삐 수풀 속을 뒤진다.

마른 나뭇가지들이 제멋대로 뒹굴고 있는 무성한 잡초 사이에서 아주 작은 벌레 하나가 움직이고 있다. 김 노인은 태풍으로 넘어진 나무 등걸에 걸터앉았다. 벌레 한 마리가 죽어 오래된 들쥐의 마른 시체위에 앉아있었다. 누군가를 기다리는 듯 이리저리 살피면서….

226

철갑 옷을 입고 주황색 더듬이와 적갈색 수염을 쉬지 않고 움직이며 주위를 두리번거리고 있는 벌레에서 김 노인은 눈을 떼지 않았다. 어려서부터 수없이 보아온 '송장벌레'다. 그 이름에서 오는 선입견 때문인지 평소에는 징그럽다는 생각으로 쳐다보지도 않던 벌레다. 그런데 이제 보니 더듬이 끝에 빨간 단추 같은 것이 달려 있고, 가슴 아래에는 고운 황색 털이 돋아 있으며, 딱딱한 날개에는 두 쌍의 예쁜 무늬가 빨갛게 찍혀 있어 귀여운데도 있었다. 제 몸뚱어리보다 수 백 배나 더 큰 시체덩어리를 어찌하려고 그러나 싶어 뚫어지게 바라보고 있었다.

"야. 송장벌레다."

갑자기 등 뒤에서 젊은 남자의 목소리가 들렸다. 깜짝 놀라 돌아보았다. 스물을 갓 넘긴 것 같은 청년이 김 노인과 눈이 마주치자 미소를 지으며 가볍게 고개를 끄덕여 인사를 한다.

"죄송합니다. 하도 꼼짝 않고 풀숲만 바라보고 계시기에 무엇인가 해서 봤더니…."

어린 티가 가시지 않은 말씨에 어리광스런 맛까지 깃들여 쉽게 호감이 가는 청년이다.

"자네 이게 송장벌레인 줄 어떻게 알았나?"

"아, 예. 벌레 공부를 하고 있습니다."

"벌레 공부라니?"

"대학 생물학과에서 공부하는 데요. 곤충학에 관심이 많아요."

호기심 많은 소년처럼 천진난만해 보이는 얼굴은 그늘 한 점 없이 희고 맑다. 어찌 보면 김 노인의 하나 뿐인 아들의 어린 시절과 닮았다는 생각마저 들었다.

"자네 저놈이 왜 저러고 있는지 아나?"

"아마 암놈을 기다리고 있을 겁니다."

"그럼 저 짓은 무슨 짓인가?"

"암컷이 빨리 오게 하려고 페로몬을 방출하는 겁니다."

김 노인은 젊은이가 여러 가지 곤충 채집통을 매고 있는 것을 보고

"곤충을 연구하는 학자 같은 면목을 가졌군."

"예. 곤충을 전공하는 것이 어린 시절부터 꿈이었습니다. 이 송장벌레도 우리나라에 100종 가까이 있습니다만, 연구가 부족하여 주로 외국의 연구를 참고하고 있습니다."

김 노인은 별로 명예와 돈과는 상관이 없는 곤충학에 열심이라니 기특한 생각이 들었다.

"그런 걸 배워서 뭐해? 젊은 사람이 돈 많이 벌어 재벌이 되거나 출세할 생각은 안 하고…."

짐짓 핀잔을 주자 청년은 정색을 하며 웃는다.

"우리 엄마도 그러시던데. 아저씨하고 똑같은 말을요. 그렇지만 그게 아니어요. 돈을 벌 수 없을지 몰라도 의학이나 국가경제에서 아주 중요한 분야라는 인식이 차츰 확대되어가고 있어 앞으로 발전시켜야 할 분야입니다. 응용곤충학에서는 인간생활에 유익한 유용곤충류를 이용하여, 농림·수산·위생의 각 분야, 즉 인류에게 직접·간접적인 모든 생활에 활용할 수 있도록 연구를 할 만한 가치가 있습니다. 아주 경제가치가 높아서 경제곤충학이라고도 하는데요."

"그렇구면?"

"예, 그리고 이 곤충들의 삶을 보면 재미있는 게 많기도 하지만 사람들이 배워야할 점도 많더라고요."

"저놈도 보세요. 암놈이 오면 같이 저 큰 들쥐를 땅에 파묻고 그 속에 들어가서 알을 낳거든요. 먹이를 구했을 때만 생식기능이 작용하는 것도 특이하죠. 먹이를 못 구하면 짝도 없는 거예요."

"마치 돈 없으면 장가도 못 가는 식이구나."

"그런 셈이죠. 그런데 좀 다르잖아요. 여자들은 자기가 편해지려고 돈 많은 남자를 찾지만 저 놈들은 자식의 먹이만을 위해서죠."

"여자들도 자식까지 생각해서 그러는 거겠지."

"그런가요? 더 재미있는 것은 알을 엄청 많이 낳거든요. 그래가지고 저 먹이로 기를 수 있는 숫자만큼만 살려두고 남는 유충은 어미 벌레가 다 먹어버리는 거예요. 건강한 유충들을 배불리 먹이기 위해 약한 유충들은 먹이 맛도 못 보게 죽이는 거죠."

"잔인 하구나."

"사람도 마찬가지 아닌가요?"

"어째서?"

"요즘 사람들은 한두 명만 낳고 그 이상은 이에 생기지도 못하게 하잖아요."

"그런 셈이구나. 결국 사람이나 벌레나 다 자식에게 먹이를 제공하기 위해서 살다가 가는구나."

하면서 젊은이를 봤다. 10여 년 전 아들의 학창시절과 닮았다. 그 아들도 아버지 어머니 행복하게 해드리기 위해서 열심히 공부한다고 했다.

"하지만 사람들이 벌레와 다른 것은 평생 부모 곁을 떠나지 않고 봉양하는 것을 보람으로 여기는 것 아니겠습니까?"

청년의 마지막 말에 김 노인은 몸을 일으켰다. 마치 청년에게 부끄러운 짓이라도 들킨 사람처럼 얼굴이 뜨겁게 달아올랐다.

송장벌레를 뚫어지게 바라보며 사진을 찍어대는 청년을 두고 말없이 산을 내려왔다. '평생 부모 곁을 떠나지 않고 봉양하는 것을 보람으로 여긴다.' 는 청년의 말을 곱씹으며 빠른 걸음으로 걸었다. 늦가을의 따가운 햇살이 김 노인의 목덜미에서 주르륵 흘러내린다.

지하철을 탔다. 잠이 들고 싶었다. 눈을 감았다. 잠은 오지 않고 어제 저녁 생각만 자꾸 떠오른다. 다른 날 같으면 수저를 놓자마자 아래층으로 내려왔겠지만 어제 저녁에는 수저를 놓고도 30여분이나 더 머뭇거렸다. 아들내외가 무슨 말이라도 할 것이라고 기대했었다. 그러나 그들은 아무 말이 없었다. 아마 날짜를 잊었나보다. 갑자기 먼저 간 아내가 그리워졌다. 그는 20여 년 살면서 단 한 번도 날짜를 잊은 적이 없었다. 그 아내에게 변변한 옷 할 벌 사주지 못했다. 오로지 외동아들에게 온 정성을 쏟았다. 이럴 줄 알았으면 아내에게 좋은 옷 맛난 음식이나 실컷 사줄 것을 그랬다는 후회가 새록새록 솟아올랐다.

아내는 아들이 대학에 들어간 그 해. 가을에 눈을 감았다. 주변사람들이 아직 50도 안 된 젊은 나이에 어떻게 혼자 사느냐고 재혼을 권하는 사람들이 많았지만 김 노인이 한사코 거절했다. 아들 때문이었다. 아들도 그것을 고마워했는지, 김 노인이 들에 나간 날이면 밥을 지어놓고 집안을 깨끗이 치워두고 기다려 주었다. 그날 학교에서 있었던 일들을 낱낱이 이야기 해 주기도 하고, 어깨나 다리를 주무르며 돈을 많이 벌어 세계여행 시켜드리고 이 세상에서 제일 좋은 차를 사 드리겠다고 수백 번 약속했던 아들이다. 크고 작은 일들을 아버지에게 물어보고 의견을 듣곤 했다. 그 아들이 대학을 졸업하면서 아버지와 의논하는 일이 적어지고 스스로 결정하는 일이 많아지더니 결혼을 하고 나서는 아버지와 함께 있는 시간이 거의 없어지면서 대화도 없어져갔다.

김 노인은 그대로 아래층으로 내려왔었다.

종로 탑동 공원에는 왕년에 씨름판에서 황소를 수십 마리를 독점했었다는 박 노인, 왜놈들의 간담을 서늘하게 만들었다는 황 노인, 지금의 모 재벌 기업의 초창기 때 자기가 그만큼 키워놓았다는 자랑을 백 번도 더 말한 다른 박 노인을 비롯하여 명동에서 자기를 모르면 간첩 소리를 들을 만큼 유명했다는 서 노인 등 낯익은 몇몇 노인들이 빙 둘러 앉아 수백 번도 더 했을 옛날이야기를 또 다시 늘어놓고 있다. 자식자랑도 빼놓을 수 없는 화제다. 그러다가 배가 고파질 시간이 되면 어느 새 자랑삼던 자식들에 대한 원망과 서운함을 뱉어내기 시작한다. 그럴 즈음 김 노인이 끼어들었다.

"점심이나 먹고 떠들지 배도 안 고픈가?"

"벌써 밥 때가 되었군. 가세. 너무 늦으면 줄 서는 시간이 더 걸려."

황 노인이 일어서며 시계를 본다. 무슨 자선단체에서 마련한 무료 급식소 이야기다.

"아니 오늘은 내가 한 턱 쏘지. 설렁탕을 먹으러 가세. 모두"

김 노인의 말에 모두 어안이 벙벙해진다. 담배 한 가치도 남 주는 일이 없던 김 노인이다.

"아니 죽을 때가 되어 노망이 났나? 웬 설렁탕을 산다는 거야? 그게 얼만지도 잊었나? 이제."

"하여간 걱정 말고 따라오기나 해."

그리고는 앞장을 섰지만 걱정이 되었다. 주머니에 돈이라고는 만 원짜리 석 장밖에 없다. 전 달에 받은 용돈 중에 남은 만 원과 이달치 용돈으로 받은 이만 원이 그냥 남아있다. 하여간 뒷골목 곰보 아지매 집으로 갔다. 한꺼번에 들이닥친 열 네 명의 노인들을 맞은 곰보 아지매가 호들갑을 떨며 반긴다.

"아이고 우리 영감 이제 오네. 어느 여편네 치마폭에 숨어 있다가 이제야 나타났소?"

한번만 다녀가도 다 제 서방이라고 부르는 곰보 아지매가 신바람이 나서 탕을 말아낸다. 김이 무럭무럭 오르는 탕 그릇들을 앞에 놓고

"아니, 무슨 일인가 영문이나 알고 먹어야지."

서 노인의 말에 김 노인이 입을 열었다.

"오늘이 내 고희야. 칠순이라고. 내일은 아들내외가 유럽 여행을 가라고 해서 오늘 이렇게 한 턱 내는 거야. 자네들을 집으로 모시지 못해 미안하다면서 우리 며늘아기가 돈을 두둑하게 줬으니까 걱정 말고 먹게."

그제야 모두들 탕 그릇을 당겨놓으며 먹기 시작하며 모두 한 마디씩 던지는 말이 모두 형식적이다. 김 노인의 말을 그대로 믿는 사람들이 없어보였지만 이렇게라도 하지 않고 오늘을 그냥 넘길 수는 없다고 생각했다. 억지 축하라도 받고 싶었다. 열네 그릇. 한 그릇에 3천 원

씩이다. 모두 4만 2천 원이다. 주머니를 탈탈 터니 3만3천 원이다. 9천 원이 모자란다. 멈칫거리는 김 노인을 보고 황 노인이

"잔치 밥 먹었으면 부조를 해야지. 자, 여기 부좃돈일세."

하며 큰 소리로 외치고는 꼬깃꼬깃하게 접힌 돈 2천 원을 내놓는다. 그 말에 앞서 나간 이 노인이 돌아서 천 원을 내놓는다. 그리고 또 한 사람이 2천 원. 그래도 4천원이 모자란다.

"오늘이 영감 생일인 걸 내가 깜빡 했우다. 옛수. 오늘 용돈 하시구려."

하며 3만 원만 챙겨 넣고 잔돈 8천 원을 도로 내주는 곰보 아지매의 엉덩이를 한번 두들겨 주고나온 김 노인은 다시 탑동공원으로 가기는 싫었다. 분명 자식놈에 대하여 물어볼 테고 그러면 자신도 모르게 자식 흉보고 며느리 불평만 하게 될 테니 말이다.

경복궁에 갔다. 한 정거장 거리건만 지하철을 탔다. 자식놈이 몰라주는 노인을 나라가 알아주는가보다. 전철 요금도 무료, 입장료도 물론 공짜다. 나라가 살기 좋아졌다고 평생을 힘들게 살아온 늙은이에게 요 정도 공짜혜택을 주는 것도 고맙다. 유물 전시관으로 갔다.

흥선대원군의 아버지인 남연군을 장지까지 운반했던 들상여가 나 보란 듯이 전시장에 들어앉아있다. 화가 났다. 죽고 난 후에 저런 호사스런 상여에 태워 만 사람이 울어 옌다고 한들 극락에 갈 가보냐? 한두 번 본 것도 아닌데, 볼 때마다 심술이 난다.

직육면체의 돌에 천체의 형상을 새겨 놓은 '천상열차분야지도각석'을 보았다. 조선을 건국한 태조 이성계가 왕조의 권위를 드러내고자 천문학자들에게 명을 내려 만들었다는 세계에서 두 번째로 오래된 천

문도라고 한다. 만 원짜리 지폐의 그림과 비교해보려고 주머니에 손을 넣었다. 돈이 없다. 두 달 용돈이 한 끼 설렁탕 값으로 다 나갔다. 아니 칠순 잔치비용으로 썼다. 전시장을 한 바퀴 다 돌았다. 유물이나 역사에 관심이 있는 것도 아니다. 갈 곳도 없고 돈도 없으니 하릴없이 이렇게 시간을 때우는 것이다.

참나무 위에 보기 드문 노란 새가 한 마리 앉아 있다. 무심코 위를 쳐다보고 있는데 누가 엉덩이에 똥침을 놓는다. 깜짝 놀라 뒤돌아보니 황 노인이다.

"자네가 경복궁으로 가기에 계속 뒤따라 다녔다. 어디 벤치에 앉아 놀다가 가세." 한다. 그길로 두 사람은 벤치에 앉아 시간 가는 줄도 모르고 여러 가지 이야기를 나누었다. 황 노인은 김 노인의 외로움과 분노를 알고 있었다.

얼마나 오래 이야기를 했던지 땅거미가 지고 거리의 빌딩들이 네온불빛으로 화려하게 단장을 하기 시작한다. 김 노인은 지하철 무료우대권을 한 장 받아들고 지하철에 올랐다.

김 노인 집은 2세대 주택이다. 철근 2층이다. 1층이 김 노인의 주거구역이고, 2층이 아들 내외가 거처하는 곳이다. 현관도 앞뒤로 따로따로 되어있어 완전히 별채로 설계되어있지만 평생 아버지를 모시고 살겠다는 아들의 효심이 담긴 작품이다. 건설회사 설계사로 취업을 하게 된 아들이 그 해 직접 설계하고 시공을 한 집이다. 그러니까 설계사가 된 기념작이다. 처음에는 아래층에서 둘이 살았지만 결혼 후에는 아들이 2층으로 올라 간 것이다. 결혼 초에는 그런대로 아들내외가 아버지를 자주 2층으로 불렀으나 신혼에 방해가 될 것 같아 가능한 2층에 올라가는 것을 삼갔다. 자연히 아들 내외가 밖에서 들어올 때마다 아래층에 들르게 되더니 차츰 발길이 멀어지긴 했지만 지금처럼 원망스럽지는 않았다. 그러던 것이 손자를 낳으면서부터 문제가 발생하기 시작했다. 산부인과에서 퇴원하는 날. 며느리와 손자를 기다리는 김 노인에게 찾아온 것은 전화였다.

"아버지, 산후 조리는 장모님 댁에서 하기로 했습니다. 저도 여기서 출퇴근하게 될 것 같습니다."

그래도 장모님 댁이라고 하는 것만은 다행이다. 늘 장모를 어머니, 어머니하고 불러 김 노인을 서운하게 만들던 아들이다. 그래도 서운하다. 아버지가 기다리는 줄 알면서도 의논 한마디 없이 덜컥 처갓집으로 먼저 들어가 전화질만 하는 것이 못마땅했다. 그러나 김 노인은 그런 감정을 숨기고

"그래 고맙다고 말씀 전해라. 너무 힘드시지 않게 너희가 잘 해라."

라고 당부하고 끊었다. 손자가 보고 싶었다. 그러나 볼 수가 없었다. 무려 5개월이나 지나서 아이를 데리고 집에 왔다. 너무 반가워 2층으로 뛰어 올라가 아이를 안으려 했더니

"아버님, 손 씻으셔야지요. 앞으로 위생에 신경을 많이 쓰셔야 되요."

며느리의 핀잔에 찔끔했다. 그 때부터다, 아이에게 가까이 가기만 하면 손을 씻었는가, 양치질을 했는가, 따져 묻기 일쑤고 아이 볼에 입이라도 맞추면 큰 화나 미친 것처럼 놀라 말렸다. 아이를 안아주지도 못하게 하고 업어주지도 못하게 했다. 장래 다리가 밉게 된다는 것

235

이다. 꼭 유모차로만 아이를 이동했다. 일 년이면 유모차를 서너 번씩 바꿔 사들인다. 유모차뿐이 아니다, 장난감, 그림책, 예쁜 옷 등등 사들이는 것이 여간 아니다. 자연 참견하게 되고 그럴 때마다 돌아오는 말은

"요즘은 옛날하고 달라요. 이 정도는 많이 사는 것도 아니어요."

라는 핀잔뿐이다.

아기를 안고 자는 것을 보지 못했다. 갓난아이를 다른 방에 침대를 놓고 거기서 재웠다.

"아이란 어미가 안고 자야한다. 살이 닿아야 아이들의 정서가 좋아진다고 하더라."

김 노인도 들은 말이 있어 한 마디 거들라치면

"아버님은 어디서 그런 엉뚱한 말만 듣고 오세요. 처음부터 따로 재워야 독립심이 생기고 지능이 좋아지는 거예요."

하고는 무식한 노인 취급을 했다. 자연히 2층에 손자를 보러 올라가고 싶어도 며느리 무서워 망설이게 되었다.

다음부터는 손자가 유치원에서 오는 시간을 맞춰 지나가다 우연히 마주 친 척하고 통학버스 앞으로 다가가 만나곤 했다. 그것도 잠깐 뿐이다. 몇 마디 나누어보지도 못하고 어미한테 뺏기고 만다.

결정적인 것은 작년 아이가 편도선염에 걸려 입원하면서부터다.

"아버님이 애한테 아무거나 먹이고 밤에 찬바람 쏘이며 데리고 나가서 그렇게 된 것 같아요."

라고 그 책임을 김 노인에게 뒤집어씌운 것이다. 이번에는 도저히 그냥 참고 넘길 수가 없었다.

"내게 그놈 무엇 사 먹일 만큼 너희들이 용돈을 많이 주었냐? 그리고 언제 내가 그 놈을 밤에 데리고 나갔냐?"

"전에 보름날 달 보러간다고 데리고 나가시지 않으셨어요?"

"그게 두 달 전 이야기다. 그 때 생긴 병이라고 하더냐?"

결국 병실에서 남들이 보는 앞에 목소리가 높아지고 며느리는 제 남편 앞에서 눈물을 터뜨렸다. 그날 밤 아들은

"아버지는 창피하지도 않으세요? 사람 많은 데서 며느리한테 그렇게 하셔야 되요?"

입에서는 '사람 많은 데서 시아비한테 그렇게 하는 것은 잘 한 것이냐?' 고 되묻고 싶었지만 이미 아들이 아니라 며느리의 남편으로 살고 있는 아들에게 해보았자 공염불인 것을 아는 김 노인은 입을 다물었다. 그 때 며느리와 아들은 아이가 퇴원한 후 아이 병 조리한다고 친정에 가서 두 달이나 있다가 왔다. 그리고 얼마 후 며느리 구박한다는 소문과 아들에게 매일 혼난다는 소문이 마을에 퍼졌다. 그리고는 그 해 김 노인 생일 때다. 아들과 며느리의 주선으로 태국 여행을 다녀왔다. 볼 것도 없고 즐길 것조차 없어 공연히 입에 맞지 않는 음식에 이리저리 끌려 다니느라 고생만 했다. 그래도 평생처음 해외여행에 나선 김 노인은 아들며느리의 마음을 고맙게 여겨 동네 노인들과 어울리기만 하면 자랑삼아 이야기 했다. 그런데 그 후 툭하면 여행을 시켜드렸다고 유세를 부리는 것이다. 그러더니 작년 생일은 그냥 넘어갔다. 나중에 기회가 있어

"너희가 바쁘다보니 내 생일마저 잊었나보구나."

웃으면서 한 마디 한 것이 또 화근이 되었다.

"꼭 생일 찾아드셔야만 되셔요? 바쁘다보면 잊을 수도 있는 것 아 닌가요? 작년에 없는 돈에 해외여행까지 시켜드렸잖아요. 한 해 건너 뛰면 안 되나요?"

속사포처럼 쏘아대는 말에 말문이 막혀버렸다.

"그래 내가 공연한 말을 했구나. 꼭 생일 찾아 먹고 싶어 한 말은 아 니었다."

궁색한 사과를 하고 아래층으로 내려와 버렸다. 그날 저녁, 아들이 1층으로 내려왔다.

"아버지. 제발 어미한테 참견 좀 하지 마세요. 어미가 알아서 잘 하 고 있는 데 쓸데없는 말을 해서 집안을 시끄럽게 만들곤 그러세요?"

하고는 김 노인을 나무랐다. 가능하면 아들한테 책망 듣지 않으려 고 조심조심하면서 살다가도 뜻하지 않은 데서 아들의 마음을 상하게 만들어놓게 되는 것이다.

그리고는 지난달이다. 모처럼 저녁식사를 마치고 아들이 아래층으 로 내려왔다. 전에 없이 아버지가 건강하게 오래 사셔야한다고 하면 서 건강보조식품 한 상자를 들고 들어온 것이다.

"아버지 충청도가 앞으로 발전가능성이 많습니다. 거기다가 투자를 해 두면 앞으로 상당한 이익이 생길 것 같아요."

하고는 김 노인의 눈치를 살폈다. 김 노인은 대답대신 아들의 입만 바라보았다.

"제 친구가 거기 출신이 하나 있는 데 작년에 부모님이 돌아가셔서 그곳 농토를 팔려고 내놓았다는 데 그것을 사야 되겠습니다."

하고는 다시 김 노인을 처다보았다.

"그래, 사려무나."

"예. 그래서 말씀인데요. 아버지 인감도장을 좀 내주셔야겠습니다. 이 집을 팔아서 저희 식구가 살만한 작은 아파트를 하나 장만하고 나머지 돈으로 그 땅에 투자를 해야겠습니다. 아버지는 내려가셔서 땅 관리를 하면서 지내시는 것도 건강에 좋을 것 같아서요."

마치 다 결정 난 것처럼 말하는 것이다. 시골로 귀양을 보내고 싶어서 그런 생각을 해냈으면서도 아버지 건강을 위해서라고 말하는 것이 더없이 얄미웠다. 공부 많이 시켜놓았더니 말 둘러대는 기술만 늘었다. 언젠가 마을 입구에 있는 부동산 사무실 김 씨한테서 비슷한 제안을 들었었다. 그 때는 한 번 생각해보자고 대답하고 말았지만 지금 아들의 말을 들으니 벌써 오래 전부터 그 부동산 김 씨하고 한 통속이 되어 꾸민 짓인 것 같았다.

"그렇게는 못한다."

한 마디로 거절하였다.

"뭐 그럴만한 이유라도 있으십니까? 이 땅은 그린벨트에 붙어있어서 더 이상 발전 가능성이 없어요. 아무리 기다려도 더 이상 값은 오르지 않고 다른 지역만 계속 오릅니다."

"나도 안다. 그러나 네 5대조 할아버지께서 장만하신 땅 중에 딱 하나 남겨 둔 집이다. 그 할아버지 승낙 없이는 나도 여기를 못 떠나지만 너도 떠나서는 안 된다."

고 잘라 말하고 돌아앉아버렸다.

"아니 백 년도 더 오래전에 죽은 사람의 승낙을 받는다는 게 말이 되는 소리세요."

버럭 소리를 지르고 문을 박차고 2층으로 올라가 버렸다.

우면산 산자락 밑에 양재천이 흐르는 '가시내' 골의 가시덤불과, 얼기설기 얽힌 나뭇가지와 다래넝쿨을 걷어내고 김 노인의 4대조가 이곳에 집을 장만하고 황무지를 개간하여 논밭을 만들어 삶의 터전을 마련했다.

우면산 북쪽 자락에는 김 노인의 4대조부터의 가족묘가 있다. 경기도 과천군 우면동 산골사람에서 가만히 제자리에 앉아 있는데도 영등포구, 성동구, 강남구를 거쳐. 지금은 서초구 사람이 되었다. 서울에서도 노른자위에 사는 사람으로 자동 승격이 되었다. 집값도 오르고 땅값도 올랐다. 그래도 이곳을 떠나지 못하는 것은 조상의 묘가 여기에 있기 때문이다.

다음 날 김 노인은 부동산 김 씨에게 화풀이 삼아 욕설을 퍼부었다.

"어디 부추길 일이 따로 있지. 조상대대로 살아온 땅을 팔고 아비 쫓아내라고 꼬드기는 천하에 호래자식 같은 놈이라니…. 평생 못된 거간질이나 해 처먹어라."

그것이 또 아들의 귀에 들어갔는지 그 날 이후 아들은 김 노인과 한자리에 앉는 일이 없었다. 위층으로 밥 먹으러 올라가면 며느리는 식탁에 밥사발만 내어놓고 아이를 데리고 방으로 들어가 버렸다.

김 노인은 집에 들어서자 현관문을 잠그고 창문을 돌아가면서 살폈다. 모두 잠겨 있었다. 이제 누가 두드려도 절대로 열지 않을 것이다. 불을 켜지 않았다. 입은 채로 침대에 누웠다. 하루 종일 돌아다닌 탓인지 온몸이 무겁다. 피곤하다. 손가락하나 움직이고 싶지도 않았다.

아침나절 우면산에서 만났던 청년의 해맑은 음성이 들려왔다.

"하지만 사람들이 벌레와 다른 것은 평생 부모 곁을 떠나지 않고 봉양하는 것을 보람으로 여기는 것 아니겠습니까?"

호들갑을 떨며

"아이고 우리 영감 이제 오네. 어느 여편네 치마폭에 숨어 있다가 이제야 나타났소?"

라고 떠들던 곰보 아지매의 걸쭉한 목소리와 용돈 하라고 8천 원을 도로 내 주던 두툼한 손등이 눈에 아른거린다.

바깥 계단을 오르는 발소리가 들려온다. 숨을 죽이고 들었다. 아들이 퇴근해서 들어가는 소리다. 분명 30여 분 지나면 아들이나 손자가 문을 두드릴 것이다. 대답하지 않을 것이다. 열어주지도 않을 것이다. 그러면 그냥 올라가 자기네 식구끼리 오붓하고 단란한 만찬을 즐길 것이다. 그런 상상을 하니 아내의 모습이 떠오른다.

"당신이나 먹어요. 아이는 나중에 따로 만들어 줄게요."

어쩌다 귀한 반찬이 상에 올라오는 날. 도서관에서 공부하고 있을 아들 생각에 숟가락을 대지 못하고 있을 때면 으레 빨리 다 먹어 치우라고 성화를 대던 아내의 모습이 그립다. 어찌면 아들이 제 아내와 아들을 위하여 과일이라도 사들고 올라갔는지 모를 일이다. 그렇다며 며느리는 꽃잎처럼 활짝 펴진 얼굴이 되어 그 과일을 제 방 어디쯤에 감추어 둘 것이다. 김 노인도 젊은 날 빵이나 과자를 사들고 집에 들어가는 날이면 아내와 아들은 잔칫날처럼 기뻐하며 집안 노인네들을 불러들였던 기억이 난다. 남편 자랑삼아 자기 생색내는 것이다. 이해타산이 빨라 소득 없는 생색은 절대로 내지 않는 요즘 며느리와 비교하면 아내는 바보였다. 그저 노인네들 웃는 모습만 보고도 큰 소득을 얻은 것처럼 좋아했으니 말이다. 그런 아내가 몹시 보고 싶어 사진이라도 보려고 일어서는 데 문을 두드리는 소리가 났다. 발자국소리가 귀여운 것으로 보아 손자다. 대답을 하지 않았다. 이제부터는 절대로 대답하지 않을 것이다. 문을 열어주지도 않았다. 이후로는 문을 여는 일이 없을 것이다.

"할아버지 아직 안 들어왔나 봐."

위층을 향해 소리 지르며 올라가는 손자의 귀여운 목소리를 듣고도 냉정해 지기로 다짐하였다. 이제 너희들과는 절연이다. 어떤 일이 있어도 찾지 않을 것이다. 속이 후련한 것 같기도 하였다. 김 노인은 아내의 사진을 뽑아들었다. 양재천 흐르는 물가에 봄꽃이 어우러져 피어있는 바윗돌 위에서 젖먹이 아들의 손을 잡고 앉아있는 사진이다. 김 노인은 사진을 품에 안고 반듯하게 누웠다. 아내에게 보고를 해야 한다.

"여보 오늘 나는 중대한 결심을 했소. 자식 놈 식구와 남남이 되었소. 내가 당신 곁으로 갈 때까지 이 마음은 변치 않을 거요."

보고를 하고 잠자리 누웠다. 이상하게 잠이 오지 않았다. 속이 후련해야 할 텐데 그렇지를 못하다.

다음날 새벽에 잠을 자지 못하여 몽롱한 상태로 일찍 집을 나섰다. '명상의 숲' 을 향했다. 그리고는 태풍으로 넘어진 나무 등걸에 걸터앉았다. 그리고는 얼마 전에 '송장벌레' 에 대해 소상히 설명해 준 젊은 곤충학자 생각이 떠올랐다. 내 아들이 젊었을 때 모습과 닮았다는 생

각을 하면서…. 오늘도 그 청년이 와 주었으면 하고 막연한 기대를 해
본다.

　순간 깜빡 졸았다. 졸다가 어름푸시 칠순 날 설렁탕을 먹고 경복궁
에 갔던 일이 새삼스럽게 떠올랐다.

　김 노인이 나무 위에 노란 새를 보고 있을 때, 등 뒤에서 누가 똥침
을 놓았다. 뒤돌아보니 황 노인이었다.

　"이 영감아. 나이가 몇 살인데 똥 침이고? 뼈밖에 없어 자네 손가락
만 아팠을 걸"

　"축하 금을 2천원이나 낸 내가 자네를 그냥 보낼 것 같으냐?"

　둘이 전시실 밖 벤치에 앉아 이야기한 것들이 왜 갑자기 생각이 나
는지…

　"김 영감. 자네 칠순 자축은 내가 볼 때는 초상집만 못했네."

　"그게 무슨 소리지?"

　김 노인은 정색을 하고 시치미를 뗀다.

　"나를 못 속이지. 내가 누군가? 척하면 3천릴세. 나는 자네 눈만 봐
도 자네 마음을 다 아네. 우리가 지기지우가 된 것이 한 해 두 핸가? 시
원하게 틀어놓게. 속에 담아놓고 있으면 더 괴롭다네. 꽁생원처럼 굴
지 말고…"

　사실 김 노인과 황 노인은 남다른 사이다. 서로 마음 아픈 일을 털
어놓고 이야기하는 오랜 친구다. 서로가 만나서 아픔을 털어놓으면
근심이 봄눈 녹듯 사라지곤 했다.

　경복궁 느티나무 밑 벤치로 자리를 옮겼다. 황 노인이 이미 알고

있는 이야기를 되풀이하면서 김 노인의 서운한 마음을 털어놓기 시작했다.

자식 한 놈을 보고 홀아비로 재혼도 안하고, 금지옥엽으로 귀하게 키웠다는 것.

자식 놈도 아비의 사랑을 알고 효도를 다했다는 것.

결혼 후부터 자식 태도가 달라진 것은 오로지 며느리의 탓이라는 것.

손자 키우는 법을 모른다고 지도 했더니, 며느리가 손자 키우는 법은 자기가 더 잘 안다고 항의한 이야기.

이제는 아비와 따로 살자 자식이 말 한 것.

한 번도 잊은 적이 없는 김 노인의 생일도 잊었다는 것.

이제는 자식 식구와 절연을 하겠다는 것. 등을 한숨을 섞어가며 늘어놓았다.

말을 마친 김 노인이 고개를 들고 황 노인을 바라보았다. 황 노인은 고개를 들고 유록의 신록을 바라보고 있다. 눈에는 이슬을 먹음 채…. 그리고는 천천히 입을 열었다.

"자네는 하나 자식 열 부럽지 않은 효자를 두었네. 아래 위청이라고는 하지만 한 집에 같이 살며 한 식탁에서 함께 먹지를 않나. 매달 용돈을 꼬박꼬박 주지를 않나. 요즘 그런 자식이 어디 있느냐?"

황 노인이 농담을 하는 것으로 알고 고개를 들고 황 노인을 쳐다보았다. 이외로 진지한 표정으로 김 노인을 쳐다보며 다음 말을 계속한다.

"홀로된 시어머니는 모셔도, 시아버지는 못 모신다고들 하네. 때마다 식사 준비를 하고 자네를 돌보는 며느님의 구충도 생각해야지."

244

"우리가 부모님을 모실 때는 지극정성으로 모셨다. 어디 감히 시어른의 말씀에 대꾸를 한단 말인가."

"요즈음 젊은 것들 하고 너무 책망 말게. 우리 부모님도 우리보고 요즈음 젊은 것들 버릇없다고 나무라며 못마땅하게 여겼네. 자네 부모님은 안 그랬다면 부모님이 훌륭했을 뿐이네. 우리 부모님 세대만 요즈음 젊은 놈들 걱정을 했겠느냐? 몇 백 년 전에도 요즈음 젊은 놈들 버릇없다고 걱정 했다. 그래도 옛날 보다 살기 좋게 발전했네."

김 노인은 황 노인의 말을 받아드릴 수가 없었다.

"왜? 손자 키우는 것까지 간섭을 해? 요즈음 젊은 것들이 얼마나 영특한데. 가만히 하는 데로 보고만 계시게. 효도하기도 어렵지만 부모하기도 어렵네."

그러면서 황 노인은 김 노인의 손을 꼭 잡았다. 뼈만 남은 손이라도 잡히니 따뜻함이 느껴졌다. 김 노인은 황 노인이 왜 자기 손을 잡는지? 그 뜻을 알 듯도 했다.

그러나 어제 결심한 자식과의 절연하겠다는 마음에 변화는 없다. 자식 내외가 굽어 들어오지 않은 한 내 자세는 변하지 안 할 것이라고 마음을 굳게 했다. 내가 굽어 들어서까지 그 도도한 며느리와 만나기는 싫다.

김 노인은 일어나서 얼마 전에 송장벌레를 발견한 묶은 밭두렁을 다시 보았다. 송장벌레는 없었다. 땅을 파고 시체를 묻고는 알을 낳고 부부 송장벌레가 지키고 있는지도 모르겠다는 생각을 한다. 그날 송장벌레에 대해 가르쳐준 청년을 생각할 때마다 가슴이 설렌다. 말하는 모습이 어딘가 내 아들과 닮은 대가 있었다. 내 자식이 대학을 졸업하고 취직을 했을 때의 모습 그대로였다. 포근한 미소, 밝고 맑은 말솜씨, 아버지를 생각하는 지극한 마음, 돌이켜 생각하니 그때 내 아들 그대로의 모습이었다. '송장벌레'에 대해 그렇게도 자상하게 가르쳐주던 모습에서도….

"어디에 숨었나?"

김 노인은 혼자 중얼거리며 어제 그 청년, 아니 효성이 지극했던 그때 내 아들을 또 만나고 싶었다.

"'송장벌레'만도 못한 사람도 있습니다. 제 자식을 보호하지도 못하는 아버지도 요즈음은 더러 있습니다."

김 노인은 개만도 못한 인간. 벌레만도 못한 인간이란 생각이 자꾸 떠오른다.

그때 뒤에서 어린애의 소리가 들렸다. 신이 나서 떠들며, 알아듣지도 못할 말을 하다가, 깔깔거리며 웃는다. ─저 놈은 내 손자다!

이 귀여운 내 손자를 자식 내외와 사이가 벌어지고는 한 번도 안아보지도 못했다. 그러나 손자의 웃음소리는 가슴에 박혀있다. 사실은 김 노인은 매일처럼 2층에서 손자의 소리가 들릴까, 귀를 곤두세우고 있었다.

"그런 거, 만지면 안 돼!"

갑자기 날카로운 소리가 들렸다.

"더러운 송장벌레란다. 무서운 놈이다."

생각지도 못한 며느리 소리에, 엉겁결에 김 노인은 귀를 곤두 세웠

다. 어제 본 송장벌레는 아니겠지? 이곳이 송장벌레의 집단 서식진가
보다.

"만지면 큰 일 난다. 네 손가락을 꽉 물어뜯을 거야."

손자에게 공갈치고 있다.

'병신 같은 소리 하지마라' 고 김 노인은 하고 싶었다.

"더러운 놈, 죽여 버릴까?"

돌을 들고 때릴 기세다. 김 노인은 불끈 화가 났다. 갑자기 그들 뒤
에 갔다. 손자의 손을 잡고 있던 며느리가 놀라서 자지러진다. 손자도
놀랐는지 엄마 손을 놓고 할아버지를 눈물을 걸승이며 바라보고 있다.
그들 바로 앞에는 어제 본 것과 비슷한 크기의 송장벌레가 꼼짝도 않
고 엎드려 있다.

"그 송장벌레는 짝짓기를 하려고 암놈을 기다리고 있는 거란다."

김 노인은 애써 부드러운 목소리로 말했다. 그리고 이놈들은 벌레
로는 보기 드물게 암수가 함께 새끼를 키운다는 것 등 젊은 곤충 연구
생에게 어제 들은 이야기를 늘어놓았다. 젊은 곤충 연구생이 젊었을
때 애기 아빠와 빼닮았다는 이야기는 하지 않았다.

며느리는 처음 늘어 본 이야기란 표징으로 힌참 동안 작은 입을 벌
린 채 시아버지를 쳐다보고 있다가 더디어 머뭇머뭇하면서 물었다.

"정말로, 그렇습니까?"

"응, 그렇다네. 암컷이 나타나면 합심해서 시체를 땅에 묻고는 새끼
를 깐단다. 더욱 놀라운 것은 이놈들은 어미와 아비가 함께 자신의 새
끼들을 돌본다네. 특히, 암컷만이 아니라 수컷이 함께 알 곁에 머물면
서 그들의 알이 애벌레를 거쳐 번데기가 될 준비를 할 때까지 돌본단

다. 마치 인간 세상에서 부모가 아이들이 다 커서 어른이 될 때까지 돌보듯이…"

"처음으로 알았습니다."

정말 놀란 듯이 시아버지만 보면 굳어 있던 표정이 어디로 사라지고 놀란 표정만 남아있다. 김 노인도 신이 나서 청년에게 들은 이야기를 계속하고 있었다.

"새끼를 키운다는 것이 여간 고달픈 일이 아닌데요."

며느리는 동정어린 눈으로 변하였다. 김 노인은 웅크리고 앉아 송장벌레 이야기를 계속했다. 손자 놈은 별 것도 아닌 대도 소리 내어 웃는다. 자세히 보니 눈과 코 있는 부분이 아비를 빼닮았다. 그것은 김 노인 자신과도 닮았다는 이야기가 된다.

"저어, 아버님 애 아빠가 사온 사과가 있는 데요…"

주저주저하면서 말한다.

"괜찮으시면 함께 올라가서 드시면 어떻겠습니까?"

"그래, 그거 좋지."

김 노인은 어리둥절한 표정을 감추고 즉각 대답했다. 이럴 때, 쓸 대 없는 고집을 부려 천재일우의 기회를 놓칠 수는 없다.

마누라 목말을 태우다

　어깨에 울러 멘 두 개의 쌀 포대를 트럭에 올려놓으며 또 읍내 쪽 길을 쳐다본다. 벌써 서너 시간이나 지났는데도 어머니의 모습이 나타나지 않는다. 다시 정미소 안으로 들어가 쌀을 메고 나오는 홍우의 다리가 가볍게 흔들린다. 간신이 트럭 위에 올리고는 '후유' 숨을 몰아쉰다. 여전히 어머니의 모습은 보이지 않는다. 불안한 마음이 인다. 다시 쌀 포대를 지고 나오며 눈은 길 쪽으로 향한다. 멀리서 버스 한 대가 나타난다. 포대를 자에 올려놓고 히리춤에서 수건을 빼어 땀을 씻으며 버스를 바라보았다. 정류장에 서지 않고 그냥 지나간다. '병세가더 악화 된 것은 아닌지.' 불안은 조급증으로 변한다. 쌀 서너 포대를더 싣고 돌아서는데 거기 박 선생이 곱게 빗은 은빛머리카락을 날리며 빙긋이 미소를 짓고 있다. 초등학교 3학년 때의 담임이다. 홍우의아버지도 가르쳤다고 한다.
　"선생님, 안녕하셨습니까?"

반가이 인사를 드리자 박 선생은 땀 젖은 홍우의 손을 잡으며

"고맙네. 고마워."

하며 손에 힘을 준다.

"하던 일 계속하게."

창고 앞 긴 의자에 앉는 것으로 보아 무슨 할 말이 있어 일부러 찾아 온 눈치다. 워낙 말이 적은 분이다. 박 선생님은 원래 이 고장 사람이 아니다. 평양 사범 재학 중에 6·25동란을 맞아 피난 오셔서 서울 사범학교를 마치고 이 마을 학교로 부임해 오신 분이다. 그 때만 해도 사람의 발길이 닿기 힘든 외진 마을이라 신출내기 선생들이 잠시 거쳐 가는 그런 학교였다. 모두 3년을 넘기지 않고 떠났다. 유독 박 선생님만은 말뚝처럼 이 학교를 지킨 유일한 분이다. 자연히 마을 사람들의 속사정까지도 유리알 들여다보듯 훤하여 토박이보다 더 토박이 같은 분이다. 몸은 이미 고희를 넘겼지만 걸음걸이나 자세만은 젊은이 못지않게 꼿꼿하다. 얼굴의 주름살은 늘었어도 코는 젊은 날보다 더 빨개진 것 같다.

"선생님 지금도 약주를 많이 드시는가봅니다."

"허허, 그렇지. 벗들이 하나, 둘, 다 내 곁을 떠나지만 술만은 항상 나를 지켜주고 있네 그려. 이보다 더 고마운 이웃이 있을까?"

여유 있는 웃음 속에 스치는 외로움을 발견한 홍우는 안채를 향해 아내를 부른다.

"자네 처도 함께 내려왔나?"

"예, 저는 어제 밤에 오고 집사람은 아침에 아이들과 같이 내려왔습니다. 토요일이라서요."

창고 안에서 술을 걸러 내온 아내를 보는 박 선생의 낯빛이 어둡다. 간소한 평상복 차림이지만 이런 시골에서는 보기 드물게 화사한 원피스에 진한 화장이 못마땅한 것이라는 생각을 하며 홍우는 변명처럼 입을 열었다.

"방금 내려와서 아직 옷을 못 갈아입은 모양입니다."

"아닐세, 나이 40이 가까울 텐데, 아직도 새색시 때 모습 그대로인 것이 보기 좋아서."

홍우의 처가 사발에 술을 따르면서

"선생님, 제가 이제 내려와서 찬 준비를 못해 안주가 마땅치가 않아 죄송합니다."

인사치례는 듣는 둥 마는 둥 술 사발부터 비운다.

"안 그래도, 오늘 배달 끝내놓고 선생님 찾아뵈려 했습니다."

"그럴 것 같아 내가 왔네. 그래 자네 어른 병세는 좀 어떠신가?"

"위험한 고비는 넘기신 것 같은데 검사결과가 나와 봐야 확실한 말을 들을 수 있을 것 같습니다."

"이 마을 으뜸가는 장사도 나이 앞에는 어쩔 수 없네그려. 그래 자네 직장 생활은 어떤가?"

묻고는 대답도 하기 전에 따라놓은 술 사발을 또 비우고 긴 트림을 한다.

"이천의 훈훈하고 푸짐한 인심을 담아 빚어내는 자네 자당의 손맛은 국보급일세. 아무도 흉내를 못 내지."

하며 환하게 웃는다. '직장 생활은 어떤가?'고 물었지만 그 대답에는 별로 관심이 없는 것 같아 홍우도 직장이야기는 다물었다. 하긴 홍우의 직장은 반도체 분야에서는 세계를 석권하고 있는 일류재벌 기업인데다가 그곳 연구실의 수석주임으로 있는 터라 이 작은 마을에서는 모르는 사람이 없을 정도로 소문이 나있다. 게다가 아내마저 그 회사의 이사의 딸이요, 보기 드문 미인이라 마을에서는 출세했다는 말을 많이 듣고 있어 늘 부담스러웠다.

"자네 어른은 우리 마을의 버팀목이었네. 크고 작은 동네일을 도맡아 하면서 생활이 어려워 마을을 떠나려는 사람만 보면 어떻게 해서든 주저앉히려고 온갖 도움을 아끼지 않으셨네. 자네한테도 이 마을을 지키는 기둥이 되기를 바라면서 뒷바라지를 하셨는데 자넨 마을보다 더 큰 세계에서 활동하고 있으니 장하기는 하다마는…."

박 선생은 홍우가 따라놓은 술 사발을 비우느라 잠시 말을 멈추고 홍우의 눈을 들여다본다.

홍우는 이곳 이천에서도 한참 외진 모가면 작은 마을 정미소집 아들로 태어났다. 일찍이 청나라 문물을 접한 4대조 할아버지께서 벼슬을 버리시고 이곳에 정착하여 물방앗간을 만드셨다는 말을 들었다. 그 물방앗간이 3대를 내려오는 동안 정미소가 되었고 마을에서는 부잣집으로 소문나 있었다. 벌목으로 일대가 벌거숭이산이 되어 개천물이 말라 방아를 돌릴 수 없게 되자 전기 모터를 설치했다고 한다. 그 때부터 기름을 구하기 힘들어 수입이 별로 좋지 않은데다가 할아버지께서 무슨 일인지 만주로 중국으로 나다니시기를 자주하여 가산을 많이 탕진하셨다고 들었다. 현대식 시설을 갖춘 지금의 정미소로 키운 것은 홍우의 아버지다. 30kg 쌀 포대 두 개를 한꺼번에 어깨에 메고 뛸 정도로 힘이 장사였다. 게다가 인심 좋기로 소문이 나서 사랑방에는 식객의 발길이 끊이지 않았다. 자녀들에 대한 사랑도 극진하여 엄격한 할아버지에게 벌이라도 서는 날에는 뒷마당으로 데리고 가서 어깨위에 목말을 태우고 이리저리 흔들며 얼러주거나 동네를 한 바퀴 돌아주기도 하였다. 그럴 때마다 흥겨워 마구 노래를 부르며 어깨위에서 덩실거렸지만 이내 엉덩이가 아파왔다. 아버지의 어깨는 돌덩이 같은 혹이었다. 어릴 때부터 하도 짐을 많이 져서 그렇다는 것을 알게 된 것은 철이 든 다음이었다.

"이천에서는 힘으로 나를 당할 자가 없다."

고 자랑삼던 아버지가 지난달에 쌀 포대를 싣다가 갑자기 주저앉으셨다. 금년 65세이니 옛날 같으면 일손을 놓아야할 나이를 지나도 한참 지난 나이다.

세월이 좋아져 이젠 이천도 외진 시골이 아니다. 예부터 쌀 맛이 좋기로 소문난 이곳 읍 주변엔 큼지막한 한식집들이 들어서 성업을 이루고 있다. 게다가 최근에는 '세계 도자기 비엔날레' 등 굵직굵직한 국제 행사가 열리고, 국내행사도 많이 유치하여 연간 수백만의 관람객들이 찾는 곳이 되었다. 그중 소문난 식당 몇 군데는 홍우네 정미소에서 쌀을 공급받고 있다. 최상의 미곡만을 골라 당일로 쓿어 배달한다. 그래야만 이천 쌀 특유의 밥맛을 낼 수 있다고 한다. 밥맛이 가장 좋다고 소문난 대여섯 군데의 전문한식집은 모두 홍우네 정미소에서 쌀을 공급한다. 하루 십여 포대가 넘는 쌀을 매일 쓿어 배달하는 것도 버거운 일이건만 5,000여 평이 넘는 벼농사를 직접 짓고 있다.

또 막걸리 한 사발을 비우며 손등으로 입술을 훔친 박 선생은 어렵게 입을 열었다.

"이젠 이천도 예전의 시골이 아닐세. 공장이 들어서고, 아파트가 들어서고, 하여간 근대 도시로 탈바꿈하고 있네. 그런데 이 모든 것이 이 고장 사람들의 손에서 만들어지는 것이 아니라 전혀 낯선 사람들에 의한 것이 문제일세."

"지역 발전을 위해서 겪어야 할 통과의례가 아니겠습니까?"

"발전이라고 했냐? 발전이 무엇이냐? 내가 아는 발전이란 있는 것을 더 좋게 만드는 것이다. 그런데 이것은 수천 년 자라온 뿌리를 파 버리고 처음 보는 이름 모를 묘목만 잔뜩 심어놓는 꼴이 아닌가? 뿌리를 캐 없애는 건설은 발전이 아니지."

박 선생의 말이 너무도 단호하고 엄숙하여 감히 부정할 수가 없어

"예, 그렇겠습니다."

며 이해하는 표정을 지었다.

"점점 커질수록 마을을 지켜온 사람들의 모습은 점점 작아지고 있네. 아무도 그들의 말에 귀를 기울이지 않고, 그들의 마음을 읽으려 하지 않네."

박 선생의 붉어진 얼굴에 소외감보다 더 진한 비감함마저 감돈다.

"자네 같은 인재가 나라를 위해 큰 기업에 기여하는 것도 의미가 있겠지만 이 마을이야말로 이 땅에서 태어나 이 땅의 넋을 이어받은 자네 같은 우수한 인재의 머리와 손을 기다리고 있네."

잠시 홍우의 눈치를 살피던 박 선생은

"나라와 기업에서는 훌륭한 인재들이 흔하여 귀하지 않지만 농촌이야말로 능력 있는 인물이 너무도 귀하고 아쉽네. 내 조상들의 혼이 묻혀있고, 나에게 피와 살을 물려준 내 땅의 흙을 팽개쳐두고 아프리카 오지로 떠나는 의료봉사단의 의사들이나 후진국을 위하여 건설사업과 교육 사업을 돕겠다고 나서는 젊은이들을 보면 고맙다는 생각보다는 원망이 앞서는 것은 내가 너무 고루한 탓일까?"

홍우는 박 선생의 말뜻을 안다. 대학에 합격하여 마을에서 잔치가 벌어지던 날 '홍우, 너는 박 씨 집안의 아들이 아니라 이천 군의 아들일세, 자네가 돌아오지 않는 이천은 생명 없는 땅이 되고 말걸세.' 하며 등을 내리치던 기억은 지금도 생생하다. 홍우는 대답을 할 수 없었다. 그 날 이후 귀향은 단 한 번도 머리에 떠올려본 일이 없었다. 홍우에게 있어 고향이란 그저 어린 날의 추억이었고 부모님이 생활하고 있는 고장일 뿐이다. 아버지가 갑자기 병원에 입원하시면서 급한 대로 계약이 되어있는 읍내 식당에 쌀을 공급하는 것을 중단할 수 없어 부득이 매일같이 공급하던 쌀을 일주일에 한 번씩 공급하기로 식당의 양해를 얻었다. 직장에도 사정을 일려 매주 금요일 마다 결근하고 내려와 겨우 쌀 배달만 거들어 주고 올라가곤 한다. 벌써 한 달 가까이 서울에서 이천을 오르내리며 쌀 배달을 하다 보니 직장에도 미안하기 그지없고 아버지 병간호와 정미소 일을 맡아하시는 어머니에게도 면목이 없었다.

"홍우, 자네를 도회지와 대기업에 뺏긴 이천 땅은 외지 사람들에 의하여 가리가리 난도질을 당해도 나서서 말 한마디 할 사람이 없네."

홍우의 눈은 자신도 모르게 박 선생 뒤에 아내의 얼굴을 향한다. 얼굴색이 밝지 않다. 홍우가 아내의 눈치를 살피는 기색을 알아챘는지 박 선생은 의자에서 일어나며

"내가 괜한 말을 했나보이. 공연히 일만 방해 한 것 같네그려."

대답 없이 머뭇거리는 홍우의 등을 두어 번 두드리고는

"회사일도 바쁠 텐데 이렇게 내려와 고생하는 자네를 보니 너무 고맙고 든든해서 해본 말이네. 마음에 담지 말게."

그 때까지도 아내의 굳어진 표정은 풀리지 않았다. 돌아서는 박 선생의 등은 오로지 이천이라는 마을 짐만 지고 살아온 사람으로서의 긍지로 휘어져있다.

"선생님 건강하세요."

인사말을 남기고 돌아서니 아내는 홍우를 외면한 채 멀리 들판을 바라보고 있다.

"아무래도 어머니가 아직 오시지 않는 것 보니 아버지 병세가 안 좋은가 봐요. 당신이 그냥 병원으로 가보는 게 좋겠군. 아이들도 기다리고 있을 터인데."

서둘러 트럭을 몰고 읍내로 들어가 아내를 병원 앞에 내려놓고 식당으로 향한다. 홍우가 유명한 회사의 간부라는 것을 잘 아는 식당 주인들은 쌀 포대를 메고 들어서는 홍우가 신기한 듯 바라보며 으레 한마디씩 한다.

"서울의 유명한 회사의 높은 분이 이렇게 짐질을 다 하시다니, 황송해서 이 쌀을 어떻게 먹을까요."

빨리 끝내고 아버지 병실에 들어야한다는 생각에 홍우는 괘념치 않고 쌀 포대 나르는 데만 열중한다. 이천 일대에 흩어져 있는 식당을 다 돌아 마지막 쌀 포대를 내리고 숨을 가다듬고 하늘을 올려다본다. 구름 한 점 없이 맑던 하늘에 먹장구름 두어 개가 남쪽에서 몰려든다. '소나기가 오려나.' 중얼거리며 트럭 운전석에 오른다. 따가운 햇볕을 내리 쬐이던 해는 어느 새 서산마루에 걸려 눈부신 석양을 차창에 쏟아 붓는다. 눈이 부시다. 창 가리개를 찾으려고 오른쪽 보관함을 여니 비닐에 쌓인 액자 하나가 떨어진다. 앞뒷면에 서로 다른 사진이 들어 있다. 한 장은 홍우가 초등학교 입학 무렵인 것 같다. 아버지 어깨 위에 목말을 타고 가는 사진이다. 아버지는 너무 크게 웃어 눈이 보이지 않는다. 뒤편 사진은 학교 운동회 날이다. 아버지와 함께 발을 묶고 달리기 하는 사진이다. 이날 아버지에게 번쩍 들려가지고 1등을 한 기억이 난다. 그날 동네사람마다 붙잡고 '우리 애가 1등을 했다.' 고 목이 마르게 자랑하시던 모습도 기억에 남아있다. 홍우는 사진을 들고 한참 동안 움직이지 못했다. 아버지는 배달하면서도 틈틈이 이 사진을 들여다보며 품 떠난 자식에 대한 그리움을 달랬을 그 시간에 자신은 제 일에만 빠져 아버지를 잊고 있다는 생각에 큰 죄인이 된 것 같았다. 대학을 다니면서부터 기껏 아쉬울 때만 찾아내려왔던 자신을 매일 같이 그리면서 자랑삼던 아버지. 단 한 번도 노여운 빛이나 서운한 표정을 짓지 않던 아버지다. 홍우는 무심결에 액자를 속주머니에 넣고 천천히 액셀러레이터를 밟는다.

 "왔냐? 힘들었지? 빨리 가려 했는데 네 아버지가 더 있었으면 하는 눈치여서. 앞으로 같이 있을 날이 얼마나 되려는지….”

혼자 중얼거리듯 한 말 끝에

“네 아이들도 하도 재미있어서 그만.”

하며 변명을 하는 어머니의 눈가에 이슬이 맺힌다. 두 분이 평생 다
정하게 정담을 나누는 모습을 한 번도 못 본 홍우다. 어머니는 노상 아
버지에 대한 불평만 늘어놓으셨고 아버지는 툭하면 ‘여자가 뭘 안다
고.’ 하며 퇴박만 놓았었다. 그 어머니가 오늘 아버지의 병실 앞에서 함
께 할 날이 많지 않을 것을 걱정하며 짓는 이슬에 홍우는 울컥하여 시
선을 돌려 눈가를 닦았다.

“먼저 의사 선생님한테 가봐라. 무슨 할 말이 있는지 아침부터 너만
찾더란다.”

간호사가 찻잔을 탁자위에 올려놓고 나갈 때까지도 입을 열지 않던
황 박사는 담배를 꺼내 문다. 평소 담배를 잘 피우지 않는 그다.

“선배님.”

눈이 마주치자 시선을 책상위로 떨어뜨린다. 황 박사는 홍우의 초
등학교 2년 후배다. 의과대학을 마치고 전문의 수련이 끝나자마자 다
른 곳은 다 뿌리치고 이곳에 내려와 아직까지 머물러 있다.

“의사라는 직업을 택한 것이 보람보다 회한이 앞 설 때가 많습니다.”

엉뚱한 말을 하고는 홍우를 쳐다본다. 홍우는 말없이 황 박사의 입
만 바라보았다. 그의 입에서 나올 말을 이미 짐작이라도 한 듯….

“아저씨 건강만은 꼭 제 손으로 지켜드리고 싶었습니다. 그런데…,
그런데….”

말을 더듬거리기 시작하는 그의 눈가엔 이미 의사다운 냉정함이 사

라졌다.

"워낙 건강하신 어른이고 정신력이 강하신 분이라 아직까지 버티신 것 같습니다만 이제는…."

홍우는 뜻밖의 말에 정신이 아찔해오지만 냉정을 유지하며 황 박사의 얼굴을 쳐다보며 입을 연다.

"전혀 가망이 없겠나?"

"예."

날벼락이다. 단 한 번도 건강을 걱정해본일이 없었다. 외아들 홍우나 그 며느리 앞에서는 불만스러운 표정이나 못마땅한 기색을 보인 적이 없는 분이다. 그러다보니 항상 그 자리에 그 모습 그대로 남아계실 것이라는 생각뿐이었다. 태평스러웠던 자신이 갑자기 부끄럽게 느껴진다.

서성거리던 어머니가 다가서며 근심스러운 눈으로 홍우의 눈치를 살핀다. '

"황 박사가 누구보다 아버지를 좋아하지 않아요. 최선을 다하겠다고 했으니까 쉬 일어나시겠시요. 걱정하지 마세요."

안심을 시켜드리고 병실로 들어선다. 홍우가 들어서자 아버지는 몸을 일으켜 앉으며

"애 썼다. 힘들지? 그래 식당에서는 불평은 없더냐?"

"아뇨. 오히려 고마워들 하고 있어요. 불편하신데 누우세요."

밭은 기침을 하자 아내가 가래 뱉을 타구를 아버지 턱밑에 받친다.

아버지는 손자녀석들만 보면 즐겁다. 홍우가 어린 날 그랬듯이 손

자들을 어깨에 얹어 목말 태우기를 즐기던 분이다. 아이들이 조잘거리는 말에 넋을 빼앗긴 아버지의 침대 머리에 속주머니에 넣었던 사진을 꺼내 올려놓았다. 아이들이 얼른 집어 들며

"아빠, 이게 누구야?"

"할아버지와 아빠야."

"아아, 아빠가 어렸을 때구나, 그 때도 할아버지가 목말 태워주셨네."

아이들은 재미있다는 듯이 떠들어댄다. 그 모습을 물끄러미 바라보는 아버지의 눈가에 가득한 웃음 속에는 흡족한 마음이 가득 배어난다. 이렇게 아들 내외와 손자들만 곁에 있으면 흡족해지는 아버지의 저 웃음이 얼마가지 않아 볼 수 없는 웃음이 될 것이라는 생각에 그만 울컥해진 홍우는 시선을 병실 창밖으로 던진다.

황 박사의 말을 전해들은 어머니는 말없이 앉아 있다가 슬며시 밖으로 나간다. 물린 밥상을 들고 부엌으로 들어가는 아내의 뒷모습이 얄밉게 보인다. 회사에서 오너 못지않은 힘을 가진 이사의 딸로 곱게만 자란 여자다. 유년시절에는 미술가가 되는 것이 꿈이었다고 한다. 소녀시절엔 한 때 시인이 되겠다고 우기던 문학소녀였다고 한다. 장인어른의 권유로 사범대학에서 국어교육학을 전공하였지만 고리타분한 선생은 되고 싶지 않다면서 교단에 서기를 거부한 여자다. 멋 부리고 다니는 것이 취미였던 그녀가 홍우의 아내가 되고 나서도 고상한 삶을 그리는 깔끔이다. 시골 흙냄새도 맡아 본 일 없고 매미소리 여치소리도 들어 본 일이 없는 여자다. 여유 있고 너그러운 성격이기는 하나 돋보이기를 좋아하고 남에게 지는 것을 싫어하는 여자다. 회사에

서 두터운 신임을 받는 것도 그녀의 아버지인 장인 덕분이 아니라 할 수도 없어 든든한 후원자이기도 하다. 현재 살고 있는 아파트도 그녀의 재력이 없었으면 불가능한 것이었다. 그래도 생색을 내거나 홍우에게 상처 될 말은 않는 속 깊은 면도 있다. 그 아내가 얄밉게 보이는 것은 만만하지 않기 때문이다. 할 수만 있다면 박 선생님의 말씀처럼 서울 생활을 접고 이곳에 내려와 가업을 이으면서 고향 발전에 기여하고 싶다. 이런 속내를 들어 내 보일 수가 없다.

초저녁부터 모여들던 구름이 하늘을 덮어 별이 모두 숨어버렸다. 금방이라도 한 줄기 비가 쏟아질 것 같다. 두 손자를 한꺼번에 끌어안고 평상위에 앉아있는 어머니 곁에 다가앉았다.

"어머니, 너무 상심하지 마세요. 그러다가도 또 일어서는 경우가 많이 있으니까요. 아버지는 워낙 건강하신 분이라 분명 일어나실 것만 같아요."

"그러면 얼마나 다행이겠냐?"

한숨을 길게 내쉬는 어머니의 주름진 얼굴엔 절망에 가까운 어둠이 깔린다.

"그렇게도 일손 좀 놓고 편하게 살자고 해도 막무가내로 말을 듣지 않고 늘 손자들 대학 졸업할 때까지만 하겠다고 우기더니만…. 지 애비 지 어미가 어련히 알아서 잘 키울 텐데…. 당신이 무슨 장사라고…."

끝내 흐르는 눈물을 닦을 생각도 없이 멀리 하늘 향해 얼굴을 돌리는 순간 갑자기 쏟아지는 소나기. 어머니는 피하려는 기색이 없다. 홍우는 서둘러 어머니를 당겨 마루위로 오른다. 홍우 처도 아이들 손을 끌어 마루위에 오른다.

"어머니 너무 걱정 마세요. 아버지는 그렇게 쉽게 쓰러지실 분이 아니라는 것 잘 아시잖아요."

"그래 나나 너희들의 그런 생각이 그 양반 병을 키운 거야. 내가 죽인 것이다. 왜 말리지를 못하고…. 왜 말리지를 못하고…. 왜 말리지를 못하고…."

같은 말만 반복하며 흐느끼는 소리가 빗소리에 묻힌다. '왜 말리지를 못하고…' 라며 반복하는 어머니의 절규는 '정작 말려야 할 네가 무엇을 했단 말이냐?' 고 질책하는 비수가 되어 홍우의 가슴을 찢고 폐속 깊이 파고 들어온다. 홍우는 더 이상 어머니 앞에 버티고 앉아 위로할 기운마저 잃었다.

"피곤하신 데 들어가 주무세요. 다 제 잘못입니다."

겨우 한 마디 하고는 슬며시 일어서 아랫방으로 내려간다.

아이들을 데리고 뒤 따라 들어온 홍우의 처는 윗목에서 눈을 감은 채 쪼그리고 앉은 홍우를 한참동안 내려다보다가 자리를 펴고 아이들과 홍우를 눕도록 했다. 퍼부어대는 비의 매질을 못 견디고 울어대는 함석지붕의 비명소리가 요란하다. 아이들의 코고는 소리가 들릴 때까지 홍우와 홍우의 처는 천장만 보고 말없이 누워있었다. 송장처럼 굳어있는 홍우의 손을 만지작거리던 홍우의 처가 입을 연다.

"여보, 아까 병실에서 내놓은 당신 어릴 때 그 사진 어디에 간직했던 건가요? 난 처음 보는 사진이던데."

"내가 갖고 있던 것이 아니라, 아버지가 쌀 배달하는 자동차 앞에 놓아두시고 매일같이 보던 사진이야. 차에서 꺼내다 갖다 드린 거야."

아이들이 잠결에 이불을 걷어낸다. 홍우의 처는 이불을 당겨 아이들의 배를 덮어주고는 홍우의 가슴에 손을 얹고 바싹 붙어 눕는다.

"여보, 우리가 우리 아이들에게 쏟은 사랑이라는 것이 아버님이 외아들인 당신과 우리 아이들에게 쏟은 정성에 비하면 정말 아무 것도 아닌 것 같아요. 우리가 우리 아이들을 위하여 산다고 말은 곧잘 했지만 가만 생각해보면 아이들보다 우리 자신을 위한 일에 더 많은 신경을 썼던 것 같지 않아요?"

홍우는 그저 말없이 듣기만 했다. 아내는 세련된 말로 주위 사람들에게 좋은 인상을 남기는 재주가 있었다. 그럴 때마다 그것은 사업수완이 뛰어난 장인의 영향이라고 홍우는 단정 짓곤 했다. 홍우가 기술직인 연구실에 근무하면서도 가끔 기획회의나 홍보대책회의에 참석하여 의견을 개진할 수 있었던 것도 장인과 자주 대화를 나누면서 터득한 지식과 성향이 뒷받침된 것임을 부인하지 않는다.

"자식에 대한 그런 사랑의 힘은 어디에서 오는 것일까요?"

이어지는 아내의 말보다는 '자네가 돌아오지 않는 이천은 생명 없는 땅이 되고 말걸세.' 라고 다짐하여 들려주던 박 선생의 젊은 음성만이 귓가에 맴돌아 여전히 입을 다물고 있다.

"아니, 말 좀 해봐요. 그렇게 눈만 감고 있지 말고."

정말 눈을 감고 살았다는 생각이 든다. 부모님을 향해서도, 마을을 향해서도 눈을 감은 채 살아왔다.

"여보, 이 고장 사람들은 다 아버님 같은 사랑을 갖고 살아가실

263

까요?"

"그렇겠지. 그들에겐 조상의 뼈와 피를 소중하게 여기는 사상이 남 달리 깊으니까?"

"아니 그것하고 자녀에 대한 사랑하고 무슨 상관이 있어요?"

"조상의 정신을 계승하고 발전시키며 그 은공에 보답하는 길은 조상을 소중하게 섬길 후손을 낳아 길러 바치는 것이라 믿는 신앙 같은 신념이 생활 속에 배어 있는 것 같아."

"맞는 생각인 것 같아요. 그럴 것 같네요."

깊은 생각 없이 즉흥적으로 대답한 말이건만 아내는 감동한 듯이 공감을 해온다. 아내 화술의 특징이다. 곧잘 자기와 다른 생각에도 쉽게 동의를 하는 아내다. 그렇다고 자기 생각을 쉽게 바꾸는 사람도 아니다.

밤새 내리던 비가 그치고 방안 깊숙이 찾아든 밝은 햇살이 홍우의 눈을 뜨게 한다. 옆을 돌아보니 아내가 없다. 밖에서 비설거지하는 소리에 방문을 여니 빗물 고인 드럼통 앞에서 밀린 빨래를 헹구고 있는 여자는 아내다. 평소 손빨래는 사람을 불러 시키던 아내다. 딴 사람을 보는 것 같다. 물끄러미 바라보고 있는 홍우를 보자 일어서 손을 닦으며 웃는다.

"내 모습 어때요? 어울려요?"

"그런데, 웬 일이요?"

"내 평생을 의지할 수 있도록 당신을 단단하게 키워주신 분이 아버님, 어머님이라는 것을 어제 알게 되었잖아요. 나에게는 더 없이 고마운 분이라는 것을 이제야 알다니…"

말재주만은 따를 사람이 없는 아내다. 참 잘도 둘러 붙인다고 생각하며 정미소로 들어가 오늘 마저 배달할 쌀을 쓿기 시작했다.

일요일 오후의 병실은 면회 온 사람들로 붐볐다. 아이들도 하루 종일 할아버지 곁을 떠나지 않고 이것저것 묻기도 하고 묻지도 않는 제 이야기를 늘어놓느라 시간 가는 줄 모른다. 아내는 아까부터 홍우가 아버지 어깨위에 목말 탄 사진과 두 발을 묶고 뛰는 사진만 들여다보고 있다. 어머니가 차려 내온 점심밥을 먹고 물리자

"이제 올라갈 준비들 하여라. 애들 학교 갈 준비도 해야 하고 에비 내일 출근하려면 좀 쉬어야지. 어제 오늘 고생이 많았는데. 내가 시원치 못해 너희들 고생을 시키는구나. 미안하다. 다음 주에는 내가 일어나야지. 너희들 때문에라도…."

아버지는 홍우가 매주 한 차례씩 내려와 쌀 배달하는 것이 마음에 걸려 정녕 미안한 감정이다.

"아니야요. 저는 좋은데요. 아버지 일어나셔도 매주 내려와야겠습니다. 시골 공기가 얼마나 향기로운지 모르겠어요. 아이들도 할아버지랑 있는 걸 저렇게 좋아하잖아요. 매주 내려오겠습니다."

말은 그렇게 하면서도 사실은 불가능하다는 것을 잘 아는 홍우는 또 아내의 낯을 살피지 않을 수 없다.

"아버님, 저도 자주 와 뵐 게요. 얼른 일어나셔서 저도 목말 태워주세요."

홍우의 처는 홍우는 쳐다보지도 않고 사진을 내려놓으며 말을 거

265

든다.

"저는 어릴 때 아빠 목말은커녕 손목도 한 번 못 잡아 본 것 같아요. 뵙기도 힘들었지만 마주 앉아 이야기 나눈 기억도 별로 없는 걸요. 아마 서울 사람들은 다 그렇게 컸을 것 같아요."

정말로 부럽다는 듯이 다시 한 번 사진을 집는데 한 무리의 문상객들이 들이 닥친다. 어제 집에 왔던 박 선생과 마을 어르신들이다.

나들이 나왔다 돌아가는 사람들로 길이 막혀 차는 거북이 걸음이다. 집집마다 전깃불을 밝혔건만 아직도 차는 남한산성 입구를 벗어나지 못하고 있다. 이때까지 홍우는 말 한마디 안 했다. 아이들도 피곤했었는지 차안에서 잠들었다. '여보, 우리 이천에 내려가 삽시다.' 차마 할 수 없는 말이다. 직장도 그렇고, 아이들 학교도 그렇고, 아내의 취미생활도 그렇고, 그 어느 것 하나도 아내를 설득할 수 있는 것은 없다. 홍우의 갈등을 들여다본 때문일까 아내도 말이 없다. 그렇게 집까지 왔다. 그 날 밤에도 홍우는 '자네가 돌아오지 않는 이천은 생명 없는 땅이 되고 말걸세.' 라고 등을 치며 격려하던 박 선생의 말과 함께 손자들 재롱에 마냥 즐거워하던 아버지의 웃음소리 때문에 잠을 이루지 못했다.

다음 날 밤늦게 퇴근하여 집에 들어오니 반기는 아이들 손에 지도가 들려있었다.

"그게 웬 지도냐?"

"아빠, 이게 전부 아빠 거래? 아빠 정말 우리가 이렇게 부잔가요?"

이천시의 전도다. 거기 빨간 색으로 동그라미가 쳐진 것을 보니 홍우 아버지의 소유로 된 논과 밭 그리고 임야가 있는 자리다.

"누가 그러던?"

"엄마가요."

"맞긴 맞지만 부자는 아니야. 지도가 커서 그래. 실제로는 얼마 안 돼."

"아빠. 정말 시골 학교가 서울 학교보다 배울 게 더 많은가요?"

"그것은 또 누가 그래?"

"엄마가 그러는데 유명한 사람들은 다 시골학교에서 공부한 사람이래요."

"그렇긴 하지."

저녁 식사가 끝나자 아내는 정색을 하며 다가앉는다.

"당신은 왜 나한테 하고 싶은 말을 안 하세요."

"안 한 것 없는데."

"서울 생활 정리하고 시골 내려가 살자고 말하면 되잖아요."

"아니 나 그럴 생각 없는데."

아내는 몹시 화가 난 표정을 지으며

"나를 악처로, 못된 며느리로 생각하는 당신이 원망스럽네요."

"무슨 말이요? 언제 내가?"

"우리 정리하고 내려가요. 당신 박 선생님한테 귀향하겠다고 약속하지 않았어요."

"내가 언제? 나 그럴 생각 없는데"

아내가 마음을 떠보는 것이라는 생각에 단호히 부인했다.

"난 당신 아내예요. 당신 마음이 내 마음인 걸 모르세요? 가만히 생각해봤어요. 귀하고 소중한 아드님을 나한테 빼앗기고도 즐거워하시는 당신 부모님에 대한 내 보답이기도 하지만 우리 아이들을 위해서도 내려가야겠어요."

"아이들을 위해서라니? 교육환경이 여기보다 열악하기 짝이 없는데."

"아니죠. 우리 연애 시절 그렇게도 같이 있고 싶어 결혼 했는데 어디 그래요? 한밤 잠자리 들기 전에야 겨우 들어오는 당신. 토요일 일요일에도 툭하면 불려나가는 당신. 난 집 지키는 강아지. 아이들은 가끔 만져보는 인형에 불과한 이 생활이 교육은 아니지요."

아내의 얼굴은 진지하다.

"스물 네 시간 함께 있을 수 있는 곳. 몸과 몸이 맞닿아 일구어가는 삶. 하루 종일 눈빛을 읽을 수 있는 곳. 그것이 진정한 스킨십이죠."

홍우는 뜻밖의 제안에 말문이 막혔다. 그저 물끄러미 아내를 바라보기만 하다가

"농촌 생활이 낭만적일 것이라는 생각이 있다면 착각이요. 그곳은 힘겨운 노동만 존재하는 곳이요."

"그래서 아이들한테 더 좋은 교육이 되는 거 아닐까요."

화요일 새벽 경강국도는 시원하게 뚫려있다. 홍우는 힘껏 페달을 밟는다. 과속 카메라가 무서운 눈으로 노려보고 있지만 홍우는 괘념치 않았다. 이십여 년 전 대학 합격증을 들고 시외버스로 올라가던 그 길을 신바람 나게 달린다. 그 시절보다 훨씬 넓어진 길. 매끄러워진 길. 훨씬 빨라진 길을 달리는 홍우의 머리에는 이미 새로운 연구도면의 설계가 만들어지고 있다. 손톱보다 작은 반도체 칩과는 비교가 되지 않

는 광대한 설계도다. 4대째 내려온 낡은 농가와 정미소를 중심으로 사방 몇 백리 걸친 광활한 설계도다.

정미소에 들어서는 홍우를 발견한 어머니는 놀라 두 눈이 커다랗게 변한다.

"어머니, 마을 어른들께 인사도 드릴 겸 오늘은 읍에 나가서 집수리할 계획을 세워봐야겠어요. 오후에는 거래하는 식당들도 돌아볼 생각입니다."

"아니 그게 무슨 말이냐? 갑자기."

"저 어제 회사 그만 두었어요. 오늘 부터는 여기서 일할 테니 품삯이나 두둑하게 주세요."

하며 너털웃음을 웃는 홍우를 보며 의아한 표정을 풀지 못하는 어머니를 차에 태우고 병원으로 향한다.

"회사를 그만 두다니? 그게 무슨 말이냐?"

"애들 어미가 못나게 만들었어요."

"어미가? 싸웠냐? 아무리 싸웠다고 해도 회사를 못나가게 하다니…. 우리 때문에 그리 된 모양이로구나. 그래서 결혼은 비슷한 집안끼리 해야 되는 건데."

어머니는 매주 한 차례씩 결근하고 시골에 내려온 것이 화근이 되었으리라는 추측을 하며 며느리에 대한 서운함부터 나타낸다.

"그러게 말입니다. 워낙 고집이 센 여자라 저도 지고 말았어요?"

"그래, 아이들은 어떻게 하고?"

어머니의 숨결소리가 거칠어진다. 아들의 결혼생활이 잘 못되더라도 손자만은 뺏길 수 없다는 생각이 앞선다.

"아마 다음 주에 어미가 데리고 내려올 겁니다."

"그래, 아버지한테는 그런 말 하지 마라. 안 그래도 살날이 얼마 남지 않았는데."

"그러니까 더 빨리 말씀드려야지요."

그러고는 홍우는 재미있다는 듯이 막 웃어댄다.

"미친 놈. 웃음이 나오느냐?"

마치 실성한 사람 보듯 어처구니 없어하는 어머니의 표정이 어제 사표를 받아 든 연구실장과 장인어른의 표정과 너무 많이 닮았다는 생각이 들어 홍우는 더 크게 웃음을 터뜨린다.

"아니, 자네가? 자네야말로 이 회사에 말뚝을 박을 줄 알았는데?"

하며 놀란 연구소장이나

"그래, 그 애가 그런 결정을 했단 말이지? 내가 딸 하나는 제대로 길렀구면. 역시 내 딸이란 말이야. 자네 나한테 백 배로 감사해야 되네."

또 딸 자랑부터 늘어놓고

"그러게. 하지만 힘들면 다시 오게. 2, 3년 이내는 언제든지 복귀할 수 있네. 그 때까지는 내가 이 자리에 있을 테니."

하며 격려하던 장인도 처음에는 이런 어처구니없는 표정이었다. 병원에 들러 문병을 하고 읍내로 들어가 건축자재상에 들러 집수리에 필요한 정보들을 구한 후 가까운 곳에 있는 거래처 식당 서너 곳을 들러보고 병원으로 들어가려는데 아내로부터 전화가 왔다. 방금 버스 터미널에 도착했다는 것이다. 다음 주에 내려오기로 한 아내다. 놀라 버스터미널로 간다. 다음 주까지 기다릴 필요가 없을 것 같아 당장 아이들 전학 서류만 만들어 가지고 내려왔다는 것이다. 서울 집은 그냥 두면 다시 올라가고 싶은 생각이 들것 같아 아예 팔아버릴 생각으로 인근 부동산 업자에게 매매를 부탁하고 내려왔다고 한다.

병원까지 차를 타고 가면서 홍우는 아내의 손을 잡았다. 곱고 보드라운 손이다. 그 옛날 처녀시절 잡았던 그 손 그대로다. 그 보들보들한 촉각을 만지작거리며 몇 번이나 아내를 보았다. 시골냄새가 전혀 나지 않는 세련된 얼굴이다. 아니 천사같이 고운 얼굴이다. 저 고운 얼굴이 머지않아 구릿빛으로 변하고 잔주름이 늘고 손등이 갈라질 것을 생각하면 마음 한 구석이 아려오지만 위대한 결정을 내린 아내의 모습이 숭고한 성인의 모습과도 같다는 생각이 들어 잡은 손에 힘을 주었다.

"이 고운 손이 거북이 등처럼 갈라지고, 그 예쁜 얼굴이 구릿빛이 되어 주름살이 패일 텐데, 당신 정말 견딜 수 있을까? 한 일 년 해보다가 힘들면 다시 올라갑시다."

"내가 자존심 강한 여자라는 걸 알면서 그런 말을 해요. 내 주름살은 당신의 사랑으로 펴주고, 거북등같이 갈라지는 손등은 당신의 의지로 메워 주면 되는 것 아닌가요?"

병원입구는 언제나 사람들로 붐빈다. 모두가 병든 사람이거나 그 병든 사람을 걱정하는 마음의 병을 앓는 사람들이다. 유독 건강한 사람은 아내밖에 없어 보인다. 홍우는 아내의 뒤로 바싹 붙어 허리를 잡아 세우고는 주저앉아 아내의 바짓가랑이 사이로 목을 밀어 넣고 일어섰다. 돌발적인 홍우의 행동에 놀란 아내는 홍우의 어깨에 얹힌 채 홍우의 이마를 잡고 발을 흔들었다.

"왜 이래요? 남세스럽게. 내려줘요."

버둥거리는 아내를 그대로 지고 아버지의 병실로 들어선다. 병실에 있던 모든 사람들이 놀라 쳐다보건만 홍우는 그 앞에서 빙그르르 한 바퀴 돌고 난 다음

"아버지, 이 사람이 저를 회사에서 쫓아내고, 시골로 몰아낸 사람입니다. 혼 좀 내 줘야겠어요."

"엎어놓고 곤장을 치려무나."

하며 껄껄껄 웃는 아버지. 어느 새 병색이 말끔히 사라져버린 얼굴엔 넘치는 활력으로 솟아오르는 웃음소리가 그치지 않는다. 그 옆에서 재미있다고 깔깔거리는 아이들의 웃음소리는 서울 생활에서는 듣지 못했던 건강하고 싱그러운 냄새가 쏟아지고 있다.

외삼촌

외삼촌에 대한 기억 중에 가장 오랜 기억은 아마 서너 살 때일 것이다. 아버지와 나이 차이가 많아 보이기는 했어도 그 때 대구에서는 아주 많이 늙은 사람이나 입는 검은 두루마기에 갓을 쓰고 다녔다. 갓을 벗으면 머리카락을 배배꼬아 만든 상투가 있었다. 외삼촌이 나타나는 날이면 아버지와 어머니는 굽실거리며 안으로 모셨다. 항상 시끌시끌하게 수다를 떨던 누나들도 슬금슬금 피하여 아랫방으로 내려가 숨을 죽이고 있었다. 그 무렵 기억이 별로 없지만 짐작에 나는 상당히 귀엄받는 아기였을 것이다. 대구에서도 열 손가락 안에 드는 부유한 가정의 3대 독자였다. 위로 누이들만 내리 여섯이나 된다. 아버지는 거상으로 중국을 드나들며 상당히 재산을 모은 것으로 안다. 일본인 순사들이야 말할 것도 없지만 주재소 소장 정도는 오라면 오고 가라면 갈 정도의 권세도 있었다고 한다. 집에 찾아오는 사람들은 모두 아버지한테 절절맸다. 그런 아버지가 굽실거리는 외삼촌이고 보면 내 눈에도 대단한 분으로 보였을 만한데 사실은 그렇지 않았다. 나는 안방에 자리 잡고 앉은 외삼촌에게 대청에서 넙죽 엎드려 절을 올렸던 기억이 난다. 어떤 응석도 다 받아줘 무서운 사람이 없었던 나는 외삼촌이 온 날이면 얌전하게 있어야 했다. 집일을 하는 사람들 손에 이끌려 안방에서 멀리 떨어진 곳으로 끌려갔다. 그 날 저녁상에는 하얀 쌀밥에 평소에는 볼 수 없었던 음식들이 올라왔지만 그것은 외삼촌과 아버지가 마주 앉은 상에만 그랬다. 맛있는 것은 항상 나한테 먼저 먹여주던 어머니도 그 날만은 나를 그 상 근처에 가지 못하게 했다. 그래서 외삼촌이 싫어지기 시작했는가 보다. 나로서는 반가운 손님이 아니었다.

당시에는 피임이라는 말도 산아제한이라는 말도 없었다. 아이가 생기기만 하면 낳던 시절이다. 집집마다 아이들이 바글댔다. 일제강점기 후반이라 농민들에 대한 수탈이 극에 달하여 곡식은 말할 것도 없거니와 쇠붙이까지도 있는 대로 긁어가고 젊은 장정은 보이는 대로 징용으로 잡혀갔다. 밥을 굶는 집이 태반이었다. 열 살이 넘어도 학교에 가지 못하고 들에 나가 일을 하거나 남의 집이나 가게의 심부름꾼이 되는 아이들이 많았다.

우리 집에서도 반드시 보리를 섞어 밥을 지었다. '이웃이 굶는데 하얀 쌀밥만 해먹으면 천벌을 받는다.'는 아버지의 분부가 너무도 엄했기 때문이다. 마을 사람 중에 밥을 굶는 사람이 있으면 '그것이 내 죄로 돌아온다.'고 하시며 어머니는 굶는 이웃을 챙기는 일에 소홀하지 않았다는 말을 들은 것은 소학교 시절 이웃사람을 통해서였다.

나는 밖으로 나가지 못하고 집안에서만 놀았다. 집에는 식구들 말고도 아버지의 일이나 부엌일을 돕는 사람들이 많았다. 그런 사람이 아니라도 아래채에는 아버지의 도움을 받는 어려운 사람들이 언제나 두 서너 가구가 살고 있었다. 아버지는 그들에게 언제나 다정하셨고 식구들과 차별하지 않으셨다고 한다. 그래서인지 나는 울타리 안에서 그들에게 왕자 대접을 받으며 자랐다.

집안을 헤집고 다닐 정도로 뜀박질도 할 만큼 성장하자 밖에 나가 놀고 싶었다. 몰래 밖에 나와 동네 아이들과 어울려 흙투성이가 되도록 뒹굴다보면 시간 가는 줄 몰랐다. 그런 날이면 집일하는 사람들에게 잡혀 들어갔고

"너는 그런 아이들과는 입장이 달라. 다치기라도 하면 집안이 뒤집힌다. 앞으로는 절대로 혼자 나가면 안 된다."

하는 어머니의 꾸중을 들어야 했다.

아버지도 안 계시고 집일 하는 사람들도 다른 일로 외출하고 없던 어느 날 외삼촌이 오셨다. 마침 집에는 심부름할 사람이 없었다. 어머니가 커다란 주전자를 내주면서

"너 주막집에 가서 막걸리 한 되만 사가지고 오너라."

하며 돈까지 주셨다. 아마 이것이 나의 첫 심부름이었을 것이다. 대문 밖에 나갈 수 있다는 기쁨이 걸음을 가볍게 만들어 한걸음에 달려 나갔다. 옆 골목 안 깊숙한 곳에 있는 주막집에 이르러 주전자와 돈을 내밀었다.

"아이고 귀한 도련님이 술을 다 사러 오셨네. 이제 어른 다 되셨네."

하는 말에 한껏 기분이 으쓱해졌다. 가득 담아 준 술 주전자를 들고 집으로 돌아오는 발걸음은 신바람이 났다. 나도 이제 어른처럼 컸다

275

는 마음이 들어 자랑스러웠나보다.

"아따. 빨리 갔다 왔다. 비행기다."

라는 어머니의 과장된 칭찬에 더욱 기분이 들떠서

"더 빨리 올 수도 있었는데….."

라고 답하며 우쭐댔다. 그리고 다음번에는 더 빨리 갔다 와야겠다고 생각했다.

그 날 이후 외삼촌이 오는 날이면 술 주전자를 들고 주막집에 가는 것은 내 담당이 되었다. 외삼촌은 싫었지만 심부름 가는 것은 즐거웠다. 잠시일지라도 동네 아이들과 만날 수 있었기 때문이다. 구슬치기와 딱지치기도 그래서 배울 수 있었다. 동네 아이들도 나한테는 잘 해주었다. 내가 아무리 무리한 요구를 해도 덤비거나 방해하지 않고 들어주었다.

아버지는 원래 술을 들지 않았다. 담배도 피우지 않았다. 그러나 외삼촌은 술을 좋아하셨다. 주전자에 가득한 술을 혼자 다 마시고 난 후에야 수저를 드시는 분이다. 그날도 외삼촌이 돌아가실 때 어머니는 외삼촌에게 봉투를 내 주신다. 외삼촌은 말없이 받아서 두루마기 안에 넣었다. 그것이 돈이라는 것을 나는 벌써부터 알고 있었다. 누나들이 돈 달라는 말만 하면 으레 돈이 없다고 잡아떼며 쉽게 내놓지 않던 어머니의 돈주머니가 외삼촌만 오시면 쉽게 열렸다. 술이든 과일이든 고기든 온갖 먹을거리를 사다가 밥을 짓는 것은 말할 것도 없거니와 돌아가실 때는 꼭 돈 봉투를 내드렸다. 외삼촌은 돈을 받기 위하여 오는 것 같아 더욱 싫었다. 외삼촌을 대문 밖까지 배웅하였다.

그때 외삼촌은 어머니에게

"자네 서방 요즘 사업이 매우 힘들 거다. 자네가 집안에서 마음 편하게 해줘야한다. 세상 돌아가는 것이 심상치 않아."

무슨 뜻인지 잘 목 알아듣는 말을 어머니에게 하시고는 내 머리를 귀엽다는 듯 쓰다듬으며 혼잣말처럼

"이 놈의 세상 빨리 뒤집어져야 이 녀석도 좋은 세상 만날 수 있을 텐데…"

하고는 어두운 골목길을 빠져나갔다. 그날 밤 어머니는 나를 재우며 외삼촌에 대한 이야기를 들려 주셨다.

"원래 너희 외가는 마을에서 대대로 큰소리치고 살아온 양반가문이다. 외삼촌도 한문을 많이 읽으신 분이라 그 마을에서는 아는 것이 제일 많은 학자 분이었다. 일본이 들어와 양반이고 상놈이고 구별이 없어지자 너희 외조부가 집안의 모든 종들에게 땅마지기를 나누어 줘 내보내고도 상당한 재산이 남았었는데 너희 외삼촌이 다 작살을 내버렸다. 왜 그렇게 됐는지 알 수는 없다만 나쁜 데 쓴 거는 아니라는 게 확실하다. 네 아버지는 알고 있는 것 같은 데 말을 안 하니 알 수가 없구나."

그리고는 외삼촌은 모든 사람들이 신식 양복을 입고 구두를 신고 다녀도 꼭 두루마기와 갓을 쓰고 다닐 정도로 점잖으신 분이고 일이 라고는 해 본 일이 없는 분이라고 했다. 고집이 워낙 세서 누구말도 듣지 않는다고 했다. 외갓집에서 우리 집까지는 백리나 되는 먼 길인데도 새벽같이 일어나 걸어서 여기까지 오신다는 것이다. 일본 놈들이 들여온 차는 안타신다는 것이다. 외삼촌은 장남이고 어머니는 막내라 나이 차이가 많기도 했지만 어머니에 대한 사랑이 남달라 어머

277

니에게는 아버지와 같은 분이라고 했다. 결혼 전 시골에서 어머니가 들에 곁두리를 이고 나가는 것을 보기만하면 멀리서라도 달려와 받아 들고 갈 정도로 어머니를 아껴주셨다는 것이다. 그랬어도 나는 외삼촌이 싫었다.

내가 소학교 다닐 때다. 그날 학교에서 황국신민선서를 가장 잘 외웠다고 상을 받은 것을 내놓고 어머니에게 자랑을 하고 있을 때 외삼촌이 오셨다. 내 말을 듣더니 안색이 붉게 변했다.

"애를 왜 저렇게 키우느냐? 학교를 뭣 하러 보내."

몹시 화가 난 표정이다. 어머니는 큰 죄를 짓다가 들킨 사람처럼 움츠리고 대답을 못했다. 아버지가 내 대신 빌며 외삼촌을 방으로 모시고 들어갔다. 정말이지 외삼촌이 싫었다. 내 편을 들어주지 못하는 그런 어머니와 아버지도 미웠다. 워낙 무서운 표정으로 나무라는 말에 나는 울음을 터뜨리며 옆에 있던 큰 누나품속으로 달려갔다.

"그동안 고생이 많으셨죠."

아버지의 말에 이어 어머니가

"그래 몸은 많이 다치지 않으셨어요. 그 고생하시지 말고 진즉 창씨개명을 하시지 그러셨어요."

하는 말에 외삼촌은 또 버럭 소리를 지른다.

"뭐라 그랬냐? 이 한심한 여자야. 아무리 여자라도 그렇게 생각이 모자라서야. 쯧쯧. 조상이름 까뭉개고 인간의 탈을 쓰고 다닐 수 있단 말이냐?"

아마 창씨개명을 안 해서 붙들려갔다 온 모양이다. 아주 고소하다는 생각이 들었다. 어머니의 말이 틀린 말이 아닌 것 같은데도 펄쩍 뛰는 외삼촌이야말로 학교에서 말한 그 후테이센진〔불령선인(不逞鮮人)〕임이 분명했다.

또 술 사오라고 시키면 안 가겠다고 결심을 하고 있는데 어머니가 불렀다. 술 주전자와 돈을 내주었다. 가만히 서 있었다. 눈치를 챈 어머니가 달래는 말에 마지못해 주전자를 들고 나왔다. 친척들 중에 집에 자주 오는 고모부나 고종 4촌들은 우리 집에 오실 때는 밤과 곶감 등 과일은 물론 버섯, 산나물 등을 잔뜩 가져오신다. 그리고 반드시 나를 주라고 과자나 사탕을 내 놓았다. 그래도 만날 빈손으로 오는 외삼촌만큼 대접을 받는 것 같지 않았다.

"양반은 원래 손에 서책이외는 들지 않는 법이다."

라는 어머니의 말도 싫었다. 양반이라서 그런다면 머슴이나 종을 시켜서 들고 오면 안 되나 싶었다. 머슴도 종도 없는 사람이 무슨 양반인가 싶기도 했다. 혼자 속으로 '후테이센진'을 수없이 외우며 주막집으로 갔다.

정말이지 가기 싫었다. 외출이 허락되지 않았던 어린 시절에는 심부름 가는 것이 동네 아이들과 어울리는 기회가 되어 즐거움이었지만 학교를 다니면서부터는 싫었다. 외삼촌이 미워서 그렇기도 하지만 동네 아이들 보기도 창피하다는 생각이 들었기 때문이다. 그만큼 나는 아이들 사이에서 우상이 되어 있었다. 다른 아이들은 머리에 기계총으로 머리털이 빠져 피부가 벗겨지고 부스럼이 나 있거나 빼쩍 말라 핏기가 없는 아이들이 거의 전부였다. 나는 다른 아이들과 달리 말끔하고 흰 피부에 귀티가 났다. 공부도 뛰어난 편에 옷도 가장 잘 입었다. '너는 네 외삼촌을 꼭 빼 닮았다.'는 말이 듣기 싫었지만 보는 이마다 그렇게 말했다. 하여간 왕자처럼 행동하는 나로서는 술 주전자를 들고 다닌다는 것이 싫었다.

술을 사 들고 오니 어머니는 부엌아줌마를 데리고 맛있는 음식을 장만하고 있었다.

"그놈의 자식은 왜놈한테 빌붙어 재산을 긁어모으더니 이제는 왜놈들 전쟁물자 대주는데 정신이 다 팔렸어. 천벌을 받을 놈이야. 천벌을…"

아버지가 따라놓은 술잔을 단숨에 마시고 턱밑의 검은 수염을 손으로 쓸어내리며 욕하는 사람이 누구인지를 나는 짐작했다. 대구에서 가장 큰 방직공장 주인이다. 일본군 군복을 만드는 공장이다. 아버지와는 가장 절친한 사람이기도 하지만 그 집 딸이 누나와 같은 경북고녀생도였다. 누나와 친하게 지내 우리 집에도 자주 놀러오는 학생이다. 마음씨도 착하고 얼굴도 예뻤다. 나를 무척 귀여워했다. 그런데 외삼촌이 욕을 했다. 그런데도 아버지는

"아마 그 사람도 생각하는 게 있겠지요. 지금은 그렇게 할 수밖에 없지 않겠습니까?"

라며 우물쭈물 변명 같은 말만 할 뿐 외삼촌에게 덤비지 않았다. 아버지가 밉다는 생각이 들었다. 더구나

"장사꾼이란 어쩔 수 없는 도둑놈들이야. 도대체 나랏일을 생각하나, 제 민족을 생각하나 그저 돈만 보면 못하는 짓이 없으니…. 그러니 예부터 장사꾼은 다 상놈일 수밖에 없어."

라며 장사꾼들을 마구 욕을 했다. 아버지도 장사로 돈을 번 분이다.

이것은 아버지를 비난하는 말이다. 그런데도 아버지는 외삼촌 말에 머리만 끄덕일 뿐 말이 없다. 연달아 마시고 비우는 술잔에 술만 따르고 있다. 내가 어른만 되면 나는 아버지처럼 저렇게 외삼촌한테 당하고 살지는 않을 것이라고 결심했다. 절대로 외삼촌은 용서하지 않을 것이다. 어머니가 말려도 아버지가 못하게 해도 나는 외삼촌을 혼내줘야 할 것만 같았다.

외삼촌은 한동안 집에 묵으며 병원을 다니시더니 어느 날 또 돈 봉투를 받아들고 훌쩍 떠났다.

"장사꾼을 도둑놈이라고 하면서 왜 장사꾼 돈을 뜯어가. 그러면 양반은 도둑놈 등쳐먹는 강도인가보지? 누나야."

큰 누나가 이 말을 듣고 펄쩍 뛰며

"쪼그마한 게 못하는 말이 없어. 못써 그런 말 하면. 외삼촌은 굉장히 훌륭한 분이야. 네가 몰라서 그러지."

믿었던 큰 누나도 내 편을 들어주지 않았다. 경북고녀 다니면 단가 싫었다. 큰누나도 싫어졌다.

그 다음부터는 외삼촌이 오는 날 주전자를 들고 나가면 골목입구에 주전자를 두고 아이들과 제기차기도 하고 팽이도 돌리며 놀다가 아래 학년 아이에게 대신 사오라고 시켜서 들고 들어오곤 했다.

아버지의 사업은 날이 갈수록 줄어드는 것 같았다. 집에 찾아오는 사람도 전보다 눈에 띄게 줄어들면서 집도 규모가 작은 집으로 옮겼다. 아버지도 집에 있는 날이 많아지고 말씀도 전보다 많이 줄어든 것 같았다.

학교에서는 위대한 대일본제국의 용감한 군대는 가는 곳마다 승리를 거두어 미국을 비롯하여 세계 각 나라의 군대를 섬멸하고 있다는 말만 매일같이 들려주던 어느 날 또 외삼촌이 왔다. 그리고 나는 술 주전자를 들고 나왔다. 주전자라도 좀 예쁘고 깨끗했으면 덜할 것 같았다. 내가 어려서 들고 다니던 그 주전자 그대로다. 돈이 많은 부잣집이라면서도 하나도 부자답지가 않았다. 먹는 것도 굶지만 않는다 뿐이지 다른 집보다 더 잘해먹는 것 같지도 않았고 집안 살림살이도 요 몇 년 동안은 새로 사는 것은 하나도 없고 있는 것도 줄여가는 것 같았다. 가끔 찾아오는 사람들 손에는 곧잘 돈 봉투를 건네주는 것 같은데 누나나 내가 손을 내밀면 눈을 부릅뜨며 깎고 깎아서 겨우 동전 몇 닢만 주기 일쑤였다. 이 찌그러진 주전자를 혜숙이가 보면 어쩌나 싶었다. 혜숙이는 내가 본 여자 중에서 제일 예쁜 여자였다. 공부도 여자 반에서 일등이라고 했다. 3학년 때까지는 같이 놀기도 했었는데 5학년이 지나면서부터 마주치면 그저 웃기만 하고 돌아서 가버리곤 하는 것이 서운했다. 그러면서도 그런 혜숙이가 더 예뻐 보였다.

"아무래도 전쟁이 곧 끝날 것 같네."

"그럴 것 같습니다. 우리나라는 어떻게 될 것 같습니까?"

아버지는 마치 선생님 앞에 선 소학생처럼 불안한 기색으로 외삼촌의 입만 바라보았다.

"어떻게 알겠느냐마는 엄청난 혼란이 오겠지. 일본에 계시는 황태자는 친일 하신 분이라 쉽게 귀국하지는 못할 게고… 아마 상해에 있는 임시정부가 들어오겠지. 그렇게 되면 미국에 있는 이승만 박사가 와서 나라를 이끌게 될 가능성이 많아. 그 분이 임시정부 대통령이기

도 하지만 그분이 미국에서도 유명하신 분이니까. 또 원래 왕족이기
도 하고…"

"그보다도 우리 같은 사람들의 운명이 걱정입니다."

아버지는 여전히 불안한 표정이다.

"자네야 무슨 걱정이 있겠나? 인심 잃은 일도 없고. 또 상해에 보낸
돈만 해도 적지 않은데."

"그거 몇 푼 보낸 것이 무슨 대수입니까?"

"아니야. 자네 같은 사람이 그리 많지 않아."

조금은 알 수 있을 것 같았다. 아버지가 중국에 물건 하러 갔다 오
기만 하면 어머니와 다툰 이유를…. 몇 해 전부터는 아버지가 중국에
다녀오기만 하면

"그래 가져간 돈이 얼마인데 물건이 이것밖에 안된단 말이에요?"

하고 닦달을 하면 아버지는 우물쭈물하며 비용이 많이 들어서 그렇
다느니 물건 시세가 비싸져서 그렇다느니 옹색한 대답을 하던 이유를
알만했다. 어린 나는 외삼촌이 선량한 아버지를 꼬드겨 상해에 돈을
가져다주게 했구나 싶어 외삼촌이 정말 나쁜 사람이라고 확신하게 되
었다.

그러고 얼마 후다. 아침부터 선생님들이 교실에 들락날락하며 공부
는 안 가르치고 바쁘게 움직이나 싶더니 정오가 되자

"오늘은 모두 집으로 돌아간다. 그리고 연락이 있을 때까지 학교에
나오지 마라."

라고 다급하게 말하고 돌려보냈다. 집으로 돌아오는 큰 길에는 사

람들의 물결이 파도처럼 밀려가고 있었다. 손에는 처음 보는 깃발을 들고 두 손을 번쩍번쩍 들어올리며 '만세' 라고 외쳐댔다. 그냥 만세가 아니라 '조선독립만세' 였다. 그것이 무엇을 의미하는지 몰라 얼른 집으로 달려갔다. 집에는 외삼촌이 와 있었다.

"아버지, 큰 일 났나 봐요. 사람들이 거리마다 가득 나와서 막 소리치고 다녀요."

아버지 대신에 외삼촌이 먼저 대답했다.

"우리가 해방 된 것이다. 이제 너희는 왜놈들의 사슬에서 풀려난 것이다."

나는 무슨 말인지 몰랐다. 외삼촌이 말끝마다 왜놈들이라고 말하는 일본 사람들이 나를 사슬로 묶은 적도 없었지만 학교에서도 일본아이들하고 싸우거나 다툰 적이 없었던 나로서는 외삼촌의 말이 기분 나쁘게 들렸을 뿐이다. 내가 다니던 소학교는 대구에서 가장 좋은 학교로 거의 다 일본아이들이고 우리나라 아이들은 집안이 부자이거나 지위가 높은 잘 사는 아이들이었다. 선생님들도 두세 명 빼놓고는 다 일본 사람이었다.

"나는 사슬에 묶인 적이 없었는데요."

라고 대들자 외삼촌은 껄껄 웃으며

"그 녀석 참."

하더니

"그래 태어나면서부터 사슬에 묶여 있었으니 그런 사실을 의식할 수 없었겠지. 장차 알게 될 것이다."

하며 너그러운 표정을 짓는다. 하긴 그전에도 외삼촌한테 불퉁거리

284

는 말투로 불손하게 대답해도 별로 나무라지 않고 껄껄거리며 웃던 외삼촌이다. 잠시 후에는 큰 누나를 선두로 작은 누나들도 깃발을 들고 흥분된 얼굴로 집에 들어와서 해방이 되었다고 떠들어댔다. 해방이 무엇인지 몰랐던 나는 그것이 그렇게 좋은 것인가 싶었다.

그 때부터 온 세상이 시끄러워진 것 같았다. 날만 새면 거리에는 사람들의 물결이 넘쳤고 방직공장 주인이던 아버지의 친구 분이 붙들려 가고 또 누가 붙잡혀 갔다는 말이 들렸다. 아버지는 그날 이후 외출을 하지 않았다. 한날은 완장을 찬 사람들이 몰려와서 아버지를 불러냈다. 어머니가 막아서 아버지가 집에 없다고 했지만 그들은 막무가내로 아버지를 나오라고 소리질러댔다. 금방이라도 방으로 쳐들어갈 것 같았다. 방에 계시던 아버지가 어느 새 양복을 단정하게 차려입고 마당으로 나오시며

"가세."

하고 앞장을 서며 그들을 데리고 나갔다. 어머니는 외삼촌한테 간다면서 옷을 바꿔 입고 큰 누나에게 애들 밥 챙겨 먹이라고 일러두고 대문을 나섰다. 그날 밤 우리 형제들은 잠들지 못하고 불안에 떨고 있었다. 죄 없는 아버지를 잡아가는 것이 해방이라면 해방은 참 나쁜 것이라는 생각이 들었다. 그런 해방을 좋아하는 외삼촌도 나쁜 사람이라는 생각이 굳어졌다. 그날 깃발을 들고 만세를 부르며 들어온 누나들도 미웠다.

다음날 늦은 시간에 어머니가 집으로 돌아왔다.

"너희 외삼촌이 내일 대구로 나오신다고 했다. 외삼촌이 오면 아버지도 풀려날 것이다."

어머니는 우리를 이렇게 안심시켰지만 나는 믿지 않았다. 어머니한 테는 오빠니까 무조건 외삼촌 편만 든다고 생각했다. 외삼촌이 우리 집 돈을 상해에 가져다주게 해서 아버지가 사업을 못하게 됐다고 믿고 있는 나는 외삼촌을 기대하지 않았다. 아니 외삼촌이 아버지를 더 힘들게 만들지도 모른다는 생각이 들었다.

그런데 다음 날 저녁 외삼촌과 아버지가 같이 들어왔다. 그리고 밤에는 그날 아버지를 끌고 갔던 사람들이 찾아와 무릎을 꿇었다.

"저희가 잘못된 정보를 가지고 본의 아닌 실수를 저질렀습니다. 용서해 주십시오."

라고 용서를 비는 그들에게

"자네들이 왜놈들에게 당한 억울함을 누구보다 잘 아는 분일세. 이 대구에서 상해 임시정부에 독립자금을 보내며 이 날만을 기다린 사업가는 이 분 한 분 뿐일세. 대구바닥에서 이 분한테 신세 진 사람은 많아도 피해 입은 사람은 없어. 자네들은 큰 실수를 저지른 거야. 이제 상해에 있는 임시정부가 들어오면 제일 먼저 표창을 받을 분이라는 것을 잊지 말게."

근엄하게 타이르는 외삼촌의 말에 아버지를 잡아갔던 그 무서운 사람들이 고개를 들지 못하고 엎드려 용서를 비는 것을 보았다. 나는 처음으로 정말 처음으로 외삼촌이 고마웠다. 아니 멋져보였다. 내가 조금은 외삼촌을 닮은 것 같기도 했다.

며칠 지나자 학교에서 나오라는 연락이 왔다. 책가방을 들고 학교에 갔다. 해방되었다는 날에 거리에서 본 깃발이 학교 깃대위에서 펄럭이고 있었다. 그것이 태극기라는 것도 그날 알았다. 교실에는 60여

명이 넘던 생도들 중에 불과 10여 명의 우리나라 학생들만 나와 있었다. 일본 아이들이 하나도 보이지 않았다. 모두들 자기네 나라로 도망갔다는 것이다. 교실에 들어온 선생님도 처음 보는 우리나라 사람이었다. 선생님은 칠판에 '조선 독립 만세'라고 커다랗게 썼다. 집에서만 보았던 한글이다. 몇몇 학생들이 교과서를 책상위에 올려놓는다. 그것을 본 선생님이

"이제 그 책은 엿을 사먹든지 불쏘시개를 해라. 이제부터는 우리 말 우리 글로 공부한다."

고 감격스런 표정으로 말을 이어갔다. 그러면 아직까지 배운 것은 우리말 우리글이 아니었구나 하는 생각이 들었다. 그제야 우리가 남의 나라 일본에게 억압당하며 살아왔다는 생각이 어슴푸레 느껴졌다.

"이제까지 너희들이 쓰던 이름은 모두 왜놈들이 강제로 붙인 이름이다. 내일부터는 진짜 이름으로 부를 테니까 오늘 집에 가서 아버지한테 진짜 이름을 물어가지고 오너라. 진짜 이름이 없으면 새로 지어 달라고 해라."

그제야 외삼촌이 창씨개명을 하지 않았다가 붙들려가서 벌을 받고 나온 이유를 알았다. 외삼촌이 일본 사람을 미워한 이유를 알 것 같았다.

해방이 되고 정부가 수립되고 모든 것은 빠르게 변해갔다. 남북이 갈리고 일제 강점기 때 성황을 누리던 공장들은 거의 생산을 멈추고 사람들은 거리로 뛰쳐나와 찬탁이니 반탁이니 하며 외치고 충돌하고 돌팔매질을 하고 학생들은 학교 안팎에서 이념을 들먹거리며 투쟁을

일삼으며 전국 각지에서 남로당 계열이니 민족진영이니 하며 패를 갈라 싸우느라 살상이 끊이지 않았다. 백성들의 생활은 오히려 일제강점기 때보다 더 어려워졌다고 불평하는 사람이 늘어가고 거리에는 거지와 마약중독자와 나병환자를 비롯하여 좀도둑으로 넘쳤다. 잠시 희망에 들떴던 거리는 혼란과 투쟁의 거리로 바뀌어버렸다. 아버지는 모든 사업을 청산하고 집에 들어앉았다. 가끔 지인들이 찾아와 무슨 당에 입당하라고 권하기도 하고 어디에 입후보하라고 사정을 해도 전혀 움직이지 않았다.

내가 다니던 소학교는 국민학교라는 이름으로 고쳐져 그곳을 졸업하고 중학교에 입학했다. 중학교에 들어간 해에 대한민국 정부가 수립되었다. 해방되기 전 해에 외삼촌이 아버지에게 말했던 대로 이승만 박사가 대통령이 되었다. 나는 그 때 외삼촌을 다시 한 번 생각하게 되었다. 외삼촌은 어떻게 그것을 알았을까 궁금했다.

이듬해 여름 아버지를 따라 처음으로 고향을 찾아갔다. 마을 사람들이 모두 아버지를 환영하였다. 모두들 아버지를 칭송하였다. 모두가 끼니를 잇기도 힘들었던 시절에 아버지가 마련해 주신 농토 때문에 먹고 살 수 있었다는 것이다. 철이 바뀔 때마다 고향에서 보내 온 것이라고 하며 곡식이나 채소 같은 것이 대구로 배달되어 오는 이유를 그 때 처음 알게 되었다.

거기서 하루를 묵고 다음 날 외삼촌댁이 있는 거창 행 버스에 올랐다.

"아버지는 왜 고향 사람들한테 농토를 마련해 주셨나요."

"원래 그럴 생각은 없었다. 나라는 잃었어도 농토는 잃지 말아야한다고 네 외삼촌이 하도 성화를 해서 왜놈들 손에 넘어갈 우려가 있는 땅은 무조건 사들이고 본 것이다. 사 놓기만 했지 내가 농사를 지을 수 없어 고향 사람들에게 지으라고 했을 뿐이다. 해방된 이듬해에 모두 소유권을 현재 경작하는 사람에게 넘겼다. 그냥 두었다가 나중에 너희 남매들에게 나누어 줄까도 했는데 너희 외삼촌이 너희들을 농사꾼 만들겠냐고 하면서 어차피 농사짓지 않을 땅이면 농사꾼에게 주어버리라고 하더라."

"그냥 거저 나누어 주셨어요."

"그럴까도 했는데 돈을 받기로 했다. 값만 정해 놓고 돈은 앞으로 농사지어서 먹고 살고 남는 돈이 있으면 조금씩 나누어 갚으라고 했다."

"그것도 외삼촌이 시킨 건가요?"

내 질문이 엉뚱하다고 느끼셨는지 아버지는 소리 내 웃으면서

"그런 셈이다. 의견을 내가 물어봤으니까."

"그러기를 잘 했지 뭐냐. 안 그래도 정부에서는 지주들 땅을 모두 뺏어 소작인에게 나누어주려는 계획을 세우고 있는 것 같더라. 이북에서는 벌써 그렇게 했다고 하고. 그러고 보면 네 외삼촌은 앞을 내다보시는 분이야."

외삼촌은 우리 집에 오실 때와 다름없는 모습이었다. 아니 두루마기 색이 달라졌다. 항상 검정색 광목 두루마기를 입으신 것만 봤는데 하얀 공단 두루마기를 입고 있었다. 훨씬 훌륭해지신 것 같았다.

방에는 무슨 책인지 알 수 없는 한문 고서들이 벽을 가득 메우고 있었다. 윗목에는 큼지막한 붓과 벼루가 있었고 한지에다 무슨 글씨인지 쓰고 있었다. 아버지와 인사를 나눈 후 마주 앉은 외삼촌은 내 손

을 잡으며

"너는 나를 많이 닮았어. 내 자식이라고 해도 다 곧이들을 거야. 매부를 닮지 않아 다행이야."

하며 너털웃음을 터뜨린다. 일찍이 이런 호쾌한 웃음을 웃는 것을 본 적이 없었다.

"그러게 말입니다. 품성도 형님을 닮아야할 텐데 말입니다."

아버지는 내가 아버지를 닮지 않고 외삼촌을 닮았다는 말에 만족하는 것 같았다.

"아닐세. 자네만한 배포 있고 대담한 상술을 가진 인물이 우리나라에 또 있겠나? 새 시대에는 나 같은 인물은 쓸모가 없어. 독립된 나라에서는 자네 같은 인물이 훨씬 더 많이 나와야 할 텐데 말이야. 그런 인물이 안 보여."

사실이지 아버지는 얼른 보아 체구가 큰 대다 눈매가 날카로워 호감이 가기보다는 거리감이 느껴지는 인상이지만 말문이 열리면 누구든 끌리지 않을 수 없는 뛰어난 화술을 가졌을 뿐 아니라 몸이 강철같이 강단(剛斷)이 세어 며칠씩 밤을 새워도 지칠 줄을 모르는 분이었다. 판단도 빨라 결단을 내리는 데 많은 시간을 드리지 않아도 실수가 별로 없어 주위에서 의견을 들으러 오는 사람들이 많았다. 대구에 내로라하는 사람들도 아버지와 한 번 인연을 맺으면 쉽게 그 끈을 놓지 못했다.

해방을 맞으면서부터 내가 외삼촌을 닮았다는 말에도 그 전처럼 심한 거부감을 느끼지는 않았지만 별로 유쾌하지도 않았다. 여전히 외삼촌은 아버지를 꼬드겨 재산을 낭비하게 만든 사람이라는 생각이 지워지지 않았다. 그런 외삼촌의 말이라면 무조건 따르는 아버지에게도 반감이 있었다.

외삼촌은 시골에서 젊은 사람들에게 한문을 가르치신다고 했다. 그런데 논어보다는 삼국유사를 더 많이 읽게 하고 인의예지(仁義禮智)에 대한 가르침보다도 홍익인간(弘益人間)이라는 말을 더 소중하게 가르쳤다. 그 날도 화선지를 오려 붓으로 커다랗게 弘益人間 넉자를 커다랗게 쓰고 거기에 낙관을 찍어 밀어 주시면서

"이거 외삼촌이 주는 선물이다. 네 방에 걸어두고 매일같이 익혀라."

하는 것이다.

"너 이 뜻을 모르겠지? 홍익인간이란 널리 인간세계를 이롭게 한다는 뜻으로 국조 단군의 개국이념이란다. 오늘날 민주주의라는 것도 이 홍익인간 사상의 일부분에 지나지 않는 것이야. 사회주의나 공산주의도 알고 보면 홍익인간에서 비롯된 것이고 공자의 가르침도 여기서 벗어나지 못한다. 종교라는 것도 별거 아니다. 결국 홍익인간으로 되돌아 와야만 하는 거야. 이 세계가 전쟁이 없고 평화로운 나라가 되고 인류가 행복하게 살려면 모든 인류가 홍익인간의 울타리 안으로 들어와야 한다. 더 깊은 뜻은 장차 네가 공부를 많이 해서 밝혀내도록 해라."

하면서 내 얼굴을 빤히 바라보았다. 그러고 보니 벽에 걸린 액자도 홍익인간이었다. 다만 글씨가 더 굵고 컸다.

"저것도 외숙부님이 쓰신 건가요?"

"아니다. 작년 겨울에 서울 이화장에 인사드리러 갔을 때 이승만 대통령께서 써주신 것이다. 저것을 독립국가의 건국이념이요 교육이념

으로 삼으셔야겠다고 말씀 하시더라."

그렇게 만나고 돌아온 외삼촌을 마지막 본 것은 6·25전쟁이 일어
나던 해 봄 우리 집에서였다. 내가 중학교 4학년 때다. 꽃샘바람 탓인
지 비보라가 거세 우산이 뒤집어질 것 같은 날씨였다. 그날도 나는 술
주전자를 들고 주막집으로 갔다. 정말이지 가지 싫었다. 아무도 술을
먹는 사람이 없는 우리 집에 와서 으레 술부터 찾는 외삼촌이나 또 당
연히 술을 사다 드려야한다고 생각하는 어머니가 못마땅했다. 그날따
라 주막집 할머니에게

"할머니 술 주이소."

퉁명스럽게 말을 하면서 주전자를 내밀었다. 그래도 주막 할머니는

"귀한 도련님께서 비를 다 맞으시며 심부름을 오셨네. 착하기도 하
시지."

하며 술을 주전자에 가득 담고 돈 통에서 종이돈을 꺼내 몇 장을 네
겹으로 접어 주머니에 찔러주셨다. 거스름돈이다. 돈 통 안에는 거스
름돈을 꺼내고도 상당히 많은 돈이 수북하게 있었다. 그 옆에 이 빠진
사발에는 동전이 반 사발은 들어 있다. 부러운 생각이 들었다. 나도 돈
이 저만큼만 있으면 내가 사고 싶은 것을 다 사고 학교에서도 더 유명
한 학생이 될 수 있을 것 같았다. 그 때 어머니는 나한테 용돈을 아주
인색하게 주었었다. 남들보다 더 잘 쓰고 더 잘 먹는 것은 죄를 짓는
것이라고 하며 가난한 집 아이들과 별 차이 없이 주었다. 그것이 다른
친구들에게 불평을 듣는 이유가 되기도 했다. 툭하면

"너는 부잣집이면서 왜 그렇게 인색하니?"

292

라는 말을 자주 들어야 했다. 나도 돈이 저만큼만 있으면 그런 말을 안 들어도 될 것 같았다. 그런 생각을 하느라 할머니가 내 주머니에 찔러주는 돈을 세는 것을 보지 못했다.

100원을 냈으니 거스름돈은 95원이라야 한다. 그렇다면 종이돈 아홉 장에 5원짜리 동전이 있어야 하는데 동전을 주지 않은 것 같았다. 돈을 받을 때 그 앞에서 세어보는 것은 상대의 인격을 무시하는 짓이라고 그러지 말라고 하는 아버지의 말이 있어 나는 거스름돈을 받을 때 절대로 세어보지 않는 것이 습관이었다. 그렇다고 해도 5원이 모자라면 분명 어머니가 의심할 것이 뻔했다. 아무래도 세어보지 않을 수가 없었다. 거의 집 가까이 와서 어느 집 추녀 밑에 들어가 주머니의 돈을 꺼내 보았다.

동전은 없었다. 모두가 10원짜리 종이돈이다. 세어봤더니 아홉 장이 지나 열 장, 열한 장, 열두 장이다. 열석 장 째 돈을 넘길 때는 손가락이 내 가슴의 밑바닥을 송곳으로 찌르는 것처럼 자극이 컸다. 내 심장의 피가 전부 머릿속으로 올라온 기분이었다. 공돈 35원이면 한 달은 쓸 수 있었다. 비를 맞으면서도 신바람이 났다. 단밤 굽는 냄새가 코를 찌른다. 참자! 저랑하세도 길게 뽑는 잡쌀떡 장사의 '찹쌀떡.' 외치는 소리도 지나쳤다. 철수가 뽐내던 만년필을 살까? 사슴뿔이 손잡이에 붙은 칼을 살까? 학교 담 앞에서 김이 무럭무럭 나오는 어묵 국물에 국수를 말아주는 포장마차에 가서 국수를 마시고 나오면 다른 학생들이 부러운 눈으로 바라볼 것 같기도 했다. 혹시 친구가 몇 그릇을 먹었냐고 묻는다면 손가락 다섯을 다 펴 보여야겠다는 생각도 했다. 다섯 그릇을 먹었다면 상당히 우러러 볼 것 같았다. 그 당시는 많이 먹는 것을 자랑으로 삼던 시대다.

집에 돌아와서 막걸리 주전자와 거스름돈 9십 원만 어머니에게 드렸다. 5원은 심부름 값으로 챙겼다. 뜻밖의 40원의 재산가가 되었다.

"요즘은 도둑놈 천지여요. 굶어 죽을 수 없어 남의 집 마당에 들어가 신발 훔쳐가고 빨래 걷어가는 도둑들이야 불쌍하기라도 하지만 멀쩡한 왜놈들 재산을 차지하고 앉아서 나라에 신고도 하지 않고 제 것이라고 버티는 날강도들이 정치를 하겠다고 나서는 판이니 해방을 잘못했나 싶은 생각이 들 때가 많습니다."

아버지의 말에 외삼촌도 맞장구를 친다.

"그러게 말일세. 더군다나 일본 놈 앞잡이로 동포들 재산을 가로채던 놈들까지 애국을 한답시고 설치고 다니는 것을 보면 도둑이 따로 없는 것 같네. 모두가 도둑놈 천지로 변하는 것 같아."

나는 찔끔했다.

"우리 아랫마을에 김 생원이란 사람도 헌병앞잡이가 된 그 집 머슴에게 시달려 재산을 다 빼앗기다시피 했는데 그 머슴 놈이 지금은 경찰서에 들어가 파출소 소장이 되어 거들먹거리고 다닌다네. 죽은 김 생원에게 고명딸이 하나 있었는데 살 길이 아주 막막해 그 머슴질 하던 놈을 찾아갔더니 글쎄 살 길이 없으면 대구에 나가 양갈보라도 하라면서 빈정거렸다니 참 말세일세. 말세야. 언제나 나라가 바로 세워지려는지."

"이럴 때일수록 아이들 공부를 잘 시켜야지요. 기대할 것은 우리 아이들 세대밖에 없습니다."

"맞네. 교육이 국가백년대계일세."

나는 두 분의 대화를 들으며 마음이 켕겼다. 외삼촌은 세상에 모르는 것이 없는 사람이다. 내가 주막 할머니가 잘못 거슬러준 35원을 몰래 챙긴 것을 다 알고 있을 것만 같았다.

그날 밤 잠자리에 들어서도 잠이 오지 않았다. 어쩌면 지금쯤 할머니는 돈을 잘못 거슬러 준 것을 알고 나를 몹시 나쁜 애라고 흉을 보고 있을지도 모른다는 생각이 들었다. 가난한 할머니에게는 35원이 큰 돈일 수도 있다. 잠도 못자고 괴로워하고 있을지도 모른다는 생각에 이르자 시계를 보았다. 12시가 넘었다. 통행금지 시간이 지났다. 내일 아침 등굣길에 반드시 돌려드려야겠다고 마음을 굳히고 잠을 청했다.

다음 날 아침. 주막은 문이 잠겨 있었다. 학교에서 돌아오는 길에 돌려드릴 수밖에 없었다. 그날 학교에서 돌아오면서 학교 앞 문방구를 지나쳤다. 그 안에 있을 만년필이나 칼을 머리에 떠 올리며 걸음을 재촉했다. 포장마차 어묵 담긴 가마솥에서 김이 무럭무럭 났다. 눈을 돌리고 빨리 걸었다.

"할머니. 거스름돈을 잘못 주셔서"

채 말도 끝나기 전에 웃으면서

"35원이 더 있제. 네가 하도 착해서 내가 준 심부름 값이다. 뭐 사무 그라."

하신다.

외삼촌이 시골 본가로 떠나시고 3개월 후에 한국 전쟁이 일어났다. 외삼촌은 우리 집에 올 수가 없게 되었다. 외갓집이 있는 거창은 북한군에 점령이 된 것이다 집집마다 젊은이들은 모두 전쟁터로 불려나갔다. 북한군은 낙동강까지 내려왔고 국군은 사력을 다하여 이를 막고 있었다. 대구만은 북한군이 들어오지 않았지만 대포소리와 비행기의 굉음소리는 그치지 않았다. 몇몇 용기 있는 학생들은 우리도 전쟁터에 나가자고 떠들어대기도 했다. 너는 우리 집의 3대 독자라는 말을 수없이 들으며 자란 나는 감히 그럴 용기가 없었다. 조그만 상처만 나도 온 집안이 큰 불행을 당한 것처럼 소란을 피웠던 어머니나 아버지가 허락해 줄 리도 없다.

대학을 진학할 때다. 아버지가

"아무리 전쟁에 사람이 모자라도 사범대학생과 선생은 군대에 안 데려간다더라. 너도 사범학교에 가도록해라."

라는 말을 했을 때 얼마 전 아버지와의 대화중 "맞네. 교육이 국가백년대계일세."라고 말한 외삼촌의 얼굴이 떠올랐다. 시골에서 청년들에게 한문을 가르치는 외삼촌보다 더 훌륭한 사람이 되고 싶기도 했다.

사범대학 3학년 때 전쟁이 끝났다. 전쟁이 끝났는데도 외삼촌은 나타나지 않았다. 틈만 나면 외갓집 걱정으로 성화를 하는 어머니에게 떠밀려 거창을 다녀오신 아버지는 놀라운 소식을 가지고 오셨다.

"그놈의 고집 때문에 결국 그렇게 가시고 말았어요."

평소 말이 적고 속 감정을 쉽게 드러내지 않던 어머니도 그날만은 흐르는 눈물을 멈추지 못했다.

북한군이 들어왔을 때 모두 거리로 나가

"해방군 만세."

를 부르며 환영해야만 했는데 외삼촌만은 방안에서 꿈쩍도 하지 않았다고 한다. 북한군이 수색을 나왔을 때도 나가 맞지 않고 방안에 앉아서 책만 읽고 있었다고 한다. 북한군이 방안에 걸려있는 '홍익인간 (弘益人間)'이라고 쓴 액자의 글씨가 이승만 대통령의 글씨라는 것을 확인한 그들은

"이 갓난 새끼가 반동분자이구만."

하면서 끌고 갔다는 것이다. 외삼촌은 그 며칠 후 맞아서 반 주검이 된 상태로 인민재판에 붙여졌고 거기서

"너는 이승만을 숭배하는 반동분자지."

라고 추궁하자

"대한민국의 독립을 위하여 평생을 바친 분을 숭배하지 않는 놈이 있다면 그게 사람이냐? 개돼지만도 못한 놈들이지."

하고 항변하며

"왜 너희를 해방시켜 주려온 우리 국방군을 환영하러 나오지 않았 어."

라고 소리치는 북한군 장교를 향하여

"우리는 이미 일제에서 해방된 독립 국가인데 너희들이 무슨 해방 을 또 시킨다는 말이냐? 환영이란 반가운 사람을 맞이하는 것이 환영 이디. 총칼을 들고 제 동족을 죽이러 온 놈을 환영허는 놈도 있더냐?"

라고 더 큰 소리로 대들다가 매를 맞기도 했다는 것이다.

"너는 양반을 자처하면서 인민들의 땅을 빼앗은 악질 지주라는 신 고도 들어왔다. 여기 너한테 착취당한 인민들이 많이 있다. 여기서 자 아비판을 해라."

라고 윽박지르는 병사들에게

"내가 착취를 했다면 이 마을에서 아직까지 살아남았겠느냐? 봐라.

나한테는 땅이라고는 한 뼘도 없다. 양반으로 살아온 것은 영광이지 수치가 아니다. 이 불한당 같은 상놈들아."

조금도 굴하지 않고 당당하게 대들다가 결국 그들에게 처형을 당했다는 것이다. 그 마을 사람으로 공산당에 협조한 몇몇 젊은이들이 제발 잘못했다고 그러고 앞으로 협조하겠다는 말 한 마디만 해달라고 사정사정했다고 한다. 그러면 풀려날 수 있게 해보겠다고. 아무리 설득해도 오히려 불호령만 쳤다고 한다.

이제 다시는 외삼촌을 볼 수 없게 되었다고 생각하니 갑자기 눈앞에 어둠의 장막이 쳐진 것처럼 캄캄하게 느껴졌다. 내가 외삼촌에게 갚아야할 빚을 못 갚게 된 것처럼 참담한 심정에 빠졌다. 그토록 미워하고 싫어했던 감정들을 이제 누구한테 용서를 빌어야한단 말인가.

내가 대학을 졸업하고 고등학교 교사 발령을 받은 지 4년째 되던 해 아버지도 돌아가셨다. 아버지의 유해를 고향 땅에 모시고 돌아오는 길에 외삼촌의 유택을 찾았다. 마을 입구에는 내 키만 한 비석이 세워져 있었다. 마을 사람들이 뜻을 모아 세운 외삼촌의 공덕비다. 그 분은 가셨어도 그 정신은 비석으로 되살아나 나를 지켜보고 있었다. 묘소 앞에 그토록 좋아하시던 막걸리 한 주전자를 다 부어드리고 대구로 돌아오며 내가 가야할 길이 어디인가를 고민하였다.

나는 돈을 많이 벌고 싶지도 않았다. 아버지는 그렇게 소문날 정도로 돈을 많이 벌었지만 겨우 우리 남매들 학교 마치는 데 불편이 없을 정도밖에 남기지 않았다. 누가 공덕비를 세워주지도 않을 것 같았다.

외삼촌에게 부채의식을 지닌 나는 그 후 외무고시에 합격하여 고등학교 교사직을 버리고 외교관이 되었다. 동남아 여러 나라들을 전전하면서 주로 통상과 교역을 증대시키는데 주력하여 상당한 성과도 거두었다. 대통령 표창과 훈장도 받았다. 직급이 높아지면서 일본 주재 대사관에 발령을 받았다.

일본에 근무할 당시의 나는 많은 변화를 겪고 있었다. 그들과는 통상교섭보다는 주로 외교적 갈등에 의한 분쟁이 대부분이었다. 사실 나도 그들에게 교역을 구걸하고 싶은 생각이 별로 없었다. 외교현안을 협의하기 위하여 마주 앉을 때마다 그들의 모습에서는 긴 칼을 옆구리에 늘어뜨린 순사의 모습만 보였다. 그리고 내 의식은 검정색 두루마기와 갓으로 무장하고 있었다. 내 목소리조차 외삼촌을 닮아가고 있었다.

이제는 공직에서 물러나 대학의 겸임교수직만 유지하고 있다. 그동안의 경험을 통하여 개척한 '통상 외교학'의 강의를 맡고 있으면서 가끔 교실에서 뜬금없이 홍익인간이란 말이 튀어나오고 삼국유사 이야기가 나오는 것은 내 아버지로부터 물려받은 혈관 속에 내 외삼촌의 피가 섞여 흐르는 탓인가 보다. 공직에서 물러날 때도 모 기업체에서 해외 지사장 자리를 맡아달라는 교섭이 왔지만 지금의 강의를 놓고 싶지 않아 거절하였다.

지금도 '너는 갈수록 외삼촌을 빼 닮아 가느냐?' 는 누님들의 말을 들을 때마다 외삼촌에게 빚만 늘어가고 있는 것 같아 마음이 무거워진다.

인텔리 · 광주리 · 당나귀가 살던 마을의 그늘과 양지

— 허영수의 창작집 간행에 붙여

오양호(한국문협 평론분과 회장)

(전 인천대 문과대학장)

허영수는 평생을 교직자로서 살아온 사람이다. 그래서인지 그에게는 '점잖은 사람 냄새'가 난다. 교사, 교장, 장학관으로 살아온 40여 년의 이력이 그런 체취를 풍기게 만들었을 것이다. 이런 '선생님' 허영수가 소설가가 되어 한 10년 활동을 하더니 드디어 그간의 작품을 묶어 창작집을 간행한다고 한다.

소설의 정의에는 여러 가지가 있는데 그 가운데에는 '소설은 타락한 사회에서 타락한 방법으로 진실을 추구 한다'는 것도 있다. 한국문학에서의 이런 논리는 리얼리즘의 신봉자들이 근 30여 년간 금과옥조로 떠받들어 그 영향력이 아주 컸던 정의 중의 하나다.

여기서 이 논리를 끌어온 것은 허영수의 소설을 이런 잣대에 대입시키려는 것이 아니라 '타락'이라는 말 때문이다. 산업혁명이후 본격적으로 나타나 문학의 제일 앞자리에 오른 소설은 자본주의로 속악해진 물질주의, 모든 것이 돈이 기준이 되고 돈이 가치를 결정하는 사회에서 그것을 이렇게 저렇게 간섭하면서 현대사회를 대표하는 문학 장르의 자리를 차지하게 되었다. 사정이 이러하기에 소설은 생래적으로 타락의 요인을 피할 수 없는 존재다. 그런 까닭에 또한 현대소설은 자본주의가 필연적으로 야기시키는 여러 가지 퇴폐적인 현상 등장이 불가피하다.

현대소설의 생리가 이러한데 모범교사출신 허영수의 작품은 그렇지가 못하다. 그의 점잖은 사람 냄새 때문에 소설의 생래적 냄새가 많이 희석되었는지 모른다.

이런 점을 「인텔리」「종만 치던 스님」「목발과 의족」을 통하여 간단히 살펴보겠다.

「인텔리」를 읽다가 우리는 실소를 금치 못할 이런 대문을 먼저 만난다.

"저 쪽 방의 계산은 선생님이 하십니까?"

고개를 끄떡였다. 다들 얼마나 급했던지 계산도 하지 않고 모두 도망간 모양이다.

"아, 그 방 술값은 내가 낸다."

왕초가 말했다. 그리고 이 선생을 보면서 빙긋 웃으면서

"내가 쫓아냈으니 내가 내야지." 한다. 이 선생은 속으로

'네놈이 지불은 무슨 지불, 평생 안 갚는 외상 장부에 기록은 하려나' 하고 생각하며 이 선생은

'지금부터 이 방에서 먹는 술도 내가 지불할 각오가 돼 있다.' 고 마음먹었다.

"너 나이 몇 살이고."

"서른하나다."

무조건 너다. 처음부터 이 둘은 한 번도 존댓말을 써 본 적이 없다. 새삼스럽게 쓸 수도 없게 되었다.

"하하. 개띠구나. 나하고 동갑이다. 말 놓자."

그럼 여태까지는 존댓말을 썼나? 지금부터 말을 놓잔다. 이 선생은 좀 불쾌한 언사가 있어도 왕초를 만난 이상 읍내에 자유로이 술 마시러 내려 올 수 있게 기분을 맞추어야 한다.

"그래, 말 놓자."

하면서 또 손을 내밀어 다시 한 번 악수를 했다. 과연 힘이 세다. 악력이 대단하여 오른손이 알알하다. 술잔도 장비 잔으로 마시자고 한다.

재미있다. 건달과 선생이 마주 앉아 하는 수작이 생생하게 잡히고, 술 좋아하던 선생이 드디어 임자를 만나 대작을 하자면서 그 기세에 꺾이지 않으려고 안간힘을 쓰는 모습이 선명하게 묘사되기 때문이다. 그리고 비록 술꾼이지만 헌헌장부의 기질을 가지고 있는 사나이의 풍모를 속도감 있는 대화체로 잘 잡아내고 있다.

소설 「인텔리」는 이런 시골 건달이 학비가 없어 자퇴를 해야 할 학생이 있다고 하자 그 학생도 '학업만 계속하면 인텔리가 될 수 있게 도와준다. 그리고 자기와 대작을 했던 선생이 전근을 가자 송별회를 열어주면서 '이 선생, 너는 내가 대학 안 나온 줄 뻔히 알면서 대학을 졸업했다고 인정해 주었고, 순 불한당 같은 나를 인텔리로 불러준 속마음을 다 알고 있다. 그렇게 해서라도 나를 바로 잡아 줄려고 애쓴, 니 마음을 잊지 아너께… 그래서 니가 좋았다. 니는 진짜 인텔리 아이가."라고 고백한다. 건달이 진짜 인텔리가 된다는 이야기다. 오늘의 세태에서는 생각할 수도 없는 한 세대전의 전설 같은 항담(巷談)의 서사화다.

「종만 치던 스님」은 광주리라는 별명을 가진 정홍일이 고향 호미 곶을 떠나 대구 방직공장에 취직,12년이 지난 어느 날 고향과는 이웃인 구룡포 출신 김도식과 술을 마시며 회상하는 한국전쟁 후일담이다.

정홍일의 출향 담이 이루는 메인스토리에 김도식의 탈향 에피소드가 끼인 이 소설은 해방, 한국전쟁,4 · 19등 역사의 큰 굽이를 시간적 배경으로 하고 있다. 한국의 여러 전쟁후일담소설이 그러하듯이 「종만 치던 스님」도 동족상잔의 전쟁으로 무고한 사람들이 희생된 이야기다. 그러나 이 소설은 광주리라는 소년의 눈을 통해 전쟁이 비인간적이지만은 않음을 엉터리 같던 스님의 희생을 통해 보여준다는 점에서 우리의 관심에 값한다.

「목발과 의족」은 작가의 자전적 요소와 작가의식이 강하게 형상화되고 있는 소설이다. 두 장애인을 등장시켜 해피엔딩으로 처리된 결말이 다소 도식적이기는 하지만 교육자로 평생을 산 작가 허영수로서는 조금도 작위싱이 없는 결말이다. 교육자가 애국을 가르치지 않고, 선생이 학생의 장래에 희망예보를 하지 않으면 인간세상은 곧 절망이 가득한 곳으로 변할 것이다. 젊은이는 이상 그 자체이고, 그들을 지도하는 교사 또한 대승적 인간, 바람직한 사회 건설을 위해 헌신하는 이상주의자이기 때문이다. 이런 점에서 「목발과 의족」의 주인공 민호─당나귀처럼 튼튼한 다리를 가져 별명이 당나귀였으나 사고로 장애인이 되었던 그의 다리가 멀쩡하게 낫고, 서해해전에 참가했다가 한쪽

다리를 잃은 박호원 선생이 민호에게 보낸 서신에 대해 개연성(蓋然性, Probability) 여부를 따지는 것은 별의미가 없다고 하겠다.

한편 허영수의 소설에는 계세징인하는 풍자적 수사가 많이 등장하여 독자들을 매혹시킨다.

"김선생은 양반이라 절대로 밥상을 들 수 없다고 한다. 오냐 알았다 쌍놈인 내가 들고 올게"

"너는 나를 위로 하려고 왔니, 욕이 하고 싶어서 왔니?"
"두 가지 다다 왜?"

"스님 스님하지 말라"
"그럼 무어라 부르노?"
"그저 할아버지라고 불러라"
"나이가 할아버지도 아인데?"
"광주리 네 할아버지보다 내 나이가 더 많다"

이렇게 독자의 옆구리를 툭툭 찌르는 대문이 소설의 여기저기에 박혀 우리들의 소쇄(笑殺)를 자극한다.

지금까지 간략하게 살펴본 허영수의 소설은 다음과 같이 그 특징을 정리할 수 있겠다.

첫째, 교직생활의 자전적 요소가 강하게 나타난다.

둘째, 대체적으로 교시적 내용이 주제를 형성한다.

셋째, 속악한 사회에 대한 풍자적 기법이 활용되고 있다.

허 영수 소설의 이런 특징은 창작집 『종만 치던 스님』에 두루 숨어 있다. 전 작품에 대한 심화된 논의는 다음 기회로 미룬다. 날로 노익장 하여 소설적 성취가 더욱 높은 자품세계의 구현을 기대한다.

작가 후기

식구를 먹여 살리는데 급급하였다.

교사라는 직에서만 43년, 66세가 되어 겨우 벗어났다.

나는 프로스트처럼 두 길을 다 가지 못하는 것을 안타깝게 생각할 여유도 없이 외길을 살아왔다.

퇴직 후 3년을 독자적인 나의 길을 모색하는데 소비했다.

70에 소설을 치기 시작했다.

타고난 조필(粗筆)을 위장해 주는 고마운 자판기를 두드린다.

서서히 밀려오는 정신과 육체의 쇄락을 막아주는 방패도 되었다.

지난날의 회한을 씻고. 잘못을 속죄하는데도 도움이 되었다.

손가락 끝에 굳은살이 생기도록 두드린다.

내 사유의 한계와 내 글 솜씨로 오랜 세월 누적되어 온 내가 만든 쓰레기 더미를 쓸어낼 수 없다는 것을 안다.

그러나 이 길 이외의 길을 모른다. 그래서 오늘도 소설을 친다.
숟가락을 들 힘이 있을 때까지 두드릴 것이다.

작년 8월에 위암 수술을 받고 회복하는데 몇 달이 걸렸다. 그 후 글쓰기가 쉬워졌다. 빨라졌다. 하늘이 나에게 준 마지막 축복이라고 생각되어 감격스럽다.

할 수만 있다면, 하늘나라에 가서도 계속할 것이다.

바쁜 시간을 할애하여 작품해설을 써 주신 평론가 오양호 교수님께 감사를 드립니다. 내 글은 무조건 다 읽고는 잔소리를 하는 수필가 정호영 생질에게도 고맙다고 하고 싶다.
어려운 여건에서도 좋은 책을 만들어 주겠다고 애써주신 '한결미디어' 박연 사상님과 식원에게도 감사를 드립니다.

2009년 8월 광복절 날에